비　　가
진주성 悲歌

진주성 悲歌 (비가)

上卷

조 열 태 著

이북이십사

책을 쓰면서

역사는 이긴자의 기록이다. 이 말을 어디서 봤든가, 들었든가 한 적이 있다. 역사에 관심이 많은 필자는 우연히 진주성 전투에 대해서도 관심을 갖게 되었다. 정확하게 말하면 2차전 전투에 대한 관심이었다.

하필이면 왜 2차전이었을까. 아마 논개 때문이었던 것 같다. 어릴 적 필자가 주워들은 바에 의하면 2차전에서 조선군과 조선 사람들은 전멸했다. 그런데 점점 세상 물정을 깨닫다보니 의문이 생겼다. 전멸했는데, 왜 논개는 살아남았을까?

나이가 들수록 필자의 궁금증이 계속 안달을 부렸다. 의문을 더 이상 의문으로 버려둘 수 없었다. 닥치는 대로 찾아 읽어도 보고, 들어도 보았다. 그 과정에서 역사는 이긴자의 기록이라는 말을 실감했다.

이이가 십만양병설을 주장했다는 사실. 김성일이 간신이었다는 사실. 김천일이 진주성 2차전의 주인공이었다는 사실. 호남의 의병들이 진주성에 들어와서 2차전을 이끌었다는 사실. 2차전 성주 서예원이 겁쟁이였다는 사실. 모두가 사실이 아니었다. 심지어 논개의 실체도 모호했다. 아니 없었다.

기가 막힌 것은 모두가 사실이 아니고, 조금만 파고들어도 사실이 아님을 충분히 파악할 수 있는데, 사람들이 아무 비판도 없이 사실인양 받아들이고 거기에 맞춰 소설을 쓰거나 논문을 발표하고 있다는 것이다.

필자는 결심했다. 있는 그대로를 밝혀야 하겠다고. 비록 필자의 소설이 기존의 역사학계에 이단으로 찍혀 욕을 먹는 한이 있더라도 있는 그대로를 써야 하겠다고.

소설을 준비하는 과정에서 필자는 뜻하지 않게 흥미로운 사항을 발견했다. 진주성과는 아무 관계도 생길 것 같지 않는, 진주성과도 아주 멀리 떨어져있는, 강원도 횡성이 진주성과 관련을 맺고 있다는 사실이었다.

그런데 그 흥미로움이 또 다른 흥미로움 품고 있었다. 알고 보니 필자의 고향인 밀양도 횡성과 더불어 진주성과 관계를 맺고 있지 않는가! 밀양과 횡성 그리고 진주성이 서로 연결되어 있었던 것이다.

여기서 처음의 문구를 살짝 바꾸어 본다. 역사는 이겨서 붓 쥔 자들의 마음먹기 나름이다.

이 소설의 주인공인 진주성 2차전 성주 서예원은 일가족 6명이 진주성에서 살았고 진주성을 위해 끝까지 최선을 다하다가 둘째 아들만 빼고 모두 목숨을 바쳤다. 하지만 조선왕조실록에는 서예원이 겁쟁이라고 실려 있다. 심지어 다른 관련 기록들 중에 '온 집안이 적에게 투항했다.'는 기록도 남아있다. 안타깝다. 필자의 글이 얼마나 공감을 불러일으킬지 모르겠지만 언젠가는 진실이 밝혀져야 한다.

진주성 悲歌
비 가

| 상 권 |

축 성

　1591년 음력 9월초 어느 맑은 날 늦은 오후, 밀양성 축성 작업이 한창이었다. "영차, 영차, 자 힘들 내자고!" 중간쯤 올린 성벽에 또 돌을 얹히느라 한 무리의 사람들이 온 힘을 다 쏟고 있을 때, 조금 아래 목도꾼들 역시 온 몸이 땀으로 뒤범벅되어 있었다. "하나 둘, 하나 둘." 구령 소리에 발을 맞춰가며 그들은 죽을 고생을 다해 축성 현장으로 돌덩이를 나르고 있었다.

　부역자들은 오만 땀을 다 흘리며 무거운 돌과 씨름하고 있건만 영남루 저 아래쪽 밀양강 가에서는 마을 아이들이 뛰어 노느라 신났다. 정신없이 뛰어 노는 아이들에게는 어른들의 고생이 남의 일이었다.

　작년부턴가 왜적이 쳐들어온다는 소문이 파다하더니만 올해 들어, 특히 하반기에 들어 온통 벌집을 쑤신 듯 어수선한 분위기가 전국적으로 퍼져 나가 있었다. 난리 대비 때문이었다. 그동안 나 몰라라 하고 있다가 무슨 변덕이 들었는지 임금이 황급하게 난리 대비 지시를 내렸는데, 그 대비의 일환으로 조정에서 공들여 벌인 일들 중 하나가 성곽 축조였다. 성 쌓기란 처음부터 끝까지 오직 사람의 힘으로만 이뤄지는 일. 애시 당초 백성의 피땀 어린 희생이라는 전제를 깔지 않으면 시작 할 수 없는 역사(役事)였다.

조선의 관리들은 왜적 방비의 명목으로 축성 공사에 백성들을 무자비하게 내몰았다. 그런데 적을 막기 위해서라면 국가를 위해서 하는 일이었고, 이는 곧 백성을 위한 일이기도 했다. 다시 말해 조선의 관리들은 백성을 위해 백성의 피땀을 빨고 있었다. 밀양성 축성 공사도 그 중의 하나였다.

최억술(41세)은 서둘러 동문 쪽으로 걸어갔다. 날은 벌써 어두워 있었다. 읍내서 네 식경(두 시간) 조금 더 걸려 닿을 수 있는 평촌 마을에서 부역을 나온 그는 하루 일과를 마치고 제종 동생인 최득금의 집으로 향하는 길이었다. 동문으로 가는 나지막한 고갯길 위로 초가들이 다닥다닥 붙어 있는데, 그 중 하나가 최득금의 집이었다. 살림이 넉넉지 못한 동생 내외의 사정을 헤아려 그가 실제로 먹는 양식 외에 쌀 한가마니를 더 얹어서 맡겨놓고 밥을 대먹고 있었다. 천성이 부지런하고 일 밖에 모르는 그는 관의 가혹한 가렴주구에도 불구하고 억척같이 노력해 노모와 자식들 밥 먹일 걱정은 하지 않을 정도로 재산을 모았다. 논과 밭이 꽤 되고 소와 송아지도 있으며 두 사람(부부)의 노비를 부리는 여유도 되었다.

"형님, 참말로 죽는 기 낫지 이기 사람 사는 겁니꺼?"

득금이 연거푸 두 잔 들이키더니만 신세타령을 늘어놓을 작정인지 푸념 섞인 질문을 했다. 힘든 하루 작업이 끝나고 저녁 식사 후 둘이서 한 잔 하는 중이었다. 오랜만에 한 잔 걸친 탓인지 겨우 두어 잔에도 억술은 벌써 취기가 느껴지는 듯했다.

"갑자기 무슨 소리 하노?"

약간 놀라는 표정을 지으며 억술은 반문했다.

"형님, 우리 동문 쪽에서 공사하는 사람들이 모이 가지고 뭐라고 수군거리는 줄 압니꺼?"

"와? 무슨 일이 있었나?"

이어지는 득금의 질문에 억술이 계속 되물음 하자 득금이 그의 얼굴을 억술의 얼굴에 바싹 갖다 대고 속삭였다.

"차라리 어서 빨리 왜놈들이 쳐들어와 뿌는 기 더 낫다 안 그

럽니꺼."

억술은 갑자기 정신이 번쩍 들었다. 술 맛이 확 가시는 느낌이었다. 목소리를 낮추었지만 단호하게 말했다.

"이 사람아, 입 조심해. 누가 듣기라도 할라치면 우째 감당하려고 그러나? 목이 열 개라도 못 살아 남어."

"형님하고 저밖에 없는데 누가 듣습니꺼? 괜찮습니더. 이왕말이 나왔으이 한 번 이야기 해봅시더. 아니 형님, 도대체 이렇게 성만 쌓아봐야 뭐 합니꺼? 말짱 황이라 카이 끼네에. 도대체양반놈들 대가리 속에 뭐가 들었는지 모르겠다니까요."

"안 쌓는 것보다야 낫겠지."

억술은 짐짓 모르는 체 남의 말 하듯 대꾸했다. 하지만 죽을고생하며 성을 쌓아봐야 쓰잘머리 없을 것임을 억술도 어렴풋인식했다. 얕은 산을 끼기도 했지만 평지에다 그리 높지도 않게동서남북으로 읍을 두루 둘러싸 성을 쌓는 것이 도대체 무슨 방어 기능이 있겠는지, 평소에 그도 속으로 회의를 품고 있었고, 또한 주위에서도 사람들이 그렇다고들 쑥덕이는 소리를 들었던터였다.

"아이고, 그런 소리 마이소. 두고 보이소, 내 말이 틀림없을겁니더. 사방팔방 너르게 쌓아놓으면 뭐 합니꺼? 허술하기 짝이 없지에. 그라고 뭣보담 지킬 군사가 있어야 할 거 아인교? 개뿔 군사가 얼마나 된다고 이 지랄하는지."

동조하지 않는 억술의 대답에 흥분했는지 득금의 목소리가 약간 격해졌다. 억술은 딱히 대답할 말이 없는지라 가만있었다.

"……"

"그라고 다들 하루 먹고 살아가기도 빠듯한데 이래 끌려나와 중노동에 시달리니 우째 버티겠습니꺼? 개놈 새끼들, 빨리 왜놈들이 몰려와서 성 쌓는 것 그만두었으면 좋겠다고 속으로 난리들 치는 거 짐작이나 하겠습니꺼?"

억술은 대답 없이 술잔을 들어 올려 득금에게 한 잔 들라는 시늉을 하고 두어 모금 들이켰다. 탁주 맛이 달았다. 김치를 한 젓가락 집어 올려 안주로 씹었다. 득금의 타령이 계속되었다.

"나는 그래도 형님이 아전들한테 쌀을 갖다 바칠 때 내 부탁까지 하는 바람에 편한 자리를 잡게 되어 좀 쉽습니다. 다 형님 덕이지에. 그런데 돌 캔다꼬 산꼭대기까지 끌려가서 일하는 사람들은 아마 끔찍스러울 겁니더."

"다른 사람들한테는 그런 소리 하면 안 돼."

똑같은 축성 작업이지만 쉬운 곳이 있고 어려운 곳이 있는 법. 여유가 되는 사람들은 뇌물을 써서 쉬운 곳을 배치 받았다.

억술도 쉬운 곳으로 빠지고자 담당자에게 뇌물을 먹였는데, 그 때 득금의 몫까지 함께 치렀다.

"말라꼬 그런 말 합니꺼. 그래도 다들 속으로 짐작이야 하겠지에."

" …… "

억술은 필요한 말만 하고 묵묵히 듣기만 했다.

"니미 씹헐, 작년에는 군포 내는 것이 하도 무서워 번을 쓰겠다고 하다가 볼기 맞은 생각하면 지금도 욕이 다 나옵니더."

"흠, 그래도 번을 쓰지 않고 농사짓는 것이 낫지. 힘들더라도 좀 참아보게."

"오죽했으면 내가 그랬겠습니꺼? 군포 내기 무서우니 오만 생각이 다 들데요. 그런데 나 말고도 전부 번을 안 쓰고 있는데 군사가 어디 있겠습니꺼? 돈 주고 군사를 부린다 카지만 얼마나 되겠습니꺼? 성만 쌓아봐야 헛일이라니깐요."

번을 쓴다는 것은 현역 복무를 한다는 말이었다. 조선에서는 16세부터 60세까지는 군역의 의무가 있어서 교대로 일정기간 현역 복무를 해야 했는데, 그 동안은 생업에 종사할 수 없었다. 그러자 현물을 내고서 번을 피하는 사람들이 생기게 되었고, 이 관습이 세월이 지나면서 지방의 각 군사 지휘관들이 임의로 포

(布)나 쌀을 받고 현역 복무를 정식으로 면제해 주는 이른바 방군수포제로 발전하게 되었다.

쉽게 말해 각 군사 지휘관들은 받은 쌀이나 포보다 낮은 가격으로 군복무를 할 사람을 대신 구해 그 차익을 남겼는데, 그 과정에서 온갖 부정이 개입했다. 나중에는 원치 않는 사람에게까지 포를 낼 것을 강요해 그들의 사익을 채우기도 했다. 그 결과 장부상으로는 제대로 인원수가 갖추어져 있었지만 복무하는 실제 군사의 수는 얼마 되지 않았다. 한 마디로 실제로는 빈껍데기나 다름없었다.

문제는 양반들은 군역에서 면제되었고 중인들과 노비들은 따로 의무가 있었기 때문에 양인들, 즉 대다수 농민들만 군포의 부담을 졌다. 거기에다 전세와 악명 높은 공납, 그리고 가을이면 갚아야 할 환곡 외에도 각종 무명 잡세까지 수시로 감당해야 했으니 일반 농민들이 겪는 고통은 상상을 초월했다. 득금 역시 마찬가지임을 억술이 너무나 잘 알고 있었다. 그렇다고 해서 딱히 별 다르게 말해줄 바도 없었으므로 계속 묵묵부답했다. 득금이 그동안 가슴속에 맺혔던 것을 한꺼번에 털어버릴 심산인지 쉬지 않고 투덜댔다.

"죽일 놈들. 농사지어 봤자 뭣 합니꺼? 다 뜯어 가버리는데."

"자네, 논은 좀 남아 있나?"

득금이 작년에 각종 세에 시달리지 못해 마지막 남아 있는 논마저 팔아치운 사실을 억술은 이미 알고 있으면서도 마땅히 할 말도 없고 해서 물어봤다.

"논이 어데 있습니꺼? 벌써 다 팔아 묵었지에. 남은 거라곤 이 집하고 손바닥만 한 밭떼기밖에 없습니더. 씨벌, 남의 논 부쳐서 겨우 묵고 사는데 그마저도 이래저래 다 빼앗아 가뿌이 꼼짝없이 굶어죽게 생겼습니더. 올 농사 그런 대로 잘 됐는데 남는 기 있어야지에…"

"설마 산 입에 거미줄 치겠나. 그래도 참고 열심히 살아보게."

"형님이 부럽습니더. 나는 살아갈 의미가 없습니더. 어데 비빌 언덕이 있어야 발버둥이라도 쳐볼 거 아입니꺼. 개놈의 세상, 이래 살다 안 되면 그냥 죽어 뿌면 그만인 기라에."

죽은 아버지로부터 득금은 그의 형과 함께 각각 약간의 재산을 물려받았지만 지금은 둘 다 털어 먹었다. 그렇다고 해서 그들이 노름을 했다거나 여자를 밝혔다거나 한 것도 아니었다. 그냥 살다가는 그렇게 될 수밖에 없는 구조의 세상이었다. 못 가진 사람들은 더욱 쪼그라들고 가진 사람들은 더욱 비대해지는 그런 세상이었다.

정말이지 억술의 형편은 다른 농민들에 비하면 넉넉한 경우였고, 주위 농민들이 알부자라고 부러워하는 정도였다.

"이 사람아. 그런 소리 하지 말어. 어려운 건 나도 마찬가질세. 내일 또 고생해야 하니 그만 잠이나 자세. 자, 남아 있는 술, 마저 비우자고."

신세타령 끝에 득금이 죽는다는 말까지 꺼내자 억술은 그만 술자리를 끝내야 하겠다는 생각이 들었다. 주위는 완전히 어두워져 있었다. 희미한 등잔 옆에서 마지막 잔을 들고 억술이 자리에서 일어서려고 할 때 득금이 흐느끼는 목소리로 말했다.

"형님. 정말 고맙습니더. 이 은혜 죽어도 잊지 않겠습니더. 저 여편네 혼자 궂은 일 다 해봐야 얼마나 벌겠습니꺼? 형님이 이래 도와주시지 않았다카면 우리 식구들 벌써 굶기 시작 했을 겁니더."

억술은 대답 없이 그냥 씩 웃고 득금의 어깨들 다독이고 마루를 내려왔다. 득금의 처가 방에서 나와 득금과 함께 사립문 밖까지 억술을 배웅하면서, 날씨가 더 쌀쌀해지면 막사로 가지 말고 집에서 주무시라는 말을 남겼다. 자기들은 애들과 함께 안방에서 자겠다고 하면서.

하루 일과를 끝낸 후 집이 가까운 사람은 집에서 자고 오면 되지만 멀리서 부역 나온 사람들은 관아 서쪽 공터에 지어놓은 막사를 이용해야 했다. 막사라고 해봐야 땅을 고르게 하고, 그 위에 지푸라기를 깔고, 또 그 위에 가마니로 잠자리를 마련한 뒤, 전체를 천막으로 두르고는 그 둘레에 배수로를 파놓은 것이 전부였다.

　주위는 적막했고 괴괴했으며, 등잔을 켜놓은 집은 가뭄에 콩 나듯 드문드문 했다. 어디선가 들려오는 귀뚜라미 소리. 가을밤의 정취를 북돋게 하는 평화로운 소리가 되어야 할 것이건만, 오히려 그 정취를 스산하게 만드는 암울한 울음소리가 되어 억술의 마음을 우울하게 했다. 우울한 기분이 주위를 더 한층 까맣게 물들였다. 어둡지만 익숙한 고갯길이라 비틀거림 없이 억술은 총총걸음으로 서둘러 막사로 향했다. 컹컹, 사방의 개 짖는 소리가 밤의 적요를 일순 흔들어 놓았다.

개전 전야

전쟁의 조짐이 점점 감지되고 있었다. 아니 난리의 조짐이었다. 머지않아 왜인들이, 더 정확하게는 왜구들이나 왜놈들이 떼 지어 쳐들어올 것이라는 소문이 조선 팔도 방방곡곡 퍼져나갔다.

그랬다. 중국이 이 세상 최고이고 그 다음이 조선, 왜는 우리보다 작고 후진 남쪽 섬나라에 불과하다는 개념을 가진 조선 사람들이었다. 그러므로 하찮은 왜놈들 따위가 넘어오면 난리일 뿐, 전쟁이라는 관념까지 그들의 사고(思考) 속에 스며들기가 어려웠다. 실상은 조선보다 면적이 넓고, 인구가 많고, 한자를 차용하긴 했지만 조선보다 빠르게 고유의 문자를 갖췄고, 조선과는 또 다른 차원의 문화를 가지고 있는 엄연한 하나의 국가인 왜국에서 조선을 넘보고 있었는데도.

임금도 왜적의 침입 소문을 들었고 보고도 받았다. 벌써 두 번이나 왜국으로부터 사신을 받은 바 있었고, 이에 확인차 통신사를 파견하기도 했다. 그런데 통신사로 다녀온 정사와 부사의 의견이 달랐다. 반드시 왜국이 쳐들어올 것이라는 정사의 보고와 그렇지 않을 것이라는 부사의 보고가 엇갈렸다. 조정의 신하들 역시 의견이 갈라졌다. 왜적의 침입을 믿어야 한다는 신하들도 있었고 믿을 필요가 없다는 신하들도 있었다. 정사와 부사의 당파가 달랐고 믿어야 한다는 신하들과 그럴 필요가 없다는 신하들의 당파가 달랐다.

솔직히 임금은 처음에 믿고 싶지 않았고, 또 믿으려 들지도 않았다. 그러나 차츰차츰 들려오는 침입 소문이 더 이상 소문이지 않고 실화가 될 것이라는 판단이 점점 굳어져가자 임금은 불안해졌고 다급해졌다. 이에 전국적으로 서둘러 난리 대비에 들어가라고 지시를 내렸다. 군량을 준비케 하고, 무기를 정비케 하고, 성지를 수축케 하고, 당이나 배경을 가리지 말고 뛰어난 장수도 천거케 했다. 유성룡의 추천으로 무명의 정읍 현감이었던 이순신을 전쟁이 터지기 1여 년 전에 일약 전라도 좌수사로 임명한 것도 임금이었다.

그러니까 당시 임금과 조정은 왜적이 쳐들어온다는 사실을 생판 몰랐던 것이 아니었다. "설마 쳐들어오기 까지 할까?"하며

미적대다가 막판에 가서야 눈치를 채고 부랴부랴 준비에 들어
갔다. 그러나 그 기간이 너무 짧았다. 또한 당시의 지배 체제와
경제력으론 짜임새 있는 난리 대비가 불가했으니, 이것이 곧 임
금의 한계이자 조선의 한계였다.

  난리 대비로 백성들의 원성이 높아만 갔다. 그렇잖아도 가혹
한 수탈에 이미 거덜 난 살림, 거기서 더 쥐어 짜이게 되자 곳곳
에서 못 살겠다고 아우성들이었다. 농민들이 자작으로만 생계
를 꾸릴 수 없어 대부분 양반 지주의 땅을 빌려 써야 했는데, 이
경우 농사를 잘 지어봤댔자 수확량의 절반을 지대로 지주에게
내고, 그 나머지를 각종 세금으로 뜯기고 나면, 당장 먹을 것도
남지 않을 지경이 되는 것이 다반사였다.
  이러한 상태에서 국가가 왜적을 막을 준비를 해야 한답시고
활, 화살, 갑옷, 투구, 창 따위의 무기들을 백성들 자비로 만들
어 바치라고 명령을 내렸고, 그것도 모자라 군량까지 비축해야
된다며 옥죄었다. 비명을 지르지 않을 사람이 없었다.
  거기에다 축성 작업에도 끌려 나가 갖은 고생을 다하게 되자
급기야는 차라리 어서 빨리 왜적이 쳐들어와서 더 이상 이런 고
통을 받지 않았으면 좋겠다고 외쳐대는 백성들까지 생겨났다.

적이 몰려온다는 소문에 그 준비를 하는 것은 당연지사. 그런데 시간을 두고 차근차근 대비하는 것이 아니라 긴가민가하며 꾸물거리다가 한꺼번에 집중적으로 하는 준비였다. 그래서 각 지방에 파견된 조정의 관리들은 허겁지겁 그 임무를 완수하느라 백성들을 무자비하게 내몰았다.

그러나 그들이 외부의 적을 막을 준비를 하면서 내부의 적, 다시 말해 민심 이반을 초래하고 있었음을 몰랐으니, 아니면 알고서도 모르는 체 했으니, 이는 난리 대비가 가져온 모순이랄 수밖에.

아무튼 조선은 뒤죽박죽인 상태에서도 나름의 전쟁 준비를 하고 있었다.

봉화

봄의 끝자락이었지만 남부 지방인지라 낮의 더위는 벌써 초여름이 다가온 것 같은 임진년(1592년) 4월 12일(음력) 저녁 무렵, 억술은 들에서 일을 마치고 종 무길이와 귀가하고 있었다. 동네 어귀쯤 왔을 때 억술은 지게에다 땔감나무를 잔뜩 지고 오는 칠득이, 재식이와 마주쳤다. 장남인 재식이도 나이에 비해 꽤 많은 나무를 지고 있었지만 칠득의 것은 그 두 배는 족히 되어 보였다. 점심 식사 후 칠득이를 재식에게 딸려 나무 하러 보냈던 터였다.

"아재. 나, 나, 나무 마이 했쪄?"

칠득이 혀 짧고 말 더듬는 소리로 억술에게 인사했다.

"이야. 진짜 마이 했네. 우리 칠득이 배고프겠다. 빨리 밥 묵으러 가자."

억술이 마치 애기 어르듯 칠득을 칭찬했다. 칠득의 나이는 정확하지 않지만 아마 삼십 대 중후반은 되지 않나 여기고들 있었다. 정신박약, 이른바 모두들 천치라고 하는 칠득이가 어디서 왔는지 그 근본은 알 수가 없지만 어느 추운 겨울에 아이들의 돌팔매를 맞으며 동네 입구에서 떨고 있는 것을 억술이 데리고 와서 같이 생활한 지가 벌써 15년이 넘어 이제는 완전히 한 식구가 되었다.

처음엔 의사소통에도 어려움이 있었고 농사일도 잘할 줄 모르는데다 밥은 보통 사람의 두 배는 거뜬히 먹어 치워 억술 어머니나 죽은 아내로부터 칠뜨기에 밥버려지라고 욕을 바가지로 얻어먹으며 구박을 많이 받기도 했었다. 그러나 억술은 끈기 있게 칠뜨기를 비호했고, 끝까지 내 집에서 보호하겠다고 관에 신고까지 하고서 한 식구처럼 대했으며, 이름도 칠뜨기와 발음이 비슷한 칠득이로 지어줬다. 시간이 지남에 따라 차츰 말도 통하게 되고 일 또한 먹는 것 이상으로 해치우자 동네 사람들이 칠뜨기가 바로 칠득이 맞네 하면서 입방아를 찧었다. 알고 보니 칠뜨기를 주워온 것이 아니라 일곱 몫을 하는 종을 거저 얻어온 것이라는 입방아였다.

저녁을 먹고 나서 억술은 어머니에게 내일 하루는 농기구를 살 것이 있어서 읍내 장터에 좀 다녀와야 한다고 말했다. 사실은 딴 뜻이 있었다. 득금이 때문이었다. 읍내에 가는 김에 득금의 집에서 하루 자고 모레 새벽에 일찍 오겠다고 덧붙였을 때, 억술 어머니인 순분은 "거어는 말라꼬 갈라 카노?" 못마땅해 하는 말투로 내뱉고는 더 이상 왈가왈부하지 않았다. 순분도 아들의 의도를 어느 정도 짐작하고 있었지만 짐짓 모르는 체했다.

나룻배에서 내린 억술은 하늘을 살펴보았다. 대략 미시(오후 1~3시)가 시작될 무렵인 것 같았다. 우선 영남루 쪽으로 발걸음을 향했다. 4월 13일, 밀양 장날이었다. 오랜만에 장 구경도 할 겸 득금이 집에 들러보러 일부러 시간을 내어 나왔다.

4~5월경이면 지난 가을에 수확한 곡식은 겨울을 넘기느라 다 써버린 데다 아직 봄보리가 채 여물지 않은 때라, 사람들이 대개 풀뿌리나 나무껍질로 끼니를 때우거나 걸식과 빚으로 겨우 목숨을 부지하기에 급급한 시기였다. 아직 첫 보리를 수확할 때까지 빨라도 보름 정도는 더 있어야 하기 때문에 그야말로 막바지 보릿고개로 득금 또한 악전고투하고 있을 것임을 억술은 잘 알고 있었다.

억술은 집에서 지고 나온 짐을 살펴봤다. 포가 한 필에 쌀 한 말 반 정도. 농기구는 핑계였지 처음부터 살 의도가 없었다. 장에서 간단하게 써봐야 쌀 한두 되면 충분할 것, 남는 것을 모두 득금의 집에 내려놓으면 그럭저럭 보리 한가마는 구할 수 있겠다는 계산이 금방 머릿속에 떠올랐다.

작년과 재작년 봄에도, 또 그 이전의 봄에도 보릿고개가 있었지만 그때는 무심히 넘겼는데, 올 봄에는 그냥 넘길 수가 없었다. 어려울 때 쌓인 정이 더 깊어지는 법인지 작년에 성 쌓느라 함께 고생한 득금의 안타까운 사정이 근자에 들어 계속 머리에 떠올라 억술이 심란했던 터였다. 그래서 틈을 내어 꼭 한번 찾아보리라 벼르던 차였고.

영남루에 가까이 다가갔을 때 산 쪽 부분의 성벽들이 군데군데 무너져 내려 있었고 몇몇 관원들이 장부에 기재를 하면서 조사를 하고 있는 것이 눈에 띄었다. 며칠 전에 내린 비로 성벽이 무너졌다는 소문을 들어서 알고 있었지만 직접 확인하고 보니 한숨부터 나왔다. 농사일로 눈코 뜰 새 없이 바쁠 시기인데 성쌓기 부역에 또 나와야 하나, 탄식하면서 억술은 장터로 발길을 돌렸다.

많은 사람들이 장터에서 복작거리고 있었다. 먹고 살기 어렵다는 것과 먹고 살아 가는 것은 별개의 차원이었다. 먹을 것이 없어 많은 사람들이 초근목피로 근근이 연명해가는 세상이었지만 장터엔 먹을 것이 많았다. 굶주림의 바깥세상 안에 풍요의 별개 세상이 벌어지고 있었다. 쌀, 보리, 콩 등 각종 곡식과 과일, 채소, 나물류에 닭, 개, 토끼 등의 가축이 나와 있었고 여기에다 솥 장수, 냄비 장수, 신발 장수, 땔감나무 장수, 생선 장수, 건어물 장수, 계란 장수, 국밥 장수, 옹기장수, 엿장수 등이 어우러져 판을 벌이고 있었다.

온 얼굴에 땟국이 줄줄 흘러내리는 거지들이 이곳저곳 구걸하며 돌아다니기도 했고, 질질 흐르는 코를 소매 끝으로 닦아가며 어디 흘러내리는 눈 먼 먹을거리라도 없나 싶어 이리저리 헤매는 아이들도 있었다. 단속 다니는 포졸들도 눈에 띄는 건 예나 마찬가지지만 남사당 패거리가 오늘은 보이지 않음이 이 장터 역시 예전만큼 먹고 살기가 녹녹치 않다는 것을 어렴풋 느끼게 했다.

가장 확실한 매매 수단은 쌀과 포이지만 그것이 없는 사람들은 나름의 물건을 들고 와서 흥정했다. 팔려는 사람들이 물건을 내 놓았듯 사는 사람들 역시 물건을 내놓았다. 닭 한 마리에 병아리 몇 마리, 땔감나무 한 단에 보리가 얼마. 모두들 먹고 살기 위해 가지고 있는 것을 내놓고 가지고 갈 것을 집어 들었다.

득금이 일을 마치는 저녁때까지 시간이 남아돌아 억술은 어슬렁어슬렁 돌아다녔다. 마침 예쁜 꽃신이 보이기에 막내 꽃님이가 생각나서 가격을 물어봤지만, 쌀 한 되 반은 받아야 된다는 신발 장수의 대답을 듣고 포기했다. 오늘은 두 되 이상을 써서는 안 된다고 혼자 다짐하고 있었기 때문에 한 되 반은 너무 큰 액수였다. 대신 엿을 샀다. 억술과 무길의 아이들뿐 아니라 득금의 아이들까지도 먹을 수 있게 쌀 다섯 홉을 주고 넉넉하게 마련했다.

아침만 먹고 나왔지만 몸 쓰는 일을 하는 것이 아닌지라 별 배고픔을 느끼지 않고 장바닥을 쏘다니던 억술에게 갑자기 시장기가 닥친 것은 신시(오후 3~5시)를 알리는 관아의 징소리를 들었을 때였다. 탁주 한잔 곁들인 식사로 시간을 때운 후 득금의 집에 가서 그가 돌아올 때까지 기다리면 얼추 시간이 맞겠다 싶어 억술은 구수한 냄새가 코를 자극하는 국밥집으로 갔다. 가마니를 깔아놓은 국밥집 바닥에 쭈그려 앉아 국밥 한 그릇과 탁주 반 되를 시켰다. 네댓 명의 농군들이 옆에서 떠들어대고 있었다.

"또 성 쌓는다꼬 부역 나오라 카면 우리는 인자 다 죽었다."

"시펄, 작년에 서둘러 지을 때 내가 알아 봤다 카이. 비에도 못 견디는 성이 왜놈들 오면 무슨 수로 견디겠노?"

"설마 농사철인데 또 부역 나오라 카겠나?"

"그기 아인기라. 내가 잘 아는 장사꾼이 있는데, 지금 부산에 왜놈들 한 놈도 없다 카네. 전부 다 저그 나라도 토끼 뿌고 없는 기라. 분명히 뭔가 있기는 있다니까."

"웃사람들도 다 알고 있을 거 아이가?"

"그라머. 아마 틀림없이 부역 나오라고 할 끼야. 농사도 급하이 교대를 자주 해서 부리묵을 걸."

"아이고, 이 일을 우짜노?"

탁주를 곁들여가며 국밥을 먹고 또 옆에서 떠들어대는 소리를 듣다 보니 어지간히 시간을 때운 것 같았다. 아마 두 식경은 족히 지났으리라 짐작한 억술은 자리에서 일어섰다. 밥과 함께 천천히 곁들인 탁주가 억술의 머리를 얼얼하게 했다. 장터를 한 번 더 둘러보고 득금의 집으로 향하리라 작정하고 억술은 느릿하게 걸음을 옮겼다.

농기구를 펼쳐놓은 곳을 구경하던 억술은 갑자기 여기저기서 사람들이 웅성거리는 소리를 듣게 되어 뭔가 싶어 주의를 기울였다.

"어, 저 바라. 저기 종남산에 연기가 피어오른다."

"봉수대서 연기 나는 것 첨 봤나? 뭔 호들갑이고."

"그기 아이다 카이. 저거 몇 가닥이고?"

"어데 보자. 네 가닥 아이가! 이거 큰일 났다."

"머라 카노. 네 가닥이라꼬? 그라면 기어코 왜놈들이 쳐들어왔단 말 아이가. 아이고! 이거 우째야 되노."

농군으로 보이는 사내들의 이야기를 들은 억술도 종남산 쪽을 쳐다보았다. 봉수대에서 분명 연기가 무럭무럭 피어오르고 있었다. 가만 살펴보니 네 가닥이 틀림없었다. 부산서 연기를 피우면 김해를 거쳐 밀양으로 오게 되는데, 평상시에는 한 가닥, 적이 나타나면 두 가닥, 적이 국경에 접근하면 세 가닥, 적이 국경을 침범하면 네 가닥, 그리고 마지막 단계인 다섯 가닥은 적과 접전을 시작했다는 신호였다.

순간 억술은 큰일 났다, 싶었다. 급히 득금의 집으로 발길을 돌렸다. 종종걸음으로 가다 못해 뛰기 시작했다. 술렁이던 장터도 급속히 사람들이 빠져나가고 있음을 억술은 뛰어가는 도중에 볼 수 있었다. 뛰다 힘이 들어 다시 종종걸음으로 바꿨다. 땀을 뻘뻘 흘리며 관아 앞길을 가다가 교동 쪽을 바라봤다. 그쪽에서도 역시 연기가 피어오르고 있었다. 아마 북쪽으로 보내는 신호리라 짐작하고 억술은 더욱 발걸음을 재촉했다.

득금의 집에는 애들만 삽짝 밖에서 동네 아이들과 어울려 놀고 있었다. 득금 내외는 아직 돌아오지 않고 있었다. 억술은 득금의 집 마루에다 가지고 있던 짐을 모두 내려놓았다. 마음이 급해 엿도 가리지 않고 전부 내렸다. 아이들에게 아재가 왔다 갔다고 아버지에게 전하라는 말을 남기고 서둘러 빠져나와 나루터로 향했다.

뛰었다 걸었다 하며 억술은 정신없이 나루터까지 내쳐왔다. 도착했을 때 사람들과 짐으로 꽉 들어찬 나룻배가 건너편으로 막 떠나기 시작했었고, 나루터엔 배에 탄 만큼이나 되는 많은 사람들이 다음 차례를 기다리고 있었다. 헐레벌떡거리며 도착한 억술이 기다리는 사람들 속에 자리를 잡아 숨을 돌려 상황을 살펴봤다. 다행히 다음 배는 탈 수 있을 것 같았다. 하늘을 살펴보니 아직 해가 넘어가기에는 이른 시간이었다. 긴장이 풀린 탓인지 더위와 피로가 한꺼번에 밀려왔다. 선착장 한 모퉁이에 주저앉아 가쁜 숨을 가라앉힌 억술이 강가를 둘러봤다. 노란 민들레가 하늬바람에 살랑이고 있었다.

김해성의 봄

4월 13일 미시 중간 무렵의 김해성 남문 쪽. 해자(방어용 연못) 이쪽저쪽에서 병사들과 백성들이 작업을 하느라 땀을 뻘뻘 흘리고 있었다. 나무들을 베어내거나 야트막한 둔덕 따위도 무너뜨려 아군에게는 확 트인 시야를 확보해 주지만 적에게는 엄폐물을 박탈해버리는 일석이조의 효과를 내는 작업이었다.

"저건 왜 그냥 뒀나? 이왕 작업하는 김에 깔끔하게 없애버리지."

"크게 시야를 방해하는 것 같지가 않아서 그대로 뒀습니더. 그리고 날씨도 더버지고 하다 보이 병사들과 부역자들이 힘들어 하는 것 같아서 그냥 넘어 갔습니더."

"힘든 건 나도 아네만, 그래도 작업을 할 때 한꺼번에 하는 것이 나아. 좀 쉬게 했다가 저기 둔덕진 곳도 없애버리게. 참도 좀 내리고 말이야."

"알겠습니더."

김해 부사이자 성주인 서예원(46세)이 뒤따르던 군관에게 명령을 내리고 계속 성을 순시했다. 좋은 날씨였다. 알맞게 농익은 사월의 신록이 너무나 싱그러워 숲, 연못, 오솔길, 어디고 할 것 없이 눈길 닿는 곳이면 가만 보고만 있어도 저절로 마음이 상쾌해지는 그런 기분 좋은 봄 날씨였다. 그러나 현 상황이 좋은 날씨나 감상할 만큼 편안한 상태가 아니라는 것을 예원은 본능적으로 감지하고 있었다.

그가 끌어 모은 정보에 의하면 머지않아 뭔가 터질 것임은 분명했지만 정확하게 언제인지 알 수가 없어 답답했다. 왜놈들이 쳐들어올 것이란 소문이 들렸을 때 처음에는 '까짓 왜구 놈들 넘어오면 본때를 보여주고 말리라.' 하고 가볍게 생각했는데 왜국 소식에 정통한 사람들의 말을 들어보니 그게 아니었다.

풍신수길이라는 대단한 자가 있어 무(武)로서 전 왜국을 평정하고 그 기세를 몰아 조선을 덮칠 준비를 갖추고 있다고 일깨웠다. 그런데 진짜로 놀라운 것은 조선이 아니라 명국을 정벌할 의도로 바다를 건너려 한다는 사실이었다. 조선은 징검다리쯤으로 여기고서. 그것도 예전의 왜구 따위와는 비교조차 할 수 없을 엄청난 규모의 적도들이 몰려서 그리 할 거라는 정보였다. 예원이 긴장하지 않을 수 없었고 백성들과 병사들의 불평이 다소 따르더라도 작업을 강행하지 않을 수 없었다.

순시를 끝낸 예원이 관아에 들어서자 한양의 집에서 보낸 종 김성길이 떠날 채비를 하고 대기하고 있었다. 예원의 아내가 마련한 옷가지 등 생활용품을 싸서 그가 김해에 도착한 것이 며칠 전이었다. 이제 그는 같은 김해에 살고 있는 예원의 처가 친척 집에 들렀다가 내일 아침에 한양으로 떠날 예정으로 집을 나서려는 참이었다.

"그래, 준비는 다 되었느냐?"

"네에. 따로 마님에게 전하실 것은 없으신지요?"

"아까 맡겼던 서찰만 전해주면 된다."

그때 웅성웅성 하는 소리가 들려 예원이 뭔가 싶어 주위를 살폈다. 봉수대 쪽에서 봉화 연기가 피어오르고 있었다. 가만 살펴보니 틀림없는 네 가닥! 예원은 마침내 왜놈들이 건너 왔다고 직감했다.

"성길아."

"네에."

"너는 지금 다른 데 들르지 말고 바로 한양으로 출발하라. 촌각이라도 지체 말고 걸음을 빨리해야 할 것이야. 가서 모든 일은 큰집과 상의해서 처리하라고 마님께 알려라. 빨리 가거라."

성길을 보내놓고 예원은 곧바로 예하 부장들을 불러 모았다.

부산진성 전투

1592년 4월 13일, 고니시 유키나가 휘하 왜국의 조선 침략 제1군이 700여 척의 병선을 동원해 부산포를 내습했다. 선봉군으로서 18,700명에 이르는 대군이었다. 이날 오후 3~4시경 다대포 봉수대의 책임자가 적의 대선단을 발견하고 봉화를 피운 것이 전쟁 발발을 알리는 최초의 신호였다.

이 신호는 제대로는 12시간이면, 늦더라도 하루면 한양까지 전달되었어야 할 신호였는데, 임금이 처음으로 연락을 받은 것은 4월 17일 오전 8시경 경상 좌수사 박홍이 보낸 파발마를 통해서였다. 13일 저녁부터 시작해서 첫 소식이 도착하는데 하루가 아니라 약 사흘 반이 걸렸으므로 중간에서 봉화가 끊겼음을 짐작케 하는 파발이었다.

다른 가능성도 있었다. 어쩌면 네 가닥, 다섯 가닥의 연기(낮)나 봉화 불(밤)이 하루 만에 한양의 도성까지 전달되었지만, 봉수대의 신호로서는 자세한 내막을 알 수 없는 임금이나 조정 관료들이 실제 사람이 전하는 소식을 초조히 기다리고 있었는지도 모를 일이었다.

북쪽으로 간 봉화 연기와 불이야 어찌되었든지 간에, 부산과 김해와는 지척인 밀양까지 금방 도달했고, 이어 그 주변으로도 신속히 전달되어 주변 각 지역의 조선 군사들은 즉각 교전 태세에 들어갔다.

4월 13일 오후, 부산 앞바다에 해 저물 무렵 도착한 고니시는 곧바로 상륙 작전을 펼치지 않고 함대를 바다에 정박해둔 채 심리전으로 들어갔다. 먼저 일부 정찰대를 보내어 부산진성을 정찰하게 한 다음 1차로 성 밖의 모든 마을을 불태우게 해 심리적 압박을 가했다. 그리고는 성에 사자를 보내어 "명나라로 가는 길만 열어주면 된다. 싸우지 말고 성문을 열어 달라. 그러면 아무도 다치지 않는다."라는 내용의 협상처럼 보이는 항복을 권유했다. 그러나 부산진 첨사 정발 장군이 그 제안을 묵살하고 성을 사수하겠다는 결의를 나타냄으로써 전쟁 발발은 초읽기가 시작되었다.

13일 밤을 그냥 보낸 왜군은 14일 새벽에 드디어 상륙 개시와 함께 성을 포위, 공격하기 시작했고 정발 장군 이하 성 안의 모든 군관민들이 죽음을 무릅쓰고 용감하게 맞서 싸웠다. 조국을 위해 의연히 그들의 목숨을 바칠 각오를 하고서. 허나 그 결과는 겨우 서너 시간의 항전이었다. 적의 전력이 아군의 것에 비해 월등하기는 했다. 그럼에도 불구하고 남쪽에 위치한 조선의 최 전초기지였음을 감안할 때, 너무 빠르게 무너진 것만큼은 변명의 여지가 없는 사실이었다.

그러나 그 다음날 벌어진 두 시간짜리 동래성 전투에 비하면 그나마 나은 편이라 할 수 있는 이 전투에서 정발 장군은 용감히 싸우다가 분명히 적탄을 맞고 전사했건만, 또한 그 공을 인정받아 후대에 의정부 좌찬성까지 벼슬이 증직되었건만, 어찌 된 셈인지 이날의 전투 이후 약 십년 뒤 정발의 부인이 조정에 탄원서를 올려 공을 인정받을 때까지, 많은 사람들로부터 도망자로 오인받았다.

전투를 치른 사람들이 모두 전사했기 때문에 처음에는 증언을 할 사람이 없어서 그가 오해를 받았을 수 있었다. 그러다가 용케 살아서 빠져나왔거나, 포로로 잡혔다가 풀려나왔거나, 아니면 그냥 살아서 남은 사람들도 있어서 나중에 그 오해가 풀렸을 테였다. 문제는 그러한 오해가 생길 만큼 성이 너무 빠르게 무너져버린 데 있었다.

14일 낮 부산진성 접수에 성공한 고니시는 전열을 재정비하면서 다음 목표인 동래성을 노렸고, 이미 전날 저녁 적의 침입을 알게 된 동래 부사 송상현은 양산, 밀양, 기장, 울산 등 주변 군현에 지원군을 요청하러 파발을 보내놓은 상태였다. 그러나 경상 좌수사 박홍은 적의 군세에 압도되어 싸울 엄두도 못 내고 다음날, 그리고 또 그 다음날, 부산진성과 동래성의 함락을 목격하고 도망치고 말았다.

조선의 신속한 반격(동래성 전투)

15일 아침에 부산진성을 출발한 왜군은 오전 10시쯤 동래성을 포위했다. 압도적인 왜군의 군세 앞에 동래성은 거센 폭풍우가 휘몰아치는 망망대해 속의 일엽편주와 같은 위기에 처했다. 그렇지만 이 순간 인근에 있는 양산은 물론 거리가 제법 떨어진 울산과 밀양서도 지원군이 속속 동래에 도착해 있었다. 개전한 지 하루가 지난 상황이었다.

경상 좌병사 이각은 울산서 4~5백 명의 군사를 이끌고 15일 아침 일찍 동래성 안에까지 들어갔지만 얼마 있지 않아 외곽에서 지원한다는 핑계로 빠져나가 버렸으며, 울산 군수 이언성과 양산 군수 조영규는 각각 소속 고을의 군사들을 이끌고 와서 동래 부사 송상현과 합류했다.

밀양 부사 박진은 동래성이 포위된 후 도착했기 때문에 입성을 못하고 근처 북쪽에 있는 소산역에서 동태를 살피다가 성에서 빠져나온 이각과 함께 진을 쳤다.

그런데 윗동네서 아랫동네 가듯 밀양이나 울산서 동래까지 금방 갈 수 있는 길이 아니었다. 우선 밀양서 동래까지 대략 1백 4십리, 보통사람들이 하루 60~70리를 걷는다고 치면 이틀은 걸리는 길이었다. 급박한 전쟁 상황에서 군사들이 행군하는 것이라 보통보다는 빨리 걸렸을 터였지만 도중에 식사도하고 밤에 잠깐 눈을 붙이는 시간도 있어야 했다. 밀양의 군사들이 15일 아침에 동래까지 도착했다는 사실은 밀양서 적어도 14일 낮이나 오전에는 출발했어야 가능한 일이었다.

당시는 평 길만 있는 것이 아니었다. 가파른 산길이나 고갯길, 그리고 나룻배를 이용해야 하는 큰 강도 있었는데, 모두가 시간을 잡아먹는 것들이었다. 더군다나 송상현이 13일 저녁에 띄운 장계가 밀양까지 가는데도 시간이 걸렸다. 숨 막힐 정도로 빠른 대응이 아니었다면 15일 오전에 동래성이 포위될 때 밀양의 군사들이 그 근처까지 진출하기란 불가능했다. 비슷한 거리에 있는 울산에서는 입성까지 했다가 나왔으니 역시 신속했다.

어쩌면 밀양의 군사들도 더 일찍 도착해서 입성할 수 있었으나 일부러 거리를 두며 머뭇거렸을지도 모를 일이었다. 성에 들어가고 싶지 않은 이유로. 하여간 밀양과 울산에서 조선의 관군들은 신속하게 준비해서 동래로 간 것만은 확실했다.

조선은 처음부터 헤맨 것이 아니었다. 개전 초 조선군의 통신 망은 제대로 작동되고 있었고, 아울러 전쟁 준비도 나름대로 이루어져 있었다. 이를 입증해주는 것이 각 지역에서 동래로 재빠르게 모인 지원군들이었다.

박진이 이끈 군사는 3백 명 정도. 이각의 군사와 비교해도 결코 적은 숫자가 아니었다. 그리고 4월 17일에 임금으로부터 순변사로 임명받아 한양서 군사를 모집하기 시작한 이일이 3일 동안 긁어 모은 수도 300명 정도였는데, 민가나 시정에 있는 사람들 또는 서리나 유생들로서 싸움과는 거리가 먼 사람들이었다. 밀양의 군사들은 정규군이었으므로 이일의 군사들로서는 견줄 바가 못 되었다.

당시 조선의 백성들 중에는 과중한 세금에 시달리다 못해 유리걸식을 하는 사람들이 많았다. 이런 사람들은 자동적으로 군역에서 빠졌고, 양반들은 특권이 있어서 빠졌고, 일반 백성들은 방군수포제가 있어서 빠졌다. 결국 저마다 이리저리 빠지는 수가 다 있었으니 군사의 수가 모자라는 것은 당연했다.

그럼에도 불구하고 곧 전개되겠지만 진주성에서 보낸 지원군이 18일에 밀양 삼랑진의 작원관에서 벌어지는 전투에 참전했고, 19일에 벌어지는 김해성 전투에는 약 250리나 떨어져 있는 초계(합천 소재)에서 지원군이 와서 도왔다. 또한 유사시 거점지로 병사들을 집결시켜 중앙에서 파견한 장수의 지휘 하에 방어를 한다는 제승방략 작전에 따라 개전 초 대구에 2만여 명의 많은 병력이 모였다. 이 수치는 정확하게 믿을 수 있는 것은 아니지만 경상도 각 수령들이 저마다 모아서 갔으니 꽤 많았을 것임은 분명했다. 개전 초 조선은 군사들이 부족한 가운데도 가능한 한 모을 수 있는 만큼 최대한 끌어 모아 신속하게 대처했다는 말이었다.

대구에 모인 병사들은 한양서 내려오게 되어 있는 순변사를 기다려 며칠을 머무는 중 적이 접근하자 모두들 뿔뿔이 흩어지고 말았지만, 미리 정해진 전략에 따라 움직였다. 적어도 개전 초 조선군의 대응은 최선을 다한 것이었고 혼신의 힘을 다한 것이었다.

잘 살펴보면 개전 초 육상에서 조선군은 정해진 작전대로 전쟁을 수행했다. 먹고 살아가기도 벅차 다 쓰러져가는 백성들의 고혈을 짜내가며 전쟁 준비에 안간힘을 쏟은 보람이 그런대로 나타났다. 만약 과거처럼 왜구와의 국지전 성격의 싸움이었다면 이 정도의 준비로도 물리쳤을 것이었다.

하지만 조선 백성들의 피눈물 맺힌 노력이 결국에는 어린애들 전쟁놀이 수준의 별 볼일 없는 헛짓이 되어 버렸으니, 그것이 곧 조선의 한계였고, 무능이었다. 그만큼 적의 규모와 전력이 상상외로 컸던 것이 원인이었다. 파도를 막을 방파제를 준비한 조선에 막상 밀려닥친 것은 해일이었다. 그것도 보통 해일이아니었다. 방파제 정도로는 금방 무너져 모든 준비가 순식간에물거품이 되어버리고 마는 그런 거대한 지진해일이었다. 이것은 곧 비극이기도 했다.

다시 동래성. 4월 15일 오전, 왜군에게 포위된 동래성은 고립무원의 상태였다. 이각은 약삭빠르게 빠져나가 버렸고, 박홍은들어올 엄두도 못 내었고, 박진 역시 들어오지 못하고 이각과함께 외곽에서 진을 치고 있었다. 이각과 박진의 군사를 합쳐봐야 1천 명도 안 되는 숫자. 선봉 고니시군과 수군을 합쳐 3만 명가까이 되는 왜군에 비하면 조족지혈이었다.

고니시와 송상현의 팻말을 통한 말싸움 '戰則戰矣 不戰則假道(싸우려면 싸우고 싸우지 않으려면 길을 빌려 달라), 戰死易假道難(싸우다 죽는 것은 쉽지만 길을 빌려 주기는 어렵다)' 이끝난 후 전투가 시작되었지만 결과는 너무 허망했다. 버틴 시간이 겨우 두 시간이었다.

　송상현은 도망치지 않고 남자답게 떳떳하게 죽어 이후 후세에 충신으로 이름을 남겼다. 조국을 위해 그리고 임금을 위해 죽음을 겁내지 않아 영원히 그 이름을 떨쳤다. 그를 따라 수많은 관민이 도륙당했건만 정작 그만 이름을 남긴 것은 단지 그가 그 성을 대표하는 성주였기 때문이었다. 그러나 그의 죽음이 과연 그러한 가치가 있었는지는 의문이었다. 느긋하게 식사하고, 차 한 잔 마시고, 잡담을 나누다 보면 지나갈 수 있는 그리 길지 않은 두 시간 동안 실질적 부산의 행정 도시인 동래성이 맥없이 무너졌다. 적의 병력이 아군의 병력보다 훨씬 많았기는 했지만 한꺼번에 다 몰려서 공격한 것은 아니었다. 왜 수군과 신병들은 주변에서 약탈하는데 정신을 쏟느라 고니시의 선봉군만 공격했다. 물론 그 숫자도 적은 것은 아니었다.

　그러나 진주성에서는 1차전 때 3만이나 되는 왜군을 당당히 물리쳤으며, 2차전 때는 무려 10만이나 되는 왜군과 맞서 9일간이나 버티다가 전원이 옥쇄했는데, 이것은 좀 훗날의 이야기라 치더라도, 불과 며칠 후인 4월 19일에 벌어지는 김해성 전투에서도 꼬박 하루를 버텨냈다. 여기에 비하면 송상현이 너무 턱없이 쉽게 무너진 것이었다.

전초기지인 부산진성과 행정 중심지인 동래성의 성주인 정발과 송상현은 죽어서 그 이름을 남겼지만 냉정하게 평가하면 둘다 제대로 임무를 수행하지 못했다. 시간이 없었느니, 돈이 없었느니, 물자가 없었느니, 무기가 없었느니, 중과부적이었느니, 지원군이 제때 도착하지 않았느니, 무슨 변명을 갖다 붙여도 두 시간은 너무 짧았고 서너 시간 역시 마찬가지였다.

　분명 송상현과 정발은 국토 수호의 임무를 진 최일선 장수들로서 적의 침공을 막아내야 할, 사정이 여의치 않을 경우 최대한 시간이라도 끌어 다른 곳에서 전열을 가다듬을 수 있는 최소한의 시간적 여유라도 줘야 할, 그런 임무를 올바르게 수행하지 못했다. 하지만 훗날 그들에게 남은 것은 임무 불이행에 대한 불충이 아니라 임금을 위해 목숨을 바친 충이었다. 도망치지 않고 장수로서 그 자리를 지키며 당당하게 죽은 충이 크게 여겨진 때문이었다.

조선의 신속한 반격(작원관 전투)

동래성이 포위되어 공격을 받고 있을 때 그 북쪽 소산역에서 진을 쳤던 이각과 박진의 군사들은 15일 오후에 적이 동래성을 무너뜨리고 공격해오자 싸워볼 엄두도 내지 못하고 후퇴했다. 엄청난 대군의 몰아침이 조선 군사들의 전의를 완전히 상실시켰다. 박진은 부득이 소산역에서 퇴각하여 양산을 거쳐 16일에 밀양으로 복귀했고, 이각은 계속 북쪽으로 달아났다.

당시 부산서 양산을 거쳐 밀양으로 가는 길목에 공무를 보는 관원들의 숙소로서뿐 아니라 출입하는 사람들과 화물을 점검하는 검문소로서의 역할을 함께 한 작원관(밀양 삼랑진에 위치, 밀양 관아서 남동쪽으로 약 40~50리)이 있었는데, 한양으로 가기 위해서는 꼭 통과해야하는 교통 요충지였다. 여기를 지나려면 좁고 위험한 벼랑길을 이용해야만 했다. 낙동강이 험한 산을 끼고 흐르는 지세였고, 힘든 산길이 아니면 달리 돌아갈 길도 없었다. 강 바로 옆 산벼랑을 깎아 사람이 겨우 통과할 수 있도록 만든 길이 이른바 황산잔도라고 일컬어지는 곳이었는데,

여기의 한쪽 끝을 막아서고 있으면 말 그대로 일당백을 해낼 수 있는 천혜의 요새가 되었다. 박진은 군관 이대수, 김효우 등 2~3백 명의 군사로 이곳을 막게 하고 그 자신은 밀양성에서 일부 군사와 더불어 성 방비군을 모집하는 등 만일의 사태에 대비했다.

17일, 동래성에서 군수가 죽어버려 무주공산이 된 양산에 무혈입성한 왜군은 18일에 밀양으로 진격하다가 황산잔도에서 박진의 군사들과 맞닥뜨렸다. 조선 군사들이 편전 등을 쏘면서 맹렬히 저항하자 왜군은 불리한 위치상 정면으로 맞서지 않고 양면 전략을 썼다. 조선 병사들의 눈길을 선발대가 붙잡고 있는 동안 별동대가 우회 산길을 이용해 산위에서부터 조총을 쏘며 공격해 내려가 조선군의 측면을 파고들었다. 길잡이가 미리 우회로를 알고 있었든지, 아니면 누군가가 알려줬을 것이었다.

18,000여 명이나 되는 대병력의 공격을 고작 2~3백 명의 군사들로 막아내기에는 역불급이었다. 왜군이 거세게 강변으로 밀어붙이자 그들은 최후의 일각까지 치열히 저항했지만 모두 장렬히 죽어갈 뿐이었다. 왜군으로 치면 전투라 말 할 것도 없었다.

기원전 480년 테르모필레에서 그리스 연합군과 페르시아군 사이에서 전투가 벌어졌다. 그리스로 들어가자면 꼭 통과해야 하는 좁은 골짜기인 테르모필레에서 스파르타의 왕 레오니다스는 그리스의 대표로서 300명의 결사대와 1천여 명의 연합군을 이끌고 골짜기 한쪽 끝을 막아섰다. 병력면에 있어서는 상대조차 안 되는 열세였지만 어릴 때부터 엄격한 군사훈련으로 자란 레오니다스의 결사대는 필사적으로 전투를 벌이며 꼬박 7일간을 막아냈다. 그러나 적이 걸어놓은 상금에 눈먼 한 그리스 농부가 우회로를 페르시아 측에 밀고해버렸다. 양면으로부터 공격을 받게 된 레오니다스와 그 병사들은 압도적으로 더 많은 페르시아 군사들과 처절하게 싸우다가, 종국에는 모두 전멸했다.

작원관 전투가 이 테르모필레 전투와 양상이 비슷했다. 작원관 전투에서 조선 군사들의 사력을 다한 분전은 테르모필레 전투의 그것과 다르지 않았다. 다만 기본적인 전력의 차이가 워낙 컸기 때문에 그 성과까지는 비교할 바가 못 되었다. 어쨌든 군관 이대수, 김효우 등 2~3백 명의 군사들은 조국을 위해 싸우다가 전멸해갔다.

그런데 그들이 전멸해갈 무렵 경상 감사 김수가 진주서 보낸 지원군 약 200명이 그 부근에 도착했다. 진주서만 다 온 것은 아니었다. 김수의 독려로 진주와 인근 함안 등지에서 차출된 군사들이 지원하러 왔다. 하지만 이들은 박진의 군사를 물리친 왜국의 대군과 맞닥뜨리자, 그 군세에 압도되어 급히 퇴각할 수밖에 없었다. 그 과정에서 수많은 병사들이 조총에 맞아 죽거나 낙동강에 빠져 죽었다.

진주라는 말을 흘려듣고 넘어가 버리면 그만일 수 있지만, 진주서 밀양까지는 밀양서 동래까지보다 훨씬 먼 길이었다. 진주성서 작원관까지 대략 250리. 하루 60리씩 이면 나흘, 마음먹고 80리씩 걸어도 사흘 길이었다. 진주의 지원군이 아무리 걸음을 빨리했던들 최소 이틀은 걸렸을 것. 18일 작원관에 도착하기 위해서는 16일 낮이나 그 이전에 진주서 출발해야했다. 여기에다 전쟁 발발을 알리는 부산진성에서의 장계가 약270~280리나 떨어진 진주성까지 가는데 걸리는 시간도 있었다. 진주성에서 작원관까지 간 지원군도 밀양서 동래까지 간 지원군 못지않게, 아니 오히려 더 숨 가쁘게 대응했다는 말이었다.

지원군만으로 끝난 것이 아니었다. 지원군을 먼저 보내놓고 경상도 지역 최고 책임자인 감사 김수도 밀양으로 곧 출발했다. 일부 지원군은 역할에 따라 동래, 밀양, 김해로 갔지만, 그 외

나머지 경상도 각 고을의 수령들은 군사를 모아 제승방략 작전에 의해 대구로 갔다. 이 모든 것을 김수가 직접 지휘했다. 이 와중에 탈영병도 나왔고, 미리 숨어 버린 수령들도 생겼고, 그 외에도 이러저러한 상황들이 발생했는데, 김수가 다 처리해가면서 나아갔다. 멈춤 없이 곧장 밀양까지 직행하기가 쉽지는 않았지만 그는 강행군을 해서라도 밀양으로 다가가려고 했다.

교통수단이라고는 말과 사람의 발 밖에 없던 시대였다. 진주에 있는 경상 감사 김수가 부산에서 보낸 장계를 받아 각 고을에 격문을 보내 독려하고, 밀양에 지원군을 파견하고, 이어 망설임 없이 그 자신도 곧바로 밀양으로 출발했다. 전투가 개시된지 겨우 이틀 만에 이 모든 일이 이루어졌다. 촌각의 지체도 없었음을 뜻했다.

한데 이 시점에서 후세 사람들이 믿기가 어려운 참으로 놀랄 만한 사항이 하나 나타났다. 정황상 각 고을의 수령들을 독려하느라 밀양에는 지원군만 먼저 보내놓고 김수는 뒤따르던 중 들려오는 작원관의 패배 소식에 중도 포기하고 다시 진주나 아니면 다른 곳으로 후퇴했을 공산이 컸다. 그런데 당시의 기록자들이 경상 감사 김수가 이 급박한 시점에 직접 밀양 성내까지 들어섰다는 기록도 남겨 놓았다. 밀양까지 갔다가, 거기서 거창으로 달아났다고 써놓았는데, 만약 그 기록대로 김수의 밀양 도착이 사실이라면, 후세 사람들의 혀를 내두르게 하고도 남음이 있는 신속함이었다.

아무튼 경상도의 최고 책임자인 김수는 전쟁 발발 후 전혀 우왕좌왕하지 않았다. 미리 그림을 그려놓고 거기에 따라 약간의 오차도 없이 행동했음이 확실했다.

왜군이 쳐들어왔다는 장계를 받고 나서 다시 장계를 보내고, 군사를 모으고, 무기와 비상식량 그리고 횃불 따위를 준비하는 등 각 지역 지휘관들이 우왕좌왕하며 부산을 떨었다면, 개전 초반의 때맞춘 지원군 파견과 거점 지역 결집이 쉽지 않았을 터. 결국 밀양의 박진, 울산의 이각, 각 고을의 여러 수령들, 그리고 진주의 경상 감사 김수 등은 인편으로 장계를 받기 전에 이미 전쟁 준비에 돌입한 상태였다. 왜의 침입 첫날 부산서 날린 봉수 신호를 보고서.

경상 감사 김수의 독려로 진주서부터 밀양까지 지원군이 숨가쁘게 달려가서 도우려한 작원관 전투였지만, 이 전투가 임진왜란 전체의 대세에 끼친 영향은 거의 없었다. 압도적인 적의 군사력에 눌려 싸움다운 싸움 한번 제대로 못해보고 도망치다가 많은 군사만 잃은 전투였다. 다만 아주 흥미로운 상상거리 한 가지는 남겨 놓았다.

김수가 밀양에 지원군을 보냈을 때 그 지휘자가 있었을 터인데, 그 지휘자는 지원군이 속한 그 고을의 최고 책임자임이 마땅했다. 동래성에 지원하러 간 울산, 언양, 양산, 밀양의 경우가 그랬고, 19일의 김해성 전투에서도 초계 군수가 직접 지원군을 이끌었다. 그렇다면 진주에 주둔하고 있던 감사 김수는 당연히 진주 목사를 지원군의 수장으로 해서 보냈을 터였고, 인근 고을인 함안에서는 함안 군수를 수장으로 해서 보냈을 터였다.

당시 진주 목사는 이경. 하지만 이때 그는 연로한데다 병들어 멀리 운신할 수 없는 처지였고 얼마 있지 않아 죽었다. 따라서 그 다음 책임자인 부목사를 보냈을 터, 그가 다름 아닌 진주 판관 김시민! 그리고 당시 함안 군수는 유숭인이었다. 젊고(각각 39세, 28세) 혈기왕성한 그들이 부대를 이끌었을 것임은 자명했다.

그렇다! 이때부터 약 5개월 후인 10월초, 진주성에서 벌어지는 왜군과의 대회전에서 비극적인 만남을 갖게 될 이 두 영웅이 개전 초 밀양 삼랑진의 낙동강가에서 서로 힘을 합쳐 왜군과 맞서싸웠다는 흥미로운 상상을 작원관 전투가 남겨 놓았다. 비록 두 사람은 대부분의 군사를 잃고 진주 쪽으로 퇴각해 갔겠지만. 이때만 해도 이 두 사람은 5개월 후 그들 앞에 펼쳐지게 될 비극적 운명을 꿈엔들 예감했겠는가?

작원관 방어선이 무너지고 지원군도 패배했다는 보고를 받자 박진은 밀양 성안의 각종 시설과 군량 창고를 불태우고 도주했다. 왜군은 성에 불이 난 다음날인 19일, 성을 거의 무혈점령했다. 이때 그들은 성을 지키던 밀양 군민 3백여 명을 대부분 살해했다. 이각은 임금을 뵈러 북쪽으로 가다가 임진강에서 도원수 김명원에게 걸려 참수되었다.

피난

"내가 살다보이 별 꼬라지를 다 본다 카이. 도둑놈들이 따로 없다 아이가."

"와, 머 때문에 그라는교?"

아침 먹고 버드나무 집에 점 보러 쌀 반 되를 들고 나간 순분이 대문을 들어서며 투덜대자 억술이 그 연유를 물었다. 15일 오전이었다.

"점 볼 끼라고 그 집에 사람들로 벌써 꽉 차 있데."

"그라면 좀 기다렸다가 보고 오지 와 그냥 오는교?"

"첨에는 그랄라 캤지. 그런데 그기 아인기라. 오늘은 사람이 많다 카면서 복채부터 먼저 내는 사람만 넣어주는 기라."

"아까 쌀 퍼갔다 아입니꺼?"

"그라이 내가 미치겠는 기라. 복채로 쌀 다섯 되나 내라 카이 이런 도둑놈들이 어디 있노? 왜놈들이 쳐들어온다 카는데 저거만 살판 난 기라. 이따가 갔다준다 캐도 안 되고. 할 수 없이 그냥 왔다 아이가."

"그럼, 됐습니더. 그냥 놔 두소. 점 본다고 될 일도 아입니더."

"아이다. 그래도 안 그렇다. 내 더럽지만 다시 가봐야 되겠다."

순분은 기어코 쌀 다섯 되를 꾸려서 무길 처와 다시 나갔다. 점심때가 좀 못 되어서 무길, 칠득, 재식이 돌아왔다. 아침 먹자마자 억술이 동네를 돌며 생필품을 구해오라고 내보냈던 터였다. 값을 치르게 쌀 한 가마를 풀었다. 칠득과 무길은 쌀가마니를 나누어서, 재식은 빈 독을 각각 지고 나갔다가 지금 막 돌아왔다. 세 사람 각자 지게를 내려놓았는데 쌀은 남아 있지 않았다. 대신 미투리와 짚신이 꽤 쌓여 있었고, 소금 자루, 젓갈 단지, 된장이 가득찬 독까지 제법 오랫동안 쓸 수 있는 양 같았다.

"아니, 쉽게 구했네. 다들 여유가 있더나?"

"그기 아이라, 워낙 쌀이 귀하다 아입니꺼. 우리도 써야 된다, 우리도 피난 가야 될 낀데, 캐쌓다가도 제가 쌀을 좀 더 주겠다 카이 다 조금씩 내놓데에. 미투리나 짚신은 새기(새것이) 아이라도 상태가 좋으면 같이 챙겼습니더."

억술의 물음에 무길이가 가쁜 숨을 쉬면서 대답했다.

"잘했다. 다른 것들은 없더나?"

"간고등어, 북어, 굴비가 있는 집들도 있었는데, 양에 비해 쌀이 아까버서 그냥 뒀습니더. 차라리 된장이나 소금, 그라고 젓갈을 더 많이 모으는 게 낫겠다 싶어서요."

"그랬구나. 니가 수고 많았다. 좀 쉬어라."

얼마 후 순분과 무길 처가 돌아왔다. 억술이 광을 돌면서 피난을 떠나게 되면 무엇을 챙길까 검토하고 있던 중이었다. 순분이 잠깐 들어가자고 재촉해서 억술이 살피던 일을 그만두고 사랑에서 서로 마주 앉았다.

"이 난리가 쉽게 끝날 기 아이라 카더라. 오래 간단다. 저그도 오늘까지만 점 보고 내일 아침 일찍 피난 떠날 거라 카이 니도 빨리 준비해라."

"어디로 가라고 정해주는 데 있습디꺼?"

"딱 어데 정해준 데는 없었지만 니는 서쪽으로 가면 살 끼라 카더라."

"서쪽이요?"

"그래. 서쪽이라 카면 우리 고향 수산서 강 건너가지고 계속 가면 될 거 아이가. 끝에 가면 전라도가 나올 끼고."

억술은 잠시 생각해보았다. 부산에서 올라오는 왜군을 피해

도망칠 곳은 북쪽 아니면 서쪽 두 곳. 맏딸이 진영에 시집가 있으니 일단 그곳에 가봤다가 사정이 여의치 않으면 창원으로 피신하면 될 것이고, 거기서도 어려워지면 북쪽으로 갈지, 아니면 점쟁이 말대로 서쪽으로 갈지 다시 결정하면 되겠다고 속셈했다.

"어무이. 잘 알았습니더. 일단 집안에 있는 물건부터 좀 챙겨 보입시더. 참 형님은 지금쯤 출발했겠지에. 어제 형님이 따라가자고 했을 때 어무이도 마 가뿟으면 됐을 낀데요."

"무슨 소리 하노? 내가 그 먼 길을 우째 감당하라 말이고."

어제 저녁에 억술의 형인 조술이 직접 평촌까지 와서 북쪽으로 함께 피난을 떠나자고 권유했을 때, 억술은 가까운 데로 가겠다며 사양했다. 조술은 그렇다면 어머니라도 모시고 가겠다고 말했는데, 이번에는 순분이 나서서 억술과 함께하겠다며 사양했다. 조술은 수산에 있는 일가친척들은 모두 모여 주변 산으로 피난가기로 했다는 소식을 전해 주고는 안타까운 표정을 지으며 발길을 돌렸다.

오후가 되자 일가를 데리고 피난 떠나는 사람들이 눈에 띄기 시작했다. 어디로 떠나는지 억술은 애써서 알아보려 하지 않았다. 어머니가 소문을 듣고 와서 다 말해줬다. 친척들이 많이 모여 있는 어디로 간다는 둥, 처가가 있는 어디로 간다는 둥, 말들을 전했지만 저 멀리 한양이나 전라도까지 간다는 사람은 아직 없다고 말했다. 그도 그럴 것이 입에 풀칠하기도 빠듯한 사람들이 멀리 피난을 떠난다는 것은 언감생심, 꿈도 못 꿀 일이었다. 멀리 피난 간다는 것은 그들에게는 곧 굶어 죽으러 간다는 것을 의미했다. 따라서 집안 식구들끼리 모여 주변 산으로 숨으러 가는 것이 그들이 할 수 있는 최선의 피난이었다.

밤이 되자 동래성마저 무너지고 왜군들이 북쪽으로 물밀 듯 몰려오고 있다는 소식이 퍼졌다. 온 동네가 동요했고 억술도 위기감을 느꼈다. 억술이 사랑으로 어머니와 무길 부부를 모았다.

"어무이요, 우리도 서둘러 떠납시더. 아무래도 심상치 않네에. 그라고 무길아, 니는 우째 할래? 아무 부담 갖지 말고 말해라. 니가 내 따라갈 것 같으면 너그 식구들도 우리하고 같이 피난 가는 거고, 아이면… 으음."

억술은 무길이가 남아서 주변 산 같은 데 피해 있다가 그가 돌아올 때까지 집을 봐줬으면 하는 속내였지만 인정상 차마 그 말을 꺼내지 못하고 머뭇거리고 있는 차에 순분이 끼어들었다.

"아이다. 언제 끝날지도 모르는데 집을 비워놓고 다 떠날 수 없는 기라. 그라고 여식아들 까지 그 많은 식구들을 데리고 한

데서 우째 돌아다닐 거고? 말도 안 된다 카이. 그래서 내가 벌써부터 생각해놓은 기 있는 기라. 니가 재식이하고 영식이하고 칠득이만 데리고 피난 갔다가 나중에 왜놈들 물러가면 돌아 오거라."

억술은 깜짝 놀랐다. 낮에 어머니가 서쪽으로 가면 살 수 있다고 말했을 때 당연히 함께 따라가겠거니 생각했었는데 알고 보니 아들과 손자들만 보낼 의도였다.

"그기 무슨 말씀입니꺼? 어무이가 안 가시는데 내 혼자 어데 가라 말입니꺼?"

"내 말 잘 들어 보래이. 니한테 변이 생기면 이 집안이 우째 되겠노? 생각하기도 끔찍스럽다 아이가. 그라고 아무것도 모르는 칠득이한테는 왜놈이나 우리나라 사람이나 다 똑같을 낀데 갸가(걔가) 혹시라도 왜놈들 보면 우에 행동할지 모르는 기라. 왜놈들이야 사정을 알 턱이 없으이 칠득이는 그놈들 눈에 띄면 칼 맞아 죽기 알맞다 카이. 또 재식이는 어떻노? 덩치가 벌써 어른만 하이 눈에 띄면 위험하기는 마찬가지 아이가. 그래서 내가 보이 니하고 재식이하고 칠득이하고 세 명이 제일 위험하이 무조건 도망쳐야 하는 기라. 거다가 영식이는 머스마인데다가 다 큰 기나 마찬가지이끼네 너그들 따라다니는데 어려움이 없을 끼다."

마치 준비해놓았다는 듯이 막힘없이 술술 말을 풀어나가던 순분이 잠시 뜸을 들였다. 틈을 타서 억술이 뭐라고 말을 꺼내려 했지만, 그 전에 무길이를 쳐다보면서 순분이 다시 말을 이어나갔다.

"무길아. 니도 위험하기는 마찬가지라는 거를 내가 잘 안다. 그렇치만서도 집안에 남자가 하나도 없어 가지고는 안 되는 기라. 니하고 니 처하고 내하고 우리 서이는(세 명은) 애들 데리고 여기 남자. 이리저리 숨어 다니다가 왜놈들이 없을 때 돌아왔다가 다시 들이닥치면 그때 또 숨어뿌고 하면 될 거 아이가? 눈치 보가면서 농사일도 해야 될 끼고. 섭섭하이 생각하지 말고 니가 내 말 좀 들어다고."

"할무이. 저는 상관없습더. 저는 마, 이 집안에 조금이라도 도움 되는 기라면 다 따라할 깁니더. 제 걱정은 하지 마이소. 그보다 할무이가 괜찮으시겠습니꺼?"

무길이 오히려 주인 걱정을 하자 순분은 울컥 목메임이 속에서부터 치솟아 올랐다. 무길의 손을 잡으며 순분이 울먹이는 소리로 계속 말했다.

"흑흑. 정말 고맙다, 무길아. 니가 그래 쉽게 답을 해주이 내 마음이 인자 조금 편해지네."

옆에서 듣고 있던 억술도 목이 멨다. 목멘 소리를 집어 삼키기 위해 잠깐 헛기침을 하고 억술이 말했다.

"어무이, 그래도 어무이를 두고 제가 우째 떠나겠습니꺼? 그라면 저도 남겠습니더."

"야야. 큰일 날 소리 말거라. 내가 살아봐야 얼마나 더 살겠노? 그라고 설사 왜놈들이 다 늙어빠진 나를 찾아내봤자 머 하겠노? 죽일 끼가, 살릴 끼가. 내 걱정은 말거라. 니가 남겠다 카는 거는 내 가슴에 못 박는 기나 마찬가진 기라. 무조건 내일 떠나거라."

억술은 다시 목이 멨다. 꾹 울음을 삼키고 무길에게 말했다.

"무길아. 내가 니하고 니 처한테 머라고 할 말이 없다."

더 이상 말을 하면 울음이 터져 나올 것 같아 억술이 입을 닫았다.

"어르신, 그런 말씀 마시이소. 저나 제 처나 어르신이 이만큼 거다(걷어다) 먹여준 것 항상 고맙게 생각하고 있습니더. 우째 생각하면 우리는 집에서 편하이 지내는 기고 어르신은 한데서 고생하시는 데 우리가 더 미안하지에. 절대 우리 걱정 마시고 어르신이나 편케 지내시다 오시이소."

마침내 결론이 내려졌다. 억술과 두 아들, 그리고 칠득이까지 네 명의 남자가 피난을 떠나고, 순분과 억술의 막내딸, 그리고 무길이 부부와 그 아들 딸, 모두 여섯 명은 집에 남기로 했다. 그냥 집에 남는다는 것이 아니라 주변에서 난을 피하기로 의논이 모아졌다. 무길이 부부를 그들 방으로 보내놓고 나서 억술은 순분과 계속 이야기를 나누었다.

"어무이. 저는 일단 진영으로 갈랍니더. 말님이한테 들렀다가 거기서 창원으로 빠질 생각입니더."

"이 판국에 말님이한테 갈 경황이 있겠나? 거는 강서방한테 맡겨두고 니 갈 길부터 먼저 가는 기 나을 성 싶은데."

억술이 먼저 큰딸 집부터 들를 생각이라고 말하니까 순분이 사정이 급한데 그럴 필요까지 있겠느냐면서 만류했다.

"어무이, 잘 생각해보이소. 만약 내가 서쪽으로 가야 된다 카면 거기 들렀다 가더라도 큰 문제는 없습니더. 지나가는 길목에 있는 기나 마찬가지 아입니꺼?"

"그렇다 카더라도 왜놈들이 언제 밀려올지 모르니까 거서도 최대한 빨리 빠지 나와야 될 끼다. 그라고 무조건 전라도로 가거라. 거어는 곡식 구하기가 쉽다 카더라. 서쪽이라 카면 거 말고 또 어데 있겠노?"

"예. 잘 알겠습니더."

억술은 내일 피난 갈 목록을 어머니와 함께 꼼꼼히 따져 보았다. 우선 소와 달구지를 가지고 가기로 했다. 느린 단점은 있지만 짐을 많이 실을 수 있고 어려울 때 요긴하게 써 먹을 수 있기에 선택했다. 최악의 경우에는 큰 고을에서 소와 달구지를 팔아 생활비로 보태어 쓴다는 복안이 깔려 있었다. 집에 남겨 놓았다가 왜군들에게 빼앗길지 모른다는 두려움 또한 소를 끌고 가게 하는 데 한몫 했다. 송아지까지는 어쩔 수 없는 일이었다.

"고갯길이 많을 낀데 그때는 우에 할라 카노?"

순분이 길이 편치 않을 것을 우려해 물었다.

"재식이 보고 소 끌라 하고 나머지는 뒤에서 밀어야지에. 아니면 멀더라도 둘러가는 길을 찾아야 할 끼고 또 그래도 안 되면 도중에서 팔고, 지게 지는 수 말고 달리 도리 없습니더."

"알았다. 이럴 줄 알았으면 평소에 금붙이를 마련해 놓을 거를 그랬네. 무게가 훨씬 덜 나갈 낀데. 일단 내 꺼 부터 챙겨올 테이 니도 재식이 어마이가 가지고 있던 거 빨리 챙겨봐라."

"어무이 거는 그냥 두소. 어무이도 급할 때 써야 할 거 아입니꺼?"

"그런 소리 마라. 먼 길 떠나는 니한테 요긴한 기지 내한테는 아무 쓸 데 없다."

삼년 전에 억술의 아내는 반위(위암)로 세상을 떠났다. 순분은 그때부터 수산 본가에서 억술의 집으로 옮겨 그와 함께 지내왔다. 어머니가 가락지 등 금붙이를 챙기러 가는 동안 억술은 예전에 형이 금이나 은에 집착하던 모습이 떠올랐다. 그땐 탐욕이라고 여겼었는데 지금 보니 선견지명이었다 싶어서 그도 모르게 고소를 머금었다. 막상 피난을 떠나려는 마당에 금이나 은만큼 값은 많이 나가면서도 간단하게 꾸릴 수 있는 물건은 없었다. 포는 틈틈이 모아 두었다. 하지만 무게로 따지면 금이나 은에 비할 수 없었다. 포가 현찰과 똑같으면서도 쌀 무게보다야 훨씬 적게 나가긴 했지만.

진영

16일이 되자 온 동네가 벌집을 쑤신 듯했다. 왜적이 곧 몰려 올 거라는 소문에 저마다 피난을 떠나느라 정신이 없었다. 억술은 짐을 꾸리면서 오전을 보냈다. 무턱대고 달구지에 다 실을 수 없는 노릇이라 어젯밤에 꼼꼼히 계산한 대로 짐을 실었다. 쌀 세 가마니에다가 길양식으로 쓸 수 있게 닷 말 정도를 따로 실었다. 된장, 지렁장, 새우젓, 조개젓, 소금 등도 네 식구가 반 년을 먹을 수 있는 양을 챙겼고 굴비는 오래 먹지는 못할망정 약간만 집에 남겨놓고 다 실었다.

그동안 집에 모아 둔 포가 40여 필, 그 중에 15필을 일반 볏 짚처럼 표시나지 않게 묶어 실었다. 그 외에 화덕, 솥, 사발, 수저, 돗자리, 농기구, 지게, 종자 씨앗, 이불, 옷가지, 신발, 바늘 쌈 등 생필품들을 차곡차곡 싣고 귀중품은 억술이 직접 괴나리 봇짐으로 꾸리고 나니 어디 간들 당분간은 걱정하지 않아도 될 만큼 든든했다. 여기에다 소와 달구지까지 계산해보면 1년이 아니라 2년이라도 그런 대로 버틸 만했다.

억술은 일찍 점심을 먹고 출발했다. 어머니를 사지에 버려두고 혼자 떠나야 하는 억술의 심정은 참담했다. 한 걸음 한 걸음 떼기가 마치 천근만근의 무게로 다가왔지만 어쩔 수 없는 일이었다. 떠나는 아들의 마음을 아프게 하지 않으려 잘 참아내던 순분이 막판에 결국 통곡을 시작했다. 꽃님이가 울면서 아버지를 따라가려는 것을 순분이 같이 울면서도 못 가게 꼭 잡았다. 무길의 처가 순분을 달랬고, 달래는 무길 처의 눈에도 눈물이 그렁그렁했다. 그 사이에 무길이 "빨리 출발 하시이소. 우리도 오후에는 떠날 겁니더. 몇몇 집이 합쳐서 산에서 같이 지내기로 했으니 걱정은 하지 마이소." 눈물 어린 목소리로 억술의 길을 재촉했다. 억술은 목이 메여 더 이상 말을 못하고 소를 끌기 시작했다. 먼저 수산으로 방향을 잡았다.

억술은 수산서 하루를 묵어야 했다. 오후에 늙은 종만 혼자 남아 집을 지키고 있는 수산 본가에 도착해 잠깐 쉬었다가 강을 건너려 했지만 어림없는 일이었다. 너무 많은 사람들이 나룻배를 타려고 몰려들어 달구지에 소까지 데리고는 도저히 엄두를 낼 수 없었다.

어쩔 수 없이 본가서 하루를 자고 새벽 일찍 다른 사람들이 나오기 전에 사공에게 몰래 쌀 한 말을 찔러 넣어 주고서 강을 건넜다. 강을 건너 가술까지 왔을 때 억술은 잠깐 고민했다. 가술 너머 진영으로 접어드는 고갯길을 넘는데 식구들을 다 데리고 가다가는 시간을 너무 빼앗길 것 같아서였다. 고심 끝에 근처 민가에 사례를 하고 재식이, 영식이, 칠득이, 소와 달구지까지 모두 맡겨놓고 억술 혼자 포 두 필만 지고 걸음을 빨리해서 사시(오전9시~11시)무렵 딸의 시가 마을에 도착했다.

마을은 한산했다. 이미 피난을 떠나버려 빈 집들도 있었고, 한창 피난을 준비 중인 집들도 있었고, 막 피난을 떠나고 있는 집들도 있었다. 억술의 짐작으론 한산한 분위기가 아무래도 피난을 떠나버린 집들이 꽤 되는 듯싶었다. 마을 공동 우물에서 머지않은 곳에 있는 딸의 시가는 대문이 잠겨 있었다. 담 너머로 살펴보니 비어 있었다. 여기까지 오는 내내 혹시 피난 가버리고 없으면 어떻게 하나 하는 억술의 불길한 예감이 들어맞아버렸다. 마침 대문 앞을 지나가는 아낙네를 붙잡고 물어 보았다.

"혹시 이 집 아십니꺼?"

"잘 알지에. 아으들 엄마가 수산댁인데 어제 일가들끼리 모여 피난 갔습니더."

"어데로 간다 캅디꺼?"

"잘은 모르지만 어데 산속 안전한데 움막이라도 지어놓고 일가들끼리 지낼 끼라 카데에. 식구들이 많아서 멀리는 못 간다 그러데에. 그런데 누구십니꺼?"

"예에. 수산댁 친정 애빕니더."

"아이고오! 그러시구나. 하루만 일찍 오셨으면 만났을 낀데에."

"할 수 없지에. 다들 무사는 합디꺼?"

"그기 문젠 기라에. 아으들 아버지가 성에 들어갔다 아입니꺼?"

"예에? 강서방이 말입니꺼?"

"그렇다 카이끼네에. 수산댁이 가지 말고 같이 피난 가자고 울고불고 매달려도 소용 없었는 기라에. 워낙 고집이 세어가지고."

김해 사또가 성 방비를 위해서 군사를 모집하자, 이 마을에서 여남은 장정들이 자원해서 갔는데, 거기에 딸님의 남편인 강서방도 끼었다고 아낙이 전했다. 강서방의 부모와 더불어 온 집안 식구들이 성에 들어가면 죽기가 십상팔구라고 한사코 말렸지만, 강서방은 왜적이 쳐들어 왔는데 모두 도망치면 누가 나서서

이 땅을 보전하겠느냐고 반문하면서 기필코 자원했다는 설명이었다. 사위의 소식을 들은 억술의 가슴이 미어졌다. 필경 죽고 말 것이라는 비감이 뇌리를 스쳤다.

"강서방은 그렇다 치고 사돈하고 다른 식구들은 확실하게 어데로 갔는지 알고 있습니꺼?"

이왕 여기까지 온 김에 딸의 얼굴이라도 보아야겠다는 심산으로 장소를 아는지 억술이 아낙에게 물어봤다.

"그거는 지도 확실하게는 모르는 거라에. 저기 금병산에 간 거는 틀림없는데 왜놈들이 쳐들어오더라도 눈에 띠지 않는 데로 갔을 테이 어디로 숨었는지는 알 수 없지에."

아낙의 답을 들은 억술은 난감했다. 고맙다는 인사를 하고 아낙을 보낸 다음, 금병산까지 찾아 가볼까 하고 억술은 잠시 망설이기도 했지만 이내 포기하기로 마음먹었다. 아무 정보도 없이 가봐야 허탕 치기 일쑤일 것이고, 무엇보다 언제 왜적이 밀고 들어올지 모르는 시점에서 사람을 찾는다고 마냥 시간을 보내기가 너무 위험했다. 이제는 달리 도리가 없었다. 어서 빨리 식구들이 있는 데로 돌아가서 함께 창원으로 가는 수밖에.

김해성 전투

4월 19일 아침, 김해 부사 서예원은 초탐선(순찰용 배)을 타고 낙동강 하류를 따라 적정을 살피고 있었다. 고니시가 이끄는 적의 제1군이 부산진, 동래, 양산을 함락시켰고 밀양도 위협하고 있다는 소식을 이미 받았다. 그리고 그제와 어제, 구로다 나가시마가 이끄는 적의 제3군 본대가 죽도에 상륙했다는 첩보를 받고 지금 정찰을 나섰다. 죽도는 낙동강 하류 지점으로 김해강의 지류와 합쳐지는 곳이었다.

맑은 날씨에 물결도 고와 배는 순조롭게 나아갔다. 파란 하늘에 군데군데 뭉게구름이 탐스럽게 떠있었고, 강가의 갈대가 초여름 바람에 하늘거렸다. 저 멀리 바다 쪽 갈매기 떼의 모습이 아득했다. 배는 평화로운 정경 속에 빠져 부드러운 강물을 따라 유유히 흘렀다. 마치 뱃놀이 유람이라도 나온 양 착각을 불러일으킬 만하다고 예원은 뱃머리에 서서 생각했다. 그러나 현실은 눈앞의 그윽함을 용납지 않는 일촉즉발의 상황. 언제 어디서 적의 총알과 화살이 날아올지 모를 급박한 순간들의 연속이었다. 예원은 군관 이하 모든 군졸들에게 바짝 긴장하고 주위를 경계하라 일렀다.

평화로운 강. 불안한 항해. 성에서 멀어질수록 불안감은 더해 예원은 배의 속도를 늦추라고 지시했다. 얼마를 갔을까. "저기, 배가 보입니더." 눈 밝은 군졸이 외쳤다. 예원이 가만히 앞을 살펴봤다. 가물거렸지만 점점 가까워지는 것이 틀림없는 배였다. "적선이다. 일단 배를 멈추고 돌릴 준비를 해라. 그리고 비상 상륙할 만한 곳도 살펴라. 적선도 초탐선일 터, 겁먹을 필요는 없다." 예원이 신속하게 명령했다.

점점 다가오는 적선은 조선의 초탐선보다 훨씬 컸다. 중선 정도의 정규 배 같았는데, 바람을 안고 오느라 돛을 내리고 있었다. 비전투선인 초탐선으론 도저히 상대할 수 없는 규모였다. 몇몇 군졸들이 당황해했다. 그러나 예원은 침착하게 살폈다. 규모가 큰 적선이 강물을 거슬러 노를 저어 오고 있는데다 바람마저 안고 있어서, 속도 면에서 그리 걱정할 바 없었다. 후퇴를 하게 되면 예원의 배 역시 강물을 거스르고 바람을 안게 되는 것은 마찬가지. 하지만 소형선이라 아무래도 속도상의 이점을 가질 수 있어서, 예원은 최대한 버텼다. 병력의 규모나 화기 따위를 보고 싶었기 때문이었다.

적도 조선 배를 발견했는지, 그리고 규모가 작은 비전투선임을 간파했는지 갑자기 속도를 내어 맹렬히 접근해왔다. 예원은 계속 살펴봤다. 적선에 탄 왜군들의 모습이 시야에 드러났다. 먼 거리라 흐릿했지만 삿갓 형 전투모에 조총, 장창 등으로 무장한 정규군들이 타고 있었다. 선발대를 태운 배라고 예원은 직감했다. 옆에서 보좌하던 군관이 명령을 하달받고자 초조히 서성이고 있었다. 갑자기 '타 당 탕 탕…' 콩 볶는 듯하는 조총 소리가 들려왔다. 조건반사적으로 군졸들이 갑판에 엎드렸다. "겁먹지 마라. 아직 사정거리가 멀다. 이제 배를 돌려라." 예원은 후퇴명령을 내렸다.

등 뒤에서 들려오는 적의 조총 소리가 조선군 초탐선의 격군들을 놀라게 해 오히려 힘껏 노를 젓게 하는 자극제 역할을 했다. 예원의 배가 속도를 내는 만큼 적선의 추격도 거셌다. 퓌익, 퓌익, 조총의 탄환이 배 옆 강물에 떨어지는 소리가 긴박감을 더했다. 군관이 편전으로 응수해야 할지 반격 여부를 물었으나 예원은 소용없는 일이라며 그대로 두라고 지시했다. 곧이어 대신 배를 포기할 테니 근처 적당한 곳에 배를 대라고 명령했다.

배의 바닥이 강바닥에 닿는 곳까지 격군들이 배를 몰았을 때 예원은 하선을 명령했다. 내린 곳은 강물이 허리 가까이까지 찼지만 모두들 강가로 빠져나가는 데 어려움은 없었다. 강가에서 대략 사십보 떨어진 야트막하게 둔덕진 곳에 엄폐물을 삼아 조선군은 일단 대오를 정비했다. 예원은 병사들로 하여금 전투 태세를 갖추도록 했다.

조선의 빈 배를 본 왜군은 최대한 강가 쪽으로 배를 몬 후 쪽배를 이용해 상륙 작전을 시도했다. 선착장을 확보하지 않은 채 조선군이 달아난 곳에서 임시로 상륙을 실시하려는 의도였다. 먼저 상륙한 왜군들이 바로 경계 태세에 들어가지 않고 뒤따라오는 군사들의 상륙을 도왔다. 가까운 곳에 조선군이 매복해 있는 사실을 눈치 채지 못한 모양이었다. 그냥 도망쳤으리라 판단하고 어느 정도의 병력이 상륙되는 대로 추격할 심산인지, 상륙에만 신경을 쓰고 있었다.

약 20명 정도 상륙했을 때 예원은 "지금이다. 쏴라." 병사들에게 편전을 발사케 했다. 순식간에 적군 서너 명이 쓰러졌고 나머지는 흩어져서 엄폐물을 찾아 엎드렸다. 잠시 후 왜군 배에서 조선군을 향한 일제 조총 사격이 퍼부어졌다. 조선군들이 엎드려 피했다. 배에서 퍼붓는 조총 사격을 엄호 삼아 왜군은 계속 쪽배로 상륙을 시도했고, 상륙한 왜군들은 대오를 정비하기 시작했다. 조총 사격이 잠시 뜸한 틈을 타 조선군들이 다시 편전을 날렸다.

짧은 시간 동안 격렬한 공방전이 오갔다. 그러나 숫자 면이나 화력 면에서 열세임을 알고 있는 조선군은 후퇴를 준비하고 있었다. 상륙한 왜군에게 집중적으로 편전을 날리면서도 예원은 후퇴 명령을 내려놓았다. 일부가 공격하는 동안 일부가 후퇴하는 수법을 썼다. 예원은 군관과 마지막으로 자리를 떴다. 상륙한 왜군들이 추격하기 시작했지만 예원은 큰 염려를 하지 않았다. 성이 가까워지면 추격을 포기할 것이기 때문이었다. 겨우 선발대였다. 위험을 감수하면서까지 적진 깊숙이 들어오지는 못 하리라는 것이 예원의 판단이었다. 아니나 다를까, 적은 조총만 요란하게 쏘아댈 뿐이었지 얼마 지나지 않아 추격을 멈췄다.

성 안에는 이미 전투 태세에 들어가 있었다. 예원이 김해부에 속한 각 곳에 공문을 보낸 결과, 김해 여러 곳에 살고 있는 선비들이 자원하여 각각 수십에서 많게는 백명 가까운 사람들을 모아 왔다. 이대형, 김득기, 송빈, 류식 등도 속했는데, 따지자면 이들이 임진왜란 최초의 의병이 되는 셈이었다. 이 중 백명을 이끌고 온 이대형은 예원의 처가 쪽 친척이었다. 그 외 인근 마을과 부산 등지에서 피난 온 사람들도 성을 지키고 있었다.

관군으로서는 초계 군수 이유검이 얼마간의 군사들을 이끌고 250리 먼 길을 달려와 주둔하고 있었다. 보통이라면 하루 60리씩 해서 나흘은 걸리는 거리였다. 빨리 잡아도 최소 이틀 내지 사흘은 걸렸을 터, 이들은 15~16일 오전 경에 초계를 출발했어야 했다. 개전 초 조선군의 초기 대응이 신속했음을 다시 보여주는 지원군의 이동이었다.

전쟁이 터지자 이유검은 좌고우면하지 않고 김해로 달려왔다. 개전 초 남쪽 전방 각 지역의 방어선이 미리 계획되어 있어서 가능한 일이었다. 울산, 양산, 언양, 밀양 등지에서의 지원 방향은 동래성이었고, 초계, 창원 등지에서는 김해성이었다. 또 다른 여러 지역에서는 대구로 몰려갔다. 전쟁이 터지기 전부터 미리 짜놓은 방어 거점을 향해 이동했던 것이라 일사불란했다. 갈피를 못 잡고 이리저리 헤매고 다닌 것이 아니었다.

그런데 동래성에는 울산의 좌병사, 울산 군수, 양산 군수, 언양 군수, 밀양 부사 등이 지원을 간 반면, 김해성에는 오직 초계 군수만이 군사를 이끌고 나타났다. 김해성을 지원하게 되어 있는 몇몇 고을의 수령들은 직무유기를 했기, 좀 더 솔직한 표현으로 도망쳤기 때문이었다.

예원은 진주에 있는 경상 감사 김수, 창원에 있는 경상 우병사 조대곤에게도 지원해달라는 공문을 벌써 보내놓았다. 전체를 지휘하는 김수가 직접 오지 않음은 당연한 이치. 다만 창원의 우병사 조대곤은 울산의 좌병사 이각이 동래성에 군사를 이끌고 나타났던 것처럼 직접 군사를 이끌고 지금쯤 김해성에 도착해 있어야 하는 것이 정상이었다. 그러나 아직 깜깜 무소식이었다.

그도 그럴 것이 조대곤은 그의 후임으로 결정되어 한양에서 내려오고 있다는 김성일에게 업무를 인계해야 한답시고 우선 그부터 만날 생각만 하고 있었을 따름이었다.

예원이 왜군 선발대의 추격을 따돌리고 성 안으로 들어섰을 때 초조히 서성이며 기다리던 초계 군수 이유검이 다가왔다.

"바깥 사정이 어떻습디까? 서 부사."

"조금 전에 적의 선발대를 만났습니다. 초탐선을 뺏기고 왔는데 곧 대규모 공격이 시작될 겁니다. 준비하십시다."

"도대체 왜군이 몇 명이나 됩디까?"

"글쎄요. 선발대야 얼마 되겠습니까만은 본대가 밀려오면 엄청나겠지요. 부산을 생각해보면 적어도 만명은 넘는다고 봐야 하지 않겠소?"

"어허. 큰일이구려. 우리 쪽에서 싸울 수 있는 인원은 기껏 해봐야 천명도 안 될 텐데 이 난국을 어떻게 타개한단 말인가. 창원서는 아직 연락이 없소이까?"

"그렇소이다. 그냥 우리끼리 해봅시다. 버티다 보면 아마 창원서도 지원이 올 겁니다."

그러나 예원은 예감하고 있었다. 조대곤이 결코 오지 않으리라는 것을. 그가 올 마음이 있었으면 벌써 도착하고도 남았을 것이었다. 이유검 역시 짐작하고 있음을 예원은 알고 있었지만 사기를 진작하고자 그렇게 말한 것뿐이었다.

"그리 할 수밖에 없겠습니다. 각자 맡을 자리를 부사께서 정해 주시구려."

예원은 이유검을 중위장으로 삼아 서문을 맡게 하고, 활 쏘는 병사들의 지휘관인 사관 백응량으로 하여금 동문을 맡게 했다. 그리고 그 자신은 남문을 맡았으며 북문은 직속 군관에게 맡겼다. 군사를 나누고, 무기를 배치하고, 싸울 수 있는 백성들을 최대한 끌어들여 전투준비를 갖췄다. 그 사이에 적의 대군이 성을 포위하기 시작했다는 보고가 들어왔다. "당황하지 마라. 화살을 아껴라. 준비한 대로 대응하면 된다." 예원은 말을 타고 성을 돌면서 각 지휘관과 군사들을 독려했다.

포위한 왜군이 만명이 넘느니 만 오천여 명이 되느니 하는 소리가 들리기에, "나약한 소리 하지 마라. 수가 문제가 아니다. 월왕 구천은 겨우 오천의 군사로 오나라의 칠십만 대군과 맞서 싸워 이겼느니라. 황산벌의 계백 장군은 군사가 많아서 신라의 오만 대군을 네 차례나 물리쳤겠느냐? 죽기로 덤벼든다면 일만이 아니라 십만, 백만이라도 두려울 게 무엇이냐!" 예원은 호통쳤다.

적의 군세는 적을 압도할 만했다. 예원이 지키는 남문 앞 저 멀리에 적의 대장이 화려한 갑옷 차림으로 의자에 앉아 이쪽을 바라보고 있었다. 부장들이 대장을 호위하고 있는 가운데 울긋불긋한 깃발들이 그 주위를 수놓고 있었다. 완전무장 차림으로 대장 양 옆에 도열해 있는 수많은 적병들은 조선군에게 위압감을 주기에 충분했다. 예원은 아무 반응을 하지 않았다. 군사들에게는 "경계 태세를 갖추되 명령이 떨어질 때까지는 꼼짝하지마라."고 이미 엄명을 내려놓았다.

대규모의 왜적이 성을 포위하고 김해성을 한참 노려보고 있었지만 쉽사리 공격을 감행하지 못했다. 김해성이 호락호락하지 않다는 것을 간파한 때문이었다. 우선, 성을 두루 둘러서 해자를 파놓아 접근하기가 쉽지 않았다. 설사 위험을 무릅쓰고 해자를 건넌다 할지라도, 성 가까이에 엄폐물이 될 만한 것을 미리 베고 파내고 해서 깨끗이 해놓았기 때문에 교두보를 마련할 곳이 없었다. 섣불리 건넜다간 화살 밥 신세가 되기 딱 알맞은 형상이었다.

뜸을 들이던 왜군은 오시(오전 11~오후 1시)가 시작될 무렵 첫 공격을 개시했다. 엄청난 함성과 더불어 첫 공격대가 김해성을 향해 돌진했다. 한동안 감돌았던 팽팽한 긴장감과 침묵이 일거에 무너졌다. 일부 왜병들은 긴 판자를 함께 들고 있었다. 해자를 건너는데 사용하려는 의도였다. 해자 가까이 접근하자 먼저 조총 부대가 방패막을 치면서 대오를 정비했다. 이어 성을 향해 일제 사격을 가했다. 사방에서 터져 나오는 조총 소리가 지축을 뒤흔드는 듯 요란했다.

맹렬한 총알들이 날아들어 조선 병사들의 귓전을 어지럽히기 시작했다. 성벽 여기저기에 박히는 소리. 부딪쳐서 튕기는 소리. 그냥 귓전을 스쳐 지나가는 소리. 엄청난 총알 소리들이 한꺼번에 성벽위로 몰려들었다. 귀를 찢는 듯한 굉음들이 성벽 위에서 어지러이 춤췄다. 경험 없는 조선 병사들에게 엄청난 공포감을 안겨 주기에 충분한 소리들이었다. 일부 겁먹은 조선 군사들은 땅바닥에 찰싹 달라붙어 아예 일어날 엄두도 못 냈다. "몸을 숙여라. 그러나 겁먹지 마라. 소리만 요란할 뿐 별것 아니다. 정신 차리고 모두들 발사 준비를 해라." 총탄이 쏟아지는 가운데도 예원은 적정을 예리하게 살피며 명령을 내리고 있었다. 방패막을 형성하고 있는 조총 부대에 편전을 발사해봐야 큰 타격을 주지 못한다고 판단한 그는 적이 해자를 건너는 순간을 노리고 있었다.

판자를 든 돌격대가 해자 가까이 접근했다. 돌격대를 엄호하고자 하는 적의 조총 발사가 더욱 날카로워졌지만 조선군의 대응은 일절 없었다. 드디어 해자 가장자리까지 접근한 돌격대가 판자를 건너편으로 갖다 붙이려고 서로 들어 올리는 순간 예원이 발사 명령을 내렸다. 판자를 들어 올리던 돌격대 중 두 명이 그 자리에서 고꾸라졌다. 다른 돌격대원들도 엄폐물을 찾아 몸을 피하자 판자는 중심을 잃고 해자 속으로 빠져들었다. 위험에 처한 돌격대를 구하려는 왜군 조총 부대가 무차별적으로 사격을 가했지만 성벽 위의 조선 병사들에 별 타격을 주진 못했다. 거리가 꽤 떨어져 있는데다 아래서 위로 발사하는 것이라 정조준이 어려운 탓이었다. 예원은 계속 본대는 무시하고 그 앞에 흩어져 있는 돌격대에 집중적으로 공격을 가하라고 명령했다.

남문 쪽에서의 적의 첫 공격은 싱겁게 끝나버렸다. 돌격대가 더 이상 버티지 못하고 후퇴하자 본대도 순순히 대오를 물렸다. 조선 군사들의 환호성이 울려 퍼졌다. 예원은 경계를 게을리 하지 말 것을 명하고는 말을 타고 성내 순시를 나섰다. 다른 쪽의 문들에서도 성공적으로 방어하고 있었다. 예원이 동문에 도착했을 때 적은 이미 물러가고 없었고, 북문과 서문에서는 아직 조총으로 집적대고 있었지만 죽기를 각오한 적의 전투 의지를 예원은 느끼지 못했다.

첫 전투에서 조선군의 피해는 경미했다. 가벼운 부상병이 몇 명 생긴 정도였다. 적의 피해 역시 그다지 크지 않았다. 조선군의 방어 준비가 잘되어 있어서 왜군이 무리를 하지 않았던 까닭이었다. 조선군의 사기가 치솟았다. 말로만 듣던 조총에 대한 공포심이 줄었고 준비만 철저히 하면 적의 대군이라도 충분히 막을 수 있다는 자신감도 병사들 사이에 생겼다. 막다 보면 지원군이 도착할 것이고 그렇게 되면 적도 물러나리라는 희망을 표하는 병사들도 있었다.

물러갔던 적은 노려볼 뿐 쉽사리 덤벼들지 않았다. 긴장의 끈이 다시 팽팽해졌고, 적막이 한순간에 대낮을 덮어버렸다. 시간이 더디 흘렀다. 공격하는 왜군이 성을 에워싸면서 해를 묶어버렸는지 중천에서 움직일 낌새를 보이지 않는 것 같아 수성하는 조선군들의 애가 탔다. "개 같은 왜놈 새끼들. 쳐들어올 꺼 같으면 확 와뿌리지 변죽만 내고 마네." "이 새끼들 누구 애간장 태울 일 있나. 진짜 개지랄하고 자빠졌네." "임마들 이거 우리 피 말라 죽일라 카는 거 아이가." 조선 군사들의 쑥덕거림이 예원의 귀를 스쳐 지나갔다.

더웠다. 초여름, 한낮인데다가 모두들 바짝 긴장한 상태라 가만 있어도 온 몸에 저절로 땀이 배었다. 정지해버린 듯 꼼짝 않던 시간도 어느새 꽤 흘렀다. 미시 중간 무렵 적의 두 번째 공격이 시작되었다. 이번에는 조총 부대가 더 전진해 해자에 바짝 붙여 대오를 갖췄고 활 부대가 조총 부대를 바로 뒤따랐다. 조선군의 편전 공격에 대비해 더욱 단단히 방패막을 형성한 왜군의 조총 공격이 다시 시작되었다. 이번에는 끝장을 보려는 듯 예리하고 신랄한 공격이었다. 한 차례 조총 발사가 끝나고 나면 이어지는 활 공격. 무차별 성 위로 날아드는 총탄과 화살에 조선 군사들은 정신을 차리지 못할 지경이 되었다.

조총 부대의 얼을 빼놓는 무차별 난사를 등에 업고 돌격대가 해자 가장자리로 재접근했다. 판자 다리를 놓으려는 찰나 조선군의 일제 발사가 개시되었다. 돌격대가 주춤거리자 왜군 본대에서 더욱 맹렬한 조총 사격과 화살 공격을 퍼부었고, 이에 성벽 위의 조선군 몇 명이 쓰러졌다. "물러서면 안 된다. 계속 발사하라. 부상병은 아래로 보내라. 적의 기세가 사납다. 우리도 모든 화력을 집중해라. 돌격대는 물론 본대를 향해서도 퍼부어라. 발사. 발사. 발사." 예원의 전투 독려 소리가 성벽을 타고 울려 퍼졌다.

적의 돌격대가 조선군의 격렬한 저항에도 불구하고 판자를 해자에 가로질러 걸치는 데 성공했다. 하지만 그뿐이었다. 조선군의 맹렬한 투지에 눌려 왜군은 판자 다리를 건널 엄두도 내지 못했다. 적장의 다그침에 의해 일부가 건너려는 시도를 했지만 그냥 시늉에 그치고 말았다. 건넜다간 조선군의 화살 밥이 되고 말 것임이 명백했기 때문이었다. 왜군 본대 역시 조선군의 사거리에 가까이 접근해 있다 보니 오래 버티지를 못했다.

성벽 위로 무차별 사격을 퍼부으면 조선군이 잠시 주춤거리는 것 같다가도, 곧이어 죽기를 각오하고 더욱 세찬 반격을 펼치므로, 위치상 불리한 조건에 있는 왜군이 견디지 못했다. 아래서 위로 공격하는 것이 위에서 아래로 공격하는 것을 이겨낼 수 없음이었다. 결국 두 번째 공격에서도 왜군은 첫 번째보다 더 많은 피해만 보고 물러날 수밖에 없었다.

또 한 번 조선군의 사기는 충천했다. 동문 쪽에서는 백응량이 활로서 적장 한 명을 사살했다는 보고가 예원에게 올라와, 예원이 남문의 모든 군사들에게 이 사실을 알렸다. 일시에 환호성이 터졌다. 서로 얼싸안고 기뻐하며 날뛰는 군사들도 있었다. 예원은 군사들을 진정시키고 경계를 늦추면 안 된다고 일렀다. 이제 겨우 두 번 막아낸 것뿐. 아직 갈 길이 멀었다.

이 날 낮에만 조선군은 대규모의 왜군을 세 차례나 막아냈다. 적은 병력이었지만 효과적인 방어로 적의 접근을 차단할 수 있었다. 그러나 적의 공격을 세 번 물리쳤음에도 그 환희감은 지속되지 못했다. 시간과 물자가 왜군 편이었다. 날이 어두워질수록 조선군 진영에 불안의 그림자가 드리워졌다. 우선, 편전에 사용되는 화살이 점점 떨어져가고 있었다. 화살이 떨어지면 육탄전으로 맞설 수밖에 없는데 워낙 중과부적이라 종국에는 모두 죽음으로써 끝날 것이라는 비감이 조선 병사들의 가슴속에 서서히 파고들기 시작했다. 지원군에 대한 기대가 점차 사라짐도 병사들의 사기 저하에 한몫했다. 올 것 같으면 벌써 왔을 거라는 체념의 소리가 병사들 사이에 퍼져 나갔다. 그 다음에 포위가 느슨한 부분을 뚫고 인근에서 들어온 사람들이 밀양이 무너졌다는 소식을 전했는데, 이 역시 조선 군사들의 사기를 꺾었다.

어두워지자 탈영병이 나오기 시작했다. 예원이 각 문을 돌며 사기를 올리려 애를 썼지만 병사들 사이에 결국 무너질 것이라는 패배감의 그림자를 걷어내기에는 역부족이었다. 서문을 지키는 이유검에게서도 예원은 불안감을 엿볼 수 있었다.

"아직 창원서 소식이 없소이까?"

순시차 예원이 다가갔을 때 그는 오지도 않을 지원군 소식부터 물었다.

"화살은 좀 남아 있습니까?"

마땅히 대답할 말이 떠오르지 않아 예원은 딴청을 피웠다.

"하루 이틀이야 견디겠지만 금방 바닥날 것이오. 그보다 창원의 조 병사가 지원을 와야 할 것인데…"

"아마 조 병사는 오지 않을 것이오. 이미 짐작하고 있지 않습니까? 괜한 이야기로 병사들의 사기를 꺾지 맙시다. 그냥 죽기를 각오하고 싸울 뿐 달리 방도는 없습니다."

예원은 더 이상 이유검의 말을 듣지 않고 몸을 돌려 그 자리를 빠져 나왔다. 뒤에 남아 있는 이유검의 땅이 꺼질듯 한 한숨

소리를 예원은 온 몸으로 느낄 수 있었다. 어둠 속에서 눈을 돌려보니 양 사방 온천지가 왜군의 횃불로 뒤덮여 있는 것 같아 보였다. 남문으로 돌아가는 예원의 발걸음은 무거웠다. 젊었을 적 회령 보하진에서 여진족들과의 전투가 생각났다.

그때 예원은 80여명의 기병을 이끌고 강을 건너 적진을 정탐하러 들어갔지만, 너무 깊숙이 들어가는 바람에 적의 매복 작전에 걸려들었다. 포위 공격을 받고 하마터면 죽을 뻔했다. 아마 지옥의 문지방이 약간만 더 낮았더라도 넘었을 것이었다. 그러나 생때같은 부하들의 희생을 딛고 겨우 포위망을 뚫어 탈출에 성공했다.

그때 예원은 여진족의 포위 작전으로 탈출로가 차단된 절체절명의 순간에도 죽는다는 생각을 하지 않았다. 막아서는 적을 칼로 치면서 죽기 살기로 말을 몰았다. 오로지 살아남아야 한다는 집념뿐이었지 여기서 죽겠구나 하는 체념은 들지 않았다. 아니 들 틈이 없었다. 그때도 죽기를 각오하고 포위망을 뚫으려 했고 오늘도 죽기를 각오하고 포위망을 버텨냈지만, 그때의 죽을 각오와 오늘의 죽을 각오가 똑같지 않음을 예원은 절감했다. 그때가 삶을 향한 필사적 몸부림이었다면, 지금은 죽음을 향한 부질없는 발버둥질이나 다름없었다.

그때 예원은 군사들만 데리고 있었기 때문에 앞을 가로막는 적을 무조건 치면서 뚫고 나가기만 하면 되었다. 그러나 지금은 군사 외에도 수많은 백성들이 있어서 그럴 수도 없었다. 예원은 답답했다. 성을 돌면서 병사들에게는 겁먹지 말라고 고함을 질렀고, 백성들에게는 괜찮을 거라고 위무했지만 예원은 막막했다. 고립무원. 아무리 기다려도 지원군은 오지 않을 조짐이었고, 무기는 바닥을 드러내고 있었다.

천명이 넘는 김해성 군민들의 목숨이 오직 자신에게 달려있다는 부담감으로 예원의 가슴은 답답하기만 했다. '어떻게 해야 하나. 계속 지원군이 오지 않으면 육탄으로 맞설 수밖에 없는데. 끝까지 싸우다가…' 어렴풋 죽음의 그림자가 느껴졌다. 적의 칼날이 그의 가슴속을 후비고 들어오는 상상에 이르렀을 때 예원은 세차게 머리를 흔들었다. '아니다. 흔들리지 말자.' 예원은 혼자 다짐했다.

그러나 사방을 에워싼 적군과 기댈 곳 하나 없다는 고립감이 그 다짐을 금방 흔들어놓았다. 사면초가에 빠졌던 항우의 처절한 심경이 천년을 건너뛰고 다시 칠백년을 더 건너뛰어 예원의 가슴속에 전해지는 듯 했다. 남문에 다가왔을 때, 예원은 결국 아무 생각을 말기로 마음먹었다. 온 힘을 다해 싸우다가 그 끝은 천지신명께 맡기기로 작정했다.

왜군의 공격 작전은 어둠속에서 한결 쉽게 이뤄졌다. 성 밖 민가에 있는 볏짚과 넓은 김해들에 익어가는 보리를 베어와 단을 만들어 해자 가까이에 성 높이만큼 쌓아놓고, 조선군과 같은 높이로서 조총을 쏘아대니 조선군의 대응이 그만큼 어려워졌다. 이때 왜군은 보릿단으로 해자를 메우는 작업을 동시에 했다. 그리고 어둠을 틈타 해자를 건넌 일부 왜군은 성 가까이 접근해 왜군 복장을 한 허수아비를 성 안으로 던져 넣어 조선군을 교란했다. 심리작전이었다.

조선군은 악전고투했다. 민심이 어수선해지고, 화살이 떨어져가고, 왜군의 총탄에 사상자가 속출했지만 굴하지 않고 용감하게 싸웠다. 그러나 시간이 갈수록 전세는 불리해졌고, 사기 역시 저하되는 것은 어쩔 수 없었다. 그런데 이 긴박한 순간에 결정적으로 조선군의 사기를 떨어뜨리는 사건이 터졌다.

도망

동트기 전이었다. 밤새 산발적 공격을 퍼부었던 왜군도 지쳐 잠들었는지 사위가 고요했다. 이때 어디선가 다급하게 달려오는 말발굽 소리가 어두운 새벽을 흔들었다. 말발굽 소리는 요란했지만 막상 멀리서 눈에 보이는 건 말 탄 자가 들고 있는 횃불 뿐이었고, 점점 가까이 다가오고 있는 그 불빛이 예원의 머릿속에 불길한 환영을 어른거리게 했다. 마치 그를 저승으로 이끌려는 도깨비불 같아 보였다. "누구지? 전령인가?" 예원이 혼자 말하듯 낮은 소리로 내뱉었을 때, "예. 그런 것 같습니다." 옆에 서 있던 군관이 답했다. 잠시 후 말이 멈추었다. 서문에서 온 전령이었다. 그가 말에서 내리자마자 다급한 소리로 말했다.

"큰일났습니더. 이 사또께서 성문을 빠져 나갔습니더."

"뭐라고? 그게 무슨 소리냐?"

"저어, 그기 우째 된 기냐 하면…"

"어허. 답답하구나."

"도망쳤습니더."

"이런! 대체 어쩌다가 그랬단 말이냐?"

"그러니까…"

"머뭇거릴 시간 없다. 빨리 가보자."

마른 하늘에 날벼락이라더니 예원은 둔탁한 것으로 뒤통수를 맞은 기분이었다. 가뜩이나 어려운 처지에 수문장마저 달아났다는 보고는 예원을 천길만길의 낭떠러지로 내모는 것이나 마찬가지였다. 눈앞이 깜깜했다. 부리나케 서문으로 말을 몰았다. 서문은 산란했다. 군사들이 군데군데 모여서 웅성거리고 있었고 성문 출구 앞에 시신 한 구가 가마니에 덮여있었다.

"웬 시신이냐? 그리고 이 사또는 어떻게 된 것인지 자세히 말하라."

"예. 사실은 이 사또께서 저 군졸을 베고 빠져 나간 겁니다. 지원군을 몰고 오겠다며 나가신다는 것을 우리 사또님한테 아직 분부를 받은 것이 없기 때문에 문을 열어 줄 수 없다고 버티다가 결국 이 사또의 칼을 맞은 겁니다."

서문을 담당하는 군관이 대답했다.

"아니, 모두들 가만 보고만 있었더란 말이냐?"

"이 사또께서 워낙 완강하게 나오시고 또 창졸간에 당한 일이라 어쩔 겨를이 없었습니다."

　수문장 이유검의 칼을 맞고 한 군졸이 쓰러지자 다른 군졸들이 겁에 질려 문을 열어주고 만 사태였다. '이 판국에…' 통분이 예원의 머리끝까지 끓어올랐다. 즉시 잡아들여 그 목을 베어 모든 장졸들에게 본때를 보여주리라는 비장한 결심을 했다. 그런데 순간 기묘한 충동이 가슴속 저 깊은 곳에서 동시에 일었다. '성을 빠져나갈 수 있다.' 아니 '어쩌면 살아 나갈 수 있겠다.' 라는 욕망이 그의 속마음 한켠에서 가느다라니 움텄다. '이유검을 잡으려면 성 밖으로 나가야 될 것이 아닌가! 일단 성을 빠져 나가게 되면… 그 다음은… 그 다음은…, 그래 일단 성을 빠져 나가보자. 이유검을 못 잡으면 지원군이라도 모집해 다시 들어오면 되지 않나. 아니다. 내가 없으면 이 성은 어떻게 되나. 그 사이 무너지기라도 한다면… 그건 안 될 말이다. 절대 안 된다. 그렇지만 잠깐 비울 텐데 설마… 그래, 일단 나가고 나서 생각하자.' 짧은 시간 동안 예원의 머릿속에서 이성과 충동이 수없이 충돌했다.

　처음에는 '나갈 순 없다' 라는 이성이 '나가고 보자' 라는 충동을 억눌렀으나 한 번 싹튼 충동이 좀처럼 사그라지지 않았다. 짧지만 영원과도 같은 갈등 끝에 충동이 막판 승리를 거뒀다.

삶의 욕망이 죽음의 각오를 기어이 내쫓았다. 곧 '나가고 보자'라는 충동이 걷잡을 수 없이 예원의 정신을 지배해버렸다. 예원은 칼을 빼들었다. "내 이 자를 용서할 수 없다. 성문을 열어라. 이 자를 잡아와서 참하고 군사들의 사기를 진작시킬 것이다. 뭐하나? 빨리 열어라."

성주의 추상같은 명령에 성문을 지키는 군졸들이 속절없이 문을 열었다. 예원은 힘껏 말을 몰았다. 뒤가 간지러웠다. 병사들이 그를 향해 도망치려 한다고 쑥덕거리는 것만 같아, 예원은 그것을 떨치려 말에 더욱 박차를 가했다.

그랬다. 예원은 그렇게 성을 빠져나와 다시 김해성으로 돌아가지 않고 홀로 삶의 길을 찾았다. 이유검을 잡으러 간다고 나왔지만 애당초 안 될 일이었다. 신통력을 가진 것도 아닌 그가 어느 방향으로 어떻게 잡으러 간다는 말이었던가. 또 어찌어찌해서 이유검을 잡은들 적에게 포위되어 있는 주인 없는 김해성과는 아무 관계없는 부질없는 짓일 뿐이었다. 밖에서 잡는다고 또는 이리저리 지원군을 요청한다고 수선을 피울 때 성은 함락되어버리고 말 것이었으니까.

이리하여 김해 부사 서예원은 개전 초 김해성 전투에서 죽지 않고 살았다. 하지만 안타깝게도 그는 그때 잘 죽을 수 있는, 하늘이 준 천재일우의 기회를 날려버렸다. 송상현과 정발이 성을 지킨 시간을 비교해본다면, 그리고 나중에 죽고 나서 그가 겪은 무고한 억울함을 고려해본다면, 그는 김해성에서 무조건 죽었어야 했다. 죽어도 죽었어야 했다. 20일 낮까지 꼬박 하루 동안 성을 사수하다가 죽었어야만 했다.

그리하여 몇 시간밖에 못 버틴 송상현이나 정발보다 한 차원 높은 충신 대접을 받을 수 있는 기회를 잡았어야 했는데. 훗날 붓 쥔 자들의 책동으로 전투 중에 울고 다닌 찌질이라는 소가 듣고 웃어 버릴 기막힌 오명을 뒤집어쓰는 원통함을 미연에 없앴어야 했는데.

살아 있을 때 그는 죽어도 몰랐으리라! 훗날 맞이하는 그의 진실 된 죽음은 붓 쥔 자들에게 철저히 무시당하고 처음의 구차한 삶만 지적됨. 이후 그는 붓이 휘두르는 온갖 만행에 난도질을 당해 수백 년 동안 죽고 또 고쳐 죽게 됨을.

한편 성주가 사라진 김해성은 풍전등화의 위기에 처했지만 남아 있던 군민들이 끝까지 포기하지 않았다. 이유검을 잡으러 간다고 나간 성주가 한참이 지나도 돌아오지 않자, 남은 군민들은 숙고 끝에 김해성을 독자 방어하기로 결정했다. 성주가 없는 틈을 타서 몰래 도망친 군사들과 백성들도 많았지만, 대부분이 남아서는 끝까지 성을 지키기로 마음먹었다. 남은 백성들과 군사들이 온 힘을 합치기로 결의했다. 김득기, 류식, 송빈, 이대형이 각기 동문, 서문, 남문, 북문을 맡기로 했다.

1만명이 넘는 왜군은 날이 밝자 대대적인 공격을 감행했다. 그들은 지난밤에 이미 해자를 메웠기 때문에 거칠 것이 없었다. 성과 같은 높이의 단에서 조총을 쏘아대며 조선군의 기를 꺾은 후 메워진 해자를 통해 물밀 듯 성으로 몰려들었다. 먼저 동문 돌파에 성공했다. 그쪽을 통해 수많은 일본군이 성안으로 들어갔다.

그러나 성문이 돌파되었다고 해서 조선의 군과 민은 굴하지 않았다. 칼과 창이 없는 사람들은 도끼, 곡괭이, 낫, 죽창, 몽둥이, 돌멩이 등 손에 쥘 수 있는 것은 무엇이든 들고서 몰려오는 적들과 육탄전을 벌였다. 그 저항이 얼마나 필사적이었던지, 왜군은 잠시 공격을 멈추고 항복을 권했으나, 조선 군관민은 거부하고 결사 항전을 선택했다.

모두들 그렇게 죽어갔다. 1천여 명의 김해성 군민들은 주인 없는 가운데서도 끝까지 싸우다가 전원이 장렬히 죽어갔다. 그들은 의령의 곽재우가 의병을 일으킨 것보다 더 빠른 임진왜란 최초의 의병들이었다. 개전 초 조선군이 그래도 싸움다운 싸움을 한 것은 김해성 전투뿐이었다고 해도 과언이 아니었다.

1592년 4월 20일, 김해성은 그렇게 왜군에게 점령되었다. 이후 김해성은 임진왜란과 정유재란이 끝날 때까지, 그러니까 꼬박 6년 7개월 동안 왜군의 지배 하에 놓였다.

창원과 함안

19일 아침, 억술이 식사를 마치고 마당에서 설거지까지 막 끝냈을 때 두 숯쟁이 사내가 각각 빈 지게를 지고 처음 보는 얼굴의 또 한 사내를 데리고 찾아왔다. 일을 마치고 쌀을 받아야 원칙이지만 사정이 사정인지라 먼저 절반, 즉 두 말반을 선불로 달라고 요구했다. 억술은 잠깐만 기다리라 하고는 사랑에 있는 정가를 불렀다.

이틀 전 저녁 때 창원성에 도착한 억술이 정가가 주인인 이 집에 들러서 쌀 반 되를 내놓고 하룻밤을 묵기로 했는데, 그날 저녁을 먹고 났을 때였다.

"어데로 가실 계획입니꺼?"

"우선 함안에 가서 좀 지내다가 형편 보아가면서 전라도로 가든지 아이면…"

북쪽 길은 너무 막막할 것 같아 포기하고 점쟁이 말대로 서쪽

길을 택하기로 결심했다. 일단 함안에 가서 형편을 살펴가며 바로 전라도로 빠질 것인지 아니면 경상도이지만 서쪽이면서도 큰 고을인 진주에서 버텨볼 것인지 억술은 아직 확실하게 마음을 정하지 못했기 때문에 뒷말을 대충 얼버무렸다.

"그런데 여기서 함안까지 소달구지 끌고 가실라 캅니꺼?"

"그게 무슨 말씀입니꺼? 당연히 그래야 되는 거 아입니꺼?"

"안 됩니더. 밀양서 여어까지 온 것처럼 생각하면 큰일납니더. 가파르고 좁은 고갯길이나 산길이 나오면 소달구지로 우예 갈라꼬에? 절대로 안 됩니더. 가다가 달구지는 버려야 된다 카이끼네에."

"예에? 보시다시피 이래 짐이 많으이 달구지를 버릴 수도 없고 우째야 되겠습니꺼?"

"짐꾼을 써야지에."

"피난 간다고 모두들 정신없어서 저는 첨부터 짐꾼은 아예 생각도 안했습니더. 이 경황에 우째 짐꾼을 구하겠습니꺼?"

"그래도 이리저리 알아바야지 안 되는 거를 억지로 해봤자 소용없다 아인교?"

"그럼 주인장께서 좀 알아봐 주시겠습니꺼? 저는 여어가 처음이라 아무도 모릅니더."

"이것 참. 한 이틀만 더 빨랐어도 금방 구했을 낀데. 피난통에 사람을 구할란가 모르겠네에. 오늘은 벌써 저물었고."

"힘드시겠지만 알아봐 주이소. 은혜는 잊지 않겠습니더."

"일단 짐꾼이 몇 명 필요한지 따져 봅시더. 그라고 달구지는 우짤란교?"

그 다음날 오전 내내 억술은 정가와 창원 성내를 두루 돌았다. 달구지를 먼저 팔아버릴 작정이었다. 오전 내내 돌았지만 왜군이 금방 쳐들어 올 것이라는 소문이 나돌아 임자를 찾기가 쉽지 않았다. 피난 가느라 정신없이 분주한 가운데 피난 물품을 찾아 여기저기 기웃거리는 사람들도 많았다. 물가가 폭등해 있음을 금방 알아챌 수 있었다. 쌀값은 금값이요 높이 뛴 미투리 등 신발값도 말할 수 없을 정도였다.

계속 허탕 치다가 점심때쯤 요행히 달구지를 필요로 하는 사람을 만났다. 두 하인을 데리고 온 중년의 사내와 남문 시장 근처에서 우연히 마주쳤다. 혹시나 하는 심정으로 정가가 말을 붙이는 것 같았는데, 그가 두 말 없이 사겠다고 해서 옆에 있던 억술이 오히려 얼떨떨한 기분이었다. 차림새와 하는 말투가 어느 부잣집의 집사쯤 되는 것 같았다.

소도 같이 값을 치르겠다며 팔고 가라는 것을 사양하고 달구지만 내놓았다. 억술이 급한 만큼 저쪽도 필요로 하는 물건인 것 같아 쉽게 흥정이 이루어졌다. 억술이 일곱 필을 요구했을 때, 저 쪽서 한 필 깎자고 해 그렇게 거래가 성사되었다. 버티면 더 받을 수 있을 성도 싶었으나, 실랑이를 할 만한 정신적 · 시간적 여유가 없었던 억술이 쉽게 양보하고 말았다.

달구지를 판 후 억술을 먼저 집에 보내놓고 혼자서 짐꾼을 찾아 나선 정가가 두 사람을 데리고 집에 왔을 때는 이미 오후가 깊었다. 각각 30대 초반으로 보이는 큰 키와 작은 키의 대조적인 두 사내는 성 밖 산언저리 마을의 숯쟁이들로서 함안까지 오가는 길양식 외에 쌀 두 말 반씩, 합쳐서 다섯 말을 주면 응하겠다고 요구했다. 위험한 시기라서 그렇게 주지 않으면 못한다고 처음부터 쐐기를 박아버렸다. 비쌌지만 억술로서는 달리 흥정할 처지가 못 되었다. 다만 억술 일행을 데려다준 뒤 두 사내의 피난이 걱정되어 억술이 물었다.

"그런데 나 때문에 피난을 못 가면 어떻게 하요?"

"우리 걱정은 마이소. 숯도 굽고 나무도 하고 약초도 캐고 하다보이 근방 산은 훤합니더. 우리 식구들이 숨을 자리는 산에다 마련되어 있습니더. 우리는 설사 왜군이 온다 캐도 들키지 않고 그리로 들어갈 자신이 있으이 어르신이나 신경 써이소."

"오늘 떠날 수 있겠소? 해가 얼마 남지 않았는데."

"안 됩니더. 내일 아침 일찍 올테이 준비하고 계시이소."

그 사내들이 지금 쌀을 들고 갈 한 사내를 데리고 와 선불을 요구하고 나섰다. 사랑에서 나온 정가에게 "선불로 절반을 요구하는데 믿어도 되겠습니꺼?" 물어봤더니, "전혀 걱정하지 마이소. 내가 오랫동안 알고 있는 사람들입니더."라고 대답해 억술이 쌀 두 말반을 선불로 내줬다.

두 짐꾼은 각각 쌀 한 가마니를 싣고 거기에다가 중솥 하나씩 더 얹었다. 주발들과 종지들은 깨지지 않게 짚으로 잘 둘러서 칠득이 지게의 쌀가마니에 얹었다. 나머지는 억술의 지게와 재식의 지게, 그리고 쇠등을 이용하니 겨우 꾸려졌다. 막내는 봇짐을 책임졌다. 정가는 그의 처와 함께 억술을 바래다주며 그들도 오늘 중으로는 피난을 떠날 것이라고 말했다. 난리가 끝나면 꼭 다시 찾아달라는 말도 남겼다.

원래 1박2일 일정으로 하루 삼사십리 정도 걸어서 이틀 만에 함안까지 다다르기로 했으나 막상 출발하고 보니 의외로 더딘 걸음이 되었다. 그도 그럴 것이 무거운 짐을 지고 소까지 끌어야 하는 것 외에도, 억술의 식구들이 이런 식으로 멀리 가본 적이 없었기 때문에 더딘 것이 당연했다. 첫날 예상 외로 얼마 못 가고 민가를 얻어 하루를 지내면서 억술은 2박3일로 일정을 바꾸었다. 다행히 짐꾼들이 걸음을 다그치지 않았다.

철없는 칠득이가 길을 가면서 할머니에게 가자고 계속 보챘다. 칠득이가 가장 잘하는 말은 "아재, 밥묵자."인데, 여기에다 "아재, 할매한테 가자."가 추가되었다. 칠득을 달래는 억술의 마음은 아팠다. 가고 싶은 심정이야 그 역시 이루 말할 수 없었다. 내색 못하고 그저 "조금만 더 있다가 가자." 달래고는 언제 끝날지 기약 못 하는 발걸음만 계속할 뿐 달리 방도가 없었다. 다행히 두 아들은 아버지의 심정을 짐작하는지 아무 불평 없이 피난길을 따랐다.

어젯밤 민가를 얻어 잠을 잘 때 억술은 밀양이 무너졌으며 김해가 공격받고 있다는 소식을 들었다. 억장이 무너졌지만 아무 것도 할 수 없다는 무력감이 그를 더욱 서글프게 했다. 어머니와 집에 남겨놓은 식구들을 생각하면 가슴이 터질 지경이었다. 집에 남은 식구들이 산에 숨었으면 무사할 것이라는 두 짐꾼들의 위로가 위로되도록 억술은 억지로 애썼다.

짐꾼 두 사람은 저만치 앞서서 가고 있고, 두 아들은 짐꾼보다 약간 뒤처진 채 묵묵히 따라가고 있고, 맨 뒤에 억술이 칠득을 데리고 소를 끌고 뒤따르는데, 칠득은 억술의 옆에 딱 붙어서 틈틈이 "할매한테 가자."를 되뇌고 있었다. 앞에서 각자의 짐을 지고 말없이 땅만 쳐다보며 걷고 있는 두 아들의 뒷모습이 억술을 안쓰럽게 했다. 쾌활한 녀석들인데 피난길을 나서고부터 도통 말이 없어진 것 같아 억술의 가슴이 더욱 아렸다.

지금 걷고 있는 곳이 어딘지 모르지만 함안의 경내라는 것만큼은 짐꾼으로부터 들어 억술은 알고 있었다. 아침에 출발한 후 마음이 급해 쉼 없이 걸은 탓인지 슬금슬금 피로와 시장기가 밀려오고 목도 타기 시작했다. 억술이 쉬었다가 가자고 짐꾼에게 말을 꺼낼까 생각하기가 무섭게 칠득의 "할매한테 가자."가 "밥 묵자."로 바뀌었다. 해를 살펴보니 중천을 넘어선 것 같아 점심 먹고 가자고 억술이 짐꾼들에게 말했다.

주변에 조그마한 개울이 흐르고 있어 모두들 앉을 만한 적당한 곳을 물색했다. 나무그늘 아래 돗자리를 깔고 점심으로 준비해온 주먹밥이 담긴 대나무 고리를 억술이 그의 지게에서 꺼냈다. 맨 밥에다 지룽장으로 간을 맞춰 만든 간단한 주먹밥이었지만 그 맛만큼은 산해진미 못지않았다. 시장이 반찬이었다. 모두들 무거운 짐을 지고 힘들게 온 탓에 어지간히 배가 고팠던지 잘들 먹었다. 억술이 아침에 주먹밥을 준비할 때 '너무 많지 않나? 남으면 어떻게 하나?' 혼자 걱정했었는데, 막상 지금 모두들 먹는 모습을 보니 하마터면 모자랄 뻔 했다는 생각이 들었다. 미친 듯 허겁지겁 주먹밥을 입속으로 쑤셔 넣는 칠득의 모습이 억술을 고소케 했다.

실컷 먹고, 쉬고 해서 웬만큼 기력이 회복되었겠다 싶어 억술이 길을 재촉했다. 억술이 자리에서 일어섰을 때, 말발굽 소리가 들려왔다.

조우

예원은 다급했다. 빠져나갈 수라곤 애오라지 죽는 길뿐인 천 갈래 만 갈래 미로에 걸려들어 하마터면 너울거리는 지옥의 유황불과 맞춤 출 뻔했지만, 하여 불길이 그를 껴안으려는 그 절명의 찰나, 마침 저승사자가 잠시 한눈을 파는 바람에 잽싸게 빠져나오기는 했지만, 아직 죽음의 그림자가 그에게서 사라진 것이 아니었다.

이유검을 잡는다는 미명 하에 적군의 칼날은 피했지만, 까딱 잘못하다가는 아군의 칼날 아래 목이 날아갈 지경에 처해버려 그의 마음이 무거웠다. 부하들과 성민(城民)들을 사지에 버려둔 채 혼자 꽁무니 뺀 비겁자로 몰릴 경우, 참수 외에 그가 예감할 수 있는 운명은 아무것도 없었다. 비록 저승사자가 잠시 한눈을 팔기는 했지만 여전히 저만치서 그를 노려보고 있었다. 언제든지 잡아갈 준비를 하고서.

처음에는 '돌아가야 한다. 돌아가야 한다. 기필코 돌아가야 한다.' 말을 몰면서 속으로 몇 번이고 귀성을 맹세했지만, 몸은 의지와 반대로 놀았다. 다짐할수록 성이 멀어지기만 했다. 결국 그는 강을 건너버렸다. 건너지 말았어야 할 강을.

부끄럽고, 암울하고, 참담하기 그지없었지만, 창원까지 왔을 땐 돌이킬 수 없는 일이 되어버렸다. 남아있는 군관민들이 머릿속에 떠올랐다. 필경 전원이 도륙 당하고 있으리라 짐작되어 가슴이 찢어지는 듯 했다. 다시 돌아갈 수도 없고… 괴로움을 떨치려 예원은 두고 온 성을 머릿속에 떠올리지 않으려 애썼다. 하지만 그럴수록 오만 가지 상념이 떠올라 예원은 깊이 고민했다.

버리고 온 성도 성이려니와 혼자 빠져 나온 그가, 만약 살길을 찾지 못한다면, 그리하여 아군의 손에 죽는 비극적 운명에 처한다면, 오히려 성에 남아 적에게 죽는 편만 훨씬 못하다는 생각에 미쳤을 때 예원은 암담했다.

죽을 자리에서 죽지 못하고 살아남은 이상 그가 추구할 수 있는 최고선은 무조건적인 삶뿐이었다. 이제는 죽어도 죽으면 안 되게 되어버렸다. 살아남아야만 죽지 않았음에 대한 정당성을 언젠가는 인정받을 기회를 벼를 수 있는 것이지, 죽어버리면 그의 모든 행위는 무로, 아니 무보다 훨씬 밑지는 장사가 되어 버릴 것이었다. 고로 죽으면 절대로 안 된다고 그는 자기 최면을 걸었다.

예원은 머릿속으로 살 길을 더듬어봤다. 김성일과 김수. 그가 지금 찾아갈 수 있는 두 사람이었다. 다행히 둘 다 예원과 같은 당 소속. 구원의 동아줄이 아주 멀리 떨어져 있는 것은 아니었다. 살 수 있다는 희망이 예원의 마음 한 곳에서 희미하나마 피어났다. 먼저 김성일을 떠올렸다. 얼마 전에 경상 우병사에 임명된 그가 업무 인수를 위해 창원 쪽으로 내려온다는 소식을 이미 들어 알고 있었다. 하지만 왜군이 쳐들어오지 못할 것이라고 그가 전에 임금에게 보고한 적이 있는 터라, 그의 입지가 편치 않을 것으로 짐작되었다. 그를 찾는다는 생각은 곧 접었다.

그렇다면 예원이 할 수 있는 일은 경상 감사 김수를 찾아가서 변명하는 수밖에 없었다. 김수의 성격이 깐깐함을 예원은 알고 있었다. 그의 죄가 반드시 죽을죄에 해당한다면, 김수나 김성일이나 모두 그를 죽이려 들 것임을 또한 잘 알고 있었다. 하지만 이제는 달리 선택의 여지가 없었다. 오늘 새벽으로 되돌아가 깨끗하게 죽을 수 있는 방법이 전무한 이 시점에서, 살고 싶어 삶을 추구하는 것이 아니라 죽을 기회를 한 번 더 얻기 위해서라도 구차하게 삶을 구걸할 수밖에 없게 되었다. 그러기 위해서는 김수를 찾아가 이유검을 물고 늘어져 변명하는 외에는 달리 도리가 없었다.

해가 벌써 중천에 솟아 있었다. 예원은 말에 박차를 가했다. 경상 감사 김수가 진주에 머무르고 있는지 확신할 수 없었지만 일단 진주부터 가서 감사가 있는 곳을 수소문하기로 결정했다. 말이 지쳤는지 숨을 헐떡였다. 담박질하는 힘이 약해졌고 속도도 현저히 느려졌다. 예원 역시 바짝 목이 탔다. 갑옷 차림이라 몸이 더욱 답답하고 땀이 났다. 그러고 보니 말은 오늘 새벽부터 혹사당하고 있었고 예원은 어제 저녁 식사 후 부터 아무것도 입에 대지 못하고 있었다.

그동안 긴장으로 몸의 허기를 따돌렸지만 한계점에 다다랐다. 잊고 있었던 허기가 별안간 들이닥쳤다. 허기 혼자만 온 게 아니었다. 극심한 피로도 함께 데리고 왔다. 몸이 허기와 피로를 감지하자 예원은 더 이상 견딜 수 없었다.

온 몸에 긴장이 팽배해있을 땐 허기와 피로가 모두 그 안에 휩쓸려 꼼짝하지 못하다가 잠깐 이완이 되자 어느 틈에 그것들이 긴장을 몰아내고 '먹을 것을 달라.' '휴식을 달라.' 하며 예원의 몸을 닦달해댔다. 요물이란 마음먹기 다름 아니라고 예원은 자조했다. 냇물로 목이라도 축이고 잠시 쉬어 허기와 피로를 달래기로 맘먹었다. 달리면서 쉴만한 냇가를 찾아봤다.

저 멀리 냇가 어디선가 인기척이 느껴졌다. 더 다가가 자세히 살폈다. 틀림없는 사람들이었다. 예원은 그쪽으로 말을 몰았다. 냇가 나무 그늘 아래서 대여섯 명의 사람들이 자리에서 일어서고 있었다. 소와 아이도 보였다. 쉬다가 떠나려는 피난민 일행인 듯싶었다. 간단한 요깃거리라도 얻을 수 있는 요행이 생겨나길 바라며 그들에게 다가갔다.

예원이 가까이 다가가자 일행은 모두 우두커니 서서 그를 바라보고 있었다. 전형적인 농사꾼 차림이었는데 겁에 질린 표정들이었다. 말의 고삐를 당겨 세우고 말에서 내리며 말을 꺼냈다.

"겁먹지 마시오. 공무로 지나는 길에 잠시 쉬고자 함이니."

"아, 예. 그러십니꺼. 저희들은 보다시피 피난 가는 중입니더. 이제 떠날 참인데에."

갑옷 차림의 무관이 갑자기 다가와 두려움에 떨고 있던 차에 그가 말에서 내리자마자 겁먹지 말라는 말부터 해 억술은 다소 안심이 되었다.

"떠나야 할 사람들을 잡아서 안 됐네만 손을 좀 빌릴 수 있겠는지. 우선 말 먹일 풀과 물이 있어야 하겠고 나도 물이나 한 잔 마셨으면 하네만."

예원은 체면상 차마 음식을 얻을 수 있겠는지 묻지는 못했다. 목이 마르다고 돌려 말했는데 상대방이 속뜻을 파악 못하면 할 수 없이 그냥 물이나 한 잔 얻어 마시고 말리라는 심산이었다.

"예에. 알겠습니더. 저희가 해드릴 테니 걱정 마시이소. 우선 고삐부터 이리 주이소."

"아재, 밥 묵었쩌?"

억술이 말을 근처 나무에 묶어두려 예원에게 다가가 고삐를 받고자 할 때 칠득이가 낯선 사람에게 종종 거는 말인 "아재, 밥 먹었나?"를 그 특유의 혀 짧은 소리로 말했다. 칠득은 호의적으로 말을 건넨 것이었다. 그러나 사정을 모르는 예원은 의아한 표정을 지으며 그를 가만 살펴봤다. 나이는 꽤 들어 보이는데도 상투를 올리지 않았고, 덩치는 산만한 것이 온 얼굴은 털북숭이라 꼭 산적 같이 생긴 사내였다. 그렇지만 얼굴에서 풍기는 악의는 전혀 없었다. 또한 실없이 히죽거리는 모습이 정상 같아 보이지는 않았다. 예원이 어떻게 반응해야 하나 잠시 머뭇거리는 순간 억술이 재빨리 예원에게서 고삐를 받아들고 황송한 표정을 지으며 "유념 마시이소. 정신이 약간…" 낮은 목소리로 설명해서 사태를 수습했다.

억술은 예원이 앉아 쉴 수 있도록 돗자리를 꺼내 나무그늘 아래 깔았다. 재식과 영식에게 사발과 물통에다가 물을 떠오라고 시키고 나서 낫을 꺼내들자 시키지도 않았는데 두 짐꾼이 억술에게 다가와 낫을 달라고 청했다. 두 짐꾼이 말먹이 풀을 베러 자리를 떠나자 예원이 억술에게 말을 건넸다.

"짐꾼들인가 보군."

"예에, 맞습니더."

"어디서 온 겐가?"

"밀양입니더. 짐꾼들은 창원서 구한 것이고예. 아들 둘이 아직 어리고 저 친군 덩치만 어른이지 실상은 누가 보살피지 않으면 어떻게 될지 모릅니더. 그러다 보이 염치없게도 도망치고 있습니더."

억술은 혹시라도 군사 모집에 호응하지 않고 도망치는 것을 추궁당할까봐 지레 겁먹고 변명했다. 누군지는 모르지만 굉장히 지체가 높아 보이는 사람이 갑옷 차림에 칼을 옆에 둔 채 바로 앞에 앉아 있는지라 억술이 겁먹지 않을 도리가 없었다. 다행히 그는 억술의 변명에 아무런 반응을 보이지 않았다. 억술은 안도했다. 살짝 행색을 살펴보니 굉장히 피곤한 모습이었다. 어쩌면 싸우다가 패한 장군일지 모른다는 직감이 언뜻 떠올랐다.

재식, 영식이가 물을 떠왔다.

 물을 벌컥벌컥 들이마시고 나자 예원은 조금 살 것 같았다. 그러나 잠시였다. 뱃속의 시장기가 물로는 만족 못하겠다는 듯 이내 마구 기승을 부려 그를 더욱 괴롭혔다. 체면 불구하고 먹을 것을 부탁할까 속으로 잠깐 망설이다 곧 마음을 돌렸다. 늦더라도 오늘 함안 관아까지는 갈 것, '예서 못 얻어먹으면 그때 가서 먹고 말지.' 생각하고 단념했다. 이때 앞에 서있는 농부가 예원에게 말을 걸어왔다.

 "저기. 나으리. 괜찮으시다면 제가 진지라도 지어 올리고 싶습니더."

 "아니, 뭐 그럴 것까지야. 양식이 귀한데 당신들도 먹어야 할 것이고. 그리고 바쁘기도 할 텐데."

 "괜찮습니더. 양식은 충분합니더. 그라고 우리는 어차피 내일까지로 일정 잡았기 때문에 좀 늦어도 됩니더. 여서 조금만 쉬고 계시이소. 제가 금방 지어 올리겠습니더."

 말을 마치고 억술은 예원이 혼자 설 수 있도록 좀 떨어진 곳으로 자리를 옮겨 화덕을 꺼내고 쌀을 씻어 안치는 등 부산하게 식사 대접 할 준비를 했다. 억술은 낯선 장수와 몇 마디 나누진 않았지만 그가 지금 몹시 피로하며 시장한 상태라는 것을 금방 파악할 수 있었다. 양반 체면상 말을 꺼내지 못해서 그렇지 권하면 마다하지는 않을 거라고 속으로 한 예측이 적중한 것이기도 했다.

밀양에서 왔다는 선한 인상의 농부가 예원은 눈물이 날 만큼 고마웠다. 이제는 살 것 같았다. 몸이 무거워서 투구를 벗었다. 갑옷을 그대로 입은 채 머리에 쓴 것 하나 벗었을 뿐인데 그렇게 시원할 수 없었다. 이참에 위의 갑옷마저 벗어버릴까 하고 충동을 느꼈으나 아랫사람들이 보고 있다는 생각이 그 충동을 제지했다.

잠시 후면 먹을 수 있다는 안도감이 아까부터 떼를 부리던 뱃속의 시장기를 일시에 잠재웠다. 시장기가 물러가자 졸음이 찾아왔다. 온 성을 돌며 꼬박 밤을 새웠으니 그럴 만도 했다. 예원은 살짝 눈을 감았다. 어제부터 지금까지의 여정이 떠올랐다. 적선의 추격, 강가에서의 교전과 후퇴, 수성전, 애를 태우며 새운 밤, 이유검의 탈출, 그리고… 겨우 하루 전부터 오늘 새벽까지 겪은 일인데 마치 아주 오래 전의 과거처럼 까마득했다. 까마득했다. 까마득…

누군가 흔들었다. 아니 흔들어 깨우고 있었다. 어깨를 흔들었다. 밀양의 농부였다. 그때서야 예원은 깜빡 잠이 들었다는 것을 깨달았다.

"죄송합니더. 무례를 용서해 주이소. 워낙 깊이 잠이 들어 계시기에 어쩔 수 없었습니더."

예원이 나무에 기대앉은 채 곤한 잠에 빠져있어 억술이 말로서는 도저히 깨울 수 없었다. 부득이하게 지체 높은 사람의 몸에 손을 대야했고, 그것에 대한 사과의 말부터 꺼냈다

"으음. 괜찮네. 괜히 나 때문에 자네들이 고생하는군."

"진지 드시이소. 피난 중이라 찬은 제대로 준비하지 못했습니더. 그냥 시장기만 때우시이소."

"무슨 소릴. 아무튼 준비했다니 고맙게 먹겠네."

억술은 예원이 편히 밥을 먹게 하기 위해 일행을 데리고 아래 냇가 그늘진 곳으로 갔다. 예원이 정신을 수습하고 주위를 살펴봤다. 그가 몰고 온 말은 근처 나무에 묶인 채 여유롭게 짐꾼들이 베어 놓은 풀을 먹고 있었고, 방금 농부가 있다가 간 자리에 간단하게 상이 차려져 있었다. 사발에 소복이 쌓여있는 흰 쌀밥이 탐스러웠고 찬은 간단했지만 정성을 들였음을 알 수 있었다. 새우젓, 조개젓, 먹음직스럽게 구운 굴비 두 마리, 건더기 없는 된장국, 모락모락 김이 피어오르고 있는 구수한 냄새의 숭늉.

예원은 배불리 먹었다. 조갯살이 들어있는 된장국 맛이 기가

막혔다. 처음엔 아무 건더기가 없는 줄 알았는데 한 술 뜨고 보니 조갯살이 씹혔다. 젓갈의 조갯살을 물로 씻어서 된장에 넣은 모양이었다. 숭늉에 남은 밥풀까지 깨끗이 비웠다. 관에 있으면서 좋고 기름진 음식을 많이 얻어먹어 보기도 했지만 오늘의 이 맛은 영원히 잊지 못하리라는 소감이 들었다.

예원이 식사를 끝마친 기미를 보고 억술이 다가가려고 일어섰다. 다른 사람들은 아직 냇가에서 자리를 지키고 있는데 칠득은 억술이를 따랐다. 재식이가 따라가지 말라고 말렸지만 칠득은 "싫어. 나는 아재 따라갈 끼다."하며 막무가내로 억술을 뒤따랐다. 지체 높은 어른도 이미 칠득을 파악했을 것이라 여기고 억술은 상관치 않았다. 가까이 다가갔을 때 칠득이가 무작정 상으로 달려들려는 것을 억술이 그의 팔을 잡아당겨 막았다.

"죄송합니더."

"괜찮네. 개의치 말게."

"없는 찬에 잘 드셨는지 모르겠습니더."

"덕분에 잘 먹었네."

"그렇게 말씀해주시니 황송합니더."

"지금 어디로 가는 겐가?"

"일단 함안으로 가고 있습니더."

"음. 함안이라…. 만약 거기도 어려워지면 진주로 피신하는 것이 낫겠네. 거기서도 안 되면 전라도로 가는 수밖에 없고. 그건 그렇고 밀양서 언제 출발했나?"

"열엿새 날 나왔습니더."

"아니! 여기까지 오는데 그렇게나 오래 걸렸단 말인가?"

"진영에 딸네 집이 있어서 들르는 바람에 늦어졌습니더"

진영이면 김해 관할이 아닌가. 순간 예원은 속이 뜨끔했지만 내색치 않았다.

"그래. 다들 무사하던가?"

"모두들 주변 산에 피난 가가지고 만나지는 못했습니더. 이웃 사람에게 들어보이 김해 사또께서 성을 지킨다고 군사들을 모집한 모양이었는데 사위가 거어 자원해서 갔다 카데에."

예원은 심히 부끄러웠다. 지금 앞에 서있는 농부의 사위는 어제부터 그와 함께 왜군과 맞서 싸웠을 테고 틀림없이 지금쯤은 죽었을 거라는 생각이 들자 낯이 달아올랐다. 겨우 감정을 죽이고 "괜찮아야 할 텐데…" 지나가는 말투로 내뱉었다. 일어나야 할 시간이 되기도 했지만 예원은 더 이상 있기가 괜히 민망했다. 자리에서 일어나 역시 지나가는 말투로 "시간이 얼마쯤 되었나?" 혼자 말하듯이 했는데, "미시여, 미시."하고 답하는 소리가 들렸다. 살펴보니 정상이 아니라는 더벅머리 사내가 햇빛을 가리기 위해 오른손을 이마에 대고서 하늘을 보며 하는 말이었다. 덜떨어지긴 해도 해를 보고 시간을 맞출 줄 아는 것이 참 신통방통하구나 싶었을 때, 밀양의 농부가 예원에게 황송하다는 표정을 보내어 왔다. 예원은 상관없다는 투로 슬쩍 미소를 짓고 매어놓은 말에 다가갔다.

"그만 가봐야겠네. 자네 이름은 뭔가?"

"최억술입니더."

"최억술이라… 고마웠네."

예원은 고마운 농부에게 그의 이름을 밝힐 수 없었다. 언젠가는 그가 그의 도움이 될 날이 있을지 모른다고도 말할 수 없었다. 그의 운명이 어떻게 될지 알 수 없었기에. 예원은 그저 농부의 이름을 속으로 한 번 더 되뇌며 말에 올라탔다. 이때 "나으리"하고 억술이 예원을 불렀다.

" … "

"제게 양식하고 포가 좀 있는데 필요하시면 얼마간 드릴 수 있습니더. 다르게는 생각지 마시고에."

"허허. 내가 어디 가서 밥 못 얻어먹을까봐. 걱정 말게. 자네 식구들이나 잘 챙기게. 그런데 아녀자들은 눈에 띄지 않으니…"

"사정이 좀 있습니더."

"알겠네. 그럼…"

억술은 말발굽 소리가 멀어질 때까지 머리를 조아렸다. 밥을 얻어먹고 간 무관이 뭔가 쫓기는 것 같았지만, 고약한 심성의 양반 같지는 않았다. 이름을 남기지 않은 것은 사정이 여의치 못해서 그러는 것이라고 짐작되었다. 억술이 밥상을 치우면서 일행에게 떠날 채비를 차리라고 일렀다.

지게를 지면서 "야, 오늘 우리 칠득이가 시간 정확하이 맞차 뿌데." 하니까 칠득은 지게를 지다 말고 또 손을 이마에 갖다 대며 "미시여, 미시." 했다. 억술이 너털웃음을 터뜨리고서 "그만 됐다. 이제 가자." 길을 재촉했다.

꽤 오래 전의 일이었다. 들에서 일을 하고 있을 때 무길이가 억술에게 시간이 얼마쯤 되었겠는지 물은 적이 있었다. 억술이 오른손을 이마에 갖다 대며 해를 살펴보고 미시라고 대답했는데, 이것을 본 칠득은 이때부터 시간 이야기가 나올 때마다 어김없이 억술의 흉내를 냈다. 누가 시간이라도 물어볼라치면 그에게 묻는 것이 아닌데도 칠득은 밤이든 낮이든 해가 있던 해가 없던 실내든 실외든 무조건 손을 이마에 갖다 대고 위를 쳐다보며 "미시여, 미시." 대답을 해댔다. 하루가 열두 시각이니 칠득이 하루 중에 시간을 맞출 확률은 최소 십이분의 일은 됐다. 낮의 경우 그 확률은 훨씬 높아지게 되는 것이었고.

이런 사정을 알 턱이 없는 예원은 칠득이 덜떨어지기는 하되 시간을 맞추는 능력이 있어서 신기하다고 여긴 것이며, 억술은 그 속사정까지 일일이 설명할 수 없어 그냥 황송한 표정으로 그 순간을 때웠다.

예기치 못한 무관의 출현으로 시간이 지체되긴 했지만 억술은 왠지 기분이 좋아졌다. 어차피 2박3일로 일정을 잡은 이상 너무 조급해하지 않기로 마음먹었다. 이따 저녁에 오늘 하루 묵을 곳은 쉽게 구할 것이라는 유쾌한 예감이 떠올랐다.

삭탈관직

　왜군의 진군 속도는 빨랐다. 초반에 안간힘을 쓰며 반짝했던 조선군의 저항도 압도적인 왜군의 군사력에 눌려 곧 지리멸렬하고 말았다. 왜군은 횡은 무시한 채 종으로만 거의 무인지경으로 임금이 있는 한양까지 치고 올라갔다. 군데군데서 조선군이 저항하긴 했지만 미미한 것이어서 적의 전력에 거의 타격을 입히지 못했다.

　4월 28일, 조선의 희망 신립 장군이 8,000명의 결사대로 탄금대에서 배수진을 쳤지만 고니시의 부대에게 거의 몰살당함으로써 개전 초 조선의 운명은 여기서 결정 난 것이나 마찬가지였다. 임금은 신립의 패배를 보고받고 몽진을 결심했다. 4월 30일, 임금은 궁을 떠나 평양으로 향했다. 5월 2일, 김명원의 한강 방어가 자멸이란 말이 어울릴 만큼 어이없으면서도 허무하게 무너졌고, 이어 5월 3일, 왜군은 한양에 무혈입성 했다. 부산 상륙에서 한양 점령까지 왜군에게 걸린 시간은 겨우 이십일

남짓, 전투를 치르면서가 아니라 그냥 유람하면서 부산서 서울까지 간 것이라 할 만큼 빠른 진군이었다.

그러나 기세 좋게 치닫던 왜군에도 고민거리가 생겼다. 종으로 치달을수록 보급선이 길어지게 되어 중요 거점마다 일부 병력을 떼놓아야 했으므로 병력의 집중이 약해질 수밖에 없었다. 이 틈을 노려 조선군이 횡으로 반격을 가했는데, 이때 왜군이 예상하지 못한 것이 있었으니 바로 조선의 의병이었다.

예원은 초조했다. 경상 감사 김수가 임시 관사로 쓰고 있는 거창 관아의 행랑에서 며칠째 근신하고 있는 중이었다. 진주에는 김수가 없었다. 수소문 끝에 거창에 김수가 머무른다는 사실을 알아냈고, 이리로 오기 전 진주에서 김해성을 비우고 탈출한 경위서를 썼다.

아무리 기다려도 지원군이 오지 않았노라고, 모든 것이 부족한 가운데서 최선을 다해 싸웠노라고, 여러 차례 적의 대군을 성공적으로 막기도 했노라고, 죽기를 각오하고 최후까지 수성전을 펼치려 했지만 이유검이 탈출하는 바람에 그를 잡기 위해 어쩔 수 없이 성을 비우게 되었노라고, 나름대로 정연한 논리를 끌어들여 한 문장, 한 문장, 그의 능력이 이를 수 있는 최고의

문장을 짜냈다.

꼼꼼히 읽고 난 김수는 이유검을 잡아올 때까지 근신하고 있으라는 말 외에는 가타부타 말이 없었다. 벌써 사흘째, 예원은 거창서 구금 아닌 구금 생활을 하고 있었다.

초여름의 더위가 기승을 부리고 있는 5월 초, 바깥에 있는 김수는 각지의 의병 봉기에 대한 보고의 접수와 처리, 군사 모집 등으로 분주한 것 같았다. 하지만 예원이 차지해 있는 좁은 방안은 적막 그 자체였다. 가끔씩 바람 쐬러 나가는 것 외에는 방안에만 틀어박혀 있었다.

그런데도 세상 돌아가는 일은 죄다 방안으로 흘러들었다. 곽재우가 4월 22일에 의령서 거병했다는 소식은 진주서 들었고, 신립의 패배와 임금의 몽진, 그리고 고령서 거병한 김면이 군사 운용에 관한 상의차 김수를 만나러 곧 거창으로 올 것이라는 소문은 근신 중에 들었다. 이외 의병과 관련해 정인홍, 이로, 조종도, 곽율 등 여러 이름이 소문으로 떠돌았다. 익히 들어서 알고 있는 사람도 있었지만 모르는 사람이 더 많았다. 그들이 한없이 부러웠다. '나도 그들 틈바구니에 끼어, 명예를 회복할 수 있는 기회를 잡을 수 있다면…' 하고 예원은 염원했다.

'일각이 여삼추라는 말이 현 상황보다 더 절실하게 느껴질 수 있을까?' 싶을 만큼 예원은 진저리나게 답답했다. 한 발자국만 삐끗해도 죽음의 낭떠러지로 떨어질지 모른다는 불안감은 그의 신경을 바짝 곤두세웠으며, 바깥에 많은 사람들을 두고도 터놓고 말할 상대가 없다는 고독감은 그의 신경을 극도로 탈진시켰다. 차라리 그때 김해성에서 죽었더라면 하는 후회가 하루에도 수없이 떠올랐지만 돌이킬 수 없는 일. 김수가 그와 이유검을 한 부류로 엮지 않기를 바라는 것 말고는 예원이 달리 할 수 있는 일이 없었다.

그의 목숨은 오로지 김수의 처분에 달렸을 뿐이라는 무력감이 예원을 더욱 무력하게 했다. 저녁이면 먹을 것을 찾아 '까악, 까악' 관아 주변에서 울어대는 까마귀 소리가 오히려 예원의 위안거리였다. '저 소리마저 끊긴다면 아마 이 적막감을 이겨내지 못하리.' 처연함이 예원이 앉아있는 좁은 방안의 공기를 뒤덮었다. 조마조마한 심정으로 지겹고도 끔찍스러운 하루를 보내고 나면 예원의 온 몸에서 진이 다 빠지는 듯했다.

봉두난발한 이유검이 다짜고짜 예원의 멱살을 잡아 강으로 끌고 들어갔다. 멱살잡이에서 벗어나려, 강에 끌려들어가지 않으려, 아무리 발버둥을 쳐도 소용없었다. 발버둥질을 하면 할수록 오히려 몸이 더 무거워졌다. 강물은 깊었다. 유검의 손아귀는 거세어 예원이 어찌할 수 없었다. 숨이 가빴다. 더 이상 견딜 수 없었다. 발버둥질을 포기했다. 한없이 함께 물속으로 빨려 들어갔다. 한없이. 한없이. 이상한 것은 그래도 아늑했다. 편안도 했다. 의식이 가물거렸다. '내가 죽었는가? 그래 죽은 모양이다. 아니다. 죽은 것인지 생각하고 있으니 죽은 것은 아니지 않는가?' 그때서야 잠이 깼다. 꿈이었다.

이불을 차고 벌떡 일어나 앉았다. 온몸이 땀에 젖어 있었다. 문을 살짝 열어 바깥을 살펴봤다. 아직 동트지 않은 어둑한 새벽이었다. 이상한 꿈이었다. '혹시 이유검이 물귀신처럼 나를 같이 물고 들어가려는 것은 아닌지.' 문득 불길한 예감이 스쳤다. 다시 누웠지만 잠이 오지 않아 예원은 아침밥이 올 때까지 뜬눈으로 새웠다.

입맛이 없어 예원은 아침을 먹는 둥 마는 둥했다. 아침 밥상을 물리는 하인의 눈길과 더듬거리는 행동이 심상찮아 무슨 일이라도 생겼는지 캐물었으나 우물거려 더 이상 추궁하지 않고 그냥 내보냈다. 잠시 후 그 연유를 알 수 있었다. 누군가가 문을 두드려 열어보니 며칠 지내는 동안 눈에 익은 군졸이었다.

"웬 일인가?"

"이 사또께서 잡혔답니더."

"으음…. 어떻게 한다던가?"

"오늘 오전 중으로 이리로 압송된답니더. 도착하는 대로 동헌에서 감사 대감께서 직접 두 분을 심문하신다고 하니 준비하시이소."

"알았다."

드디어 이유검이 잡혀 온다는 말이었다. '그렇다면 새벽 꿈이 헛꿈이 아니란 말인가! 행여 그 꿈처럼 되려는 것일까?' 예원은 두려웠다. 그러나 이미 엎질러진 물. 이내 마음을 비우기로 다짐했다. 마지막이 될지 모를 철릭을 차려입고 정좌했다. 눈을 감고 그에게 닥쳐올 운명을 기다렸다. 어제까지만 해도 고적함을 달래주던 까마귀 울음소리였는데, 오늘 아침에는 구슬프게 울어대는 것 같아, '저놈들이 내 심정을 아는가?' 실없는 상상이 잠깐 떠올랐다.

서너 식경쯤 지났을 때 갑자기 바깥이 소란스러워졌다. 이유검이 끌려왔음을 예원은 직감했다. 잠시 후 두 군졸이 그를 데리러 왔다. 동헌 마당에는 벌써 이유검이 포승줄에 묶인 채 무릎을 꿇고 앉아 있었다. 대문 안으로 들어설 때 꿇어앉아 있던 그가 슬쩍 눈을 돌려 예원과 눈길이 서로 마주쳤다. 꿈에서 봤던 그의 모습과 너무나 흡사해 예원은 순간적으로 소스라치게 놀랐다. 예원은 금방 눈길을 돌려버렸다.

동헌 대청마루에 경상 감사 김수가 마당을 보고 근엄한 자세로 앉아 있었고 양옆으로 거창 현감과 군관들, 그리고 마당 양옆에는 육방 관속과 군졸들이 도열해 있었다. 예원은 인도하는 군졸의 지시에 따라 이유검의 옆에 섰다. 예원이 자리를 잡자 김수의 심문이 시작되었다.

"이유검에게 묻겠노라. 그대는 지난 4월 20일 새벽에 김해성 성주 서예원의 지시도 없이 무단으로 성을 이탈한 일이 있었는가?"

"그렇소이다."

"연유가 있었는가?"

" … "

"어허. 답답하구나. 무슨 연유였는지 냉큼 고하지 못할까."

"연유가 없었소."

순간 예원은 안도했다. 모든 것을 체념한 듯 변명을 하지 않는 이유검의 말투에서 그에게 불리한 증언을 할 것 같은 낌새는 없었기 때문이었다.

"연유가 없었다. 그거 참 이상하구나. 한창 전투 중에 성의 부주장과 주장이 잇달아 빠져나가 버리고 나머지 군관민들은 모두 적에게 도륙되었는데도 연유가 없었다니 그게 될 말인가? 그대는 정말 성주 서예원과 아무런 사전 밀약이 없었단 말인가?"

'아하! 감사가 지금 나를 의심하고 있구나.' 예원의 가슴이 덜컹 내려앉았다. 만약 다음 순간 이유검의 입에서 그를 물고 늘어지는 말 한마디만 벙긋하더라도 목숨을 부지할 수 없음을 예원은 잘 알고 있었다. 온몸에 털이 곤두서는 것 같았다.

"밀약 같은 것은 없었소. 모두 내 독단이었소."

'살았구나!' 예원은 갑자기 다리에 힘이 풀려 쓰러질 것 같았지만 꾹 참았다. 이유검이 말할 수 없이 고마운 동시에 이렇게라도 살아야 한다는 사실이 너무나 수치스러웠다. 김수가 이유검을 잠깐 노려보더니 예원에게로 매서운 눈길을 돌렸다.

"서예원에게 묻노니 그대가 성을 비운 이유는 무엇인가?"

"새벽에 서문의 수문장이 탈출해 군사들의 사기가 말이 아니었소. 군사들의 사기를 진작시키기 위해 뒤쫓다가 이렇게 되고 말았소이다."

"그 말은 내가 보고서를 읽고 이미 알고 있는 터, 그대는 정말 그대 옆에 있는 이유검과 사전 밀약이 없었음을 맹세할 수 있는가?"

"천지신명을 두고 맹세하오이다."

"기찰군관. 이번 사건에 대한 새로운 사실을 찾아낸 것이 있는가?"

김수가 이유검과 서예원에 대한 심문을 중단하고 도열해 있는 사람들 중에 끼어 있는 기찰군관에게 말머리를 돌렸다.

"아직은 보고서와 별다른 정황을 발견하지 못했습니다. 아시다시피 생존자가 거의 없는 관계로 증언할 사람도 없습니다."

"알았다. 으음."

기찰군관의 말이 끝나자 김수는 잠깐 뜸을 들였다. 이윽고 마음을 정한 김수가 판결을 내렸다. 그 목소리가 동헌 마당에 쩌렁 울렸다.

"먼저 이유검은 들어라. 전투 중에, 그것도 수많은 군관민을 버려두고서 혼자 살고자 성을 탈출한 그대의 죄는 아무리 정상을 참작하려 해도 참수를 면할 수 없다. 그대의 목을 베어 상하 군사들 앞에서 군율의 엄정함을 보이려 한다. 다만 지체 없이 김해성을 구원하러 간 점과 공직자로서 그간의 공을 생각해 효수는 하지 않겠다. 그대 몸을 온전히 보전해 가족들이 장례를 치르는 데 지장이 없게 할 것이니 나를 원망 마라."

이유검의 판결이 끝난 뒤 김수가 또다시 뜸을 들였다. 이유검의 머리가 숙여지는 것을 예원은 느꼈다. 그러나 그가 참수를 이미 각오했는지 그리 큰 감정의 변화가 없다는 것도 느꼈다. '이젠 내 차례구나.' 예원은 담담히 김수의 말을 기다렸다.

"서예원은 들어라. 그대가 이유검을 뒤쫓아 성을 비웠다고 하나, 전투 중에 성주가 성을 비웠다고 하는 것은 무슨 말로도 변명할 수 없다. 그대 또한 참수해야 마땅하나, 마지막 순간 이유검을 잡으러 나갈 때까지 성주로서 김해성을 막아내는 데 최선을 다했고, 또한 무장으로서 그간의 공과, 지금 현재 누란의 위기에 처한 이 나라에 유능한 장수가 필요하다는 점을 참작해, 그 목숨만은 끊지 않고 삭탈관직을 명하니 조용히 근신하면서 그 다음 처분을 기다리라."

살았다는 안도감보다 겨우 목숨을 연명했다는 굴욕감이 들어 예원은 얼굴이 화끈거렸다. 동헌에 도열해 있는 모든 사람들이 그를 비웃고 있는 듯 여겨졌다. 그러나 이렇게라도 살지 않으면 영원히 비겁자로서 죽어야 할 판이니 명예회복의 기회를 준 김수가 말할 수 없이 고마웠다.

예원은 속으로 맹세했다. 기필코 이 치욕스러운 삶을 갚으리라고. 언제든지 명예로운 죽음을 택할 기회가 생기면 피하지 않으리라고.

예원이 잠시 상념에 잠겨 있을 때 김수의 목소리가 다시 울려
퍼졌다.

"뭐 하나. 죄인 이유검을 지금 당장 끌고 나가서 참수하라!"

두 군졸이 이유검의 곁에 다가왔다. 이유검은 순순히 일어나
군졸들에게 몸을 맡겼다. 자리를 뜨기 전 이유검이 눈을 돌려
예원을 바라봤다. 그 안광이 마치 예원의 폐부를 찌르는 듯 했
으며, 마치 '네가 나하고 다를 게 뭐 있느냐? 네가 불쌍해서 그
목숨을 구해준다.' 라고 말하는 것 같았다. 짧은 순간이었지만
예원의 가슴속에 영원히 각인될 눈빛이었다.

이리하여 초계 군수 이유검은 허무하게 형장의 이슬로 사라
지고 말았다. 차라리 김해성에 구원을 가지 않고 핑계를 대며
요리조리 피했더라면 살았을지도 모르는데, 군사를 이끌고 먼
길을 가서 열심히 싸우다가 마지막 순간에 더 버티지 못하고 성
을 탈출함으로써 죽고 말았다.

물론 그가 성에 남았더라도 죽는 것은 어차피 매일반이었을
것이었다. 하지만 그랬을 경우 그가 맞이했을 명예로운 죽음과
그가 실제로 당했던 치욕스러웠던 죽음이 어찌 서로 비교가 될
수 있었으랴.

그런데 어찌 생각하면 그는 한 가지 임무는 완수하고 죽었다. 그가 구원하고자 했던 김해성과 그 군민들까지는 어찌할 수 없었지만 예기치 않게 그 성주의 목숨만은 살려냈으니.

이유검이 처형되고 난 뒤 예원은 며칠을 더 거창 관아에서 머물렀다. 삭탈관직을 당했지만 불확실성이 사라졌기 때문에 마음은 오히려 홀가분했다. 또한 전시 상황이라 명예를 회복할 수 있는 기회는 얼마든지 생길 수 있기 때문에 다소 느긋하기도 했다. 김수는 예원의 진로에 대해 일언반구도 하지 않고 있었다. 그러나 예원은 어렴풋 김수의 의도를 짐작할 수 있었다. 김성일이 초유사로 임명되어 곧 거창으로 온다는 소문이 있었으므로 김성일과 협의해 그의 진로를 처리할 의도로 아직 기다리고 있다는 감이 들었다.

5월 10일, 관아는 아침부터 활기를 띠었다. 그도 그럴 것이 연일 이어지는 패배와 패배 소식으로 의기소침해 있던 조선군에게 가뭄에 단비와도 같은 희소식이 들려왔기 때문이었다. 5월 7일과 8일 양일에 걸쳐서 이순신이 이끄는 조선 수군이 거제도(옥포 해전)와 통영(적진포 해전)에서 적선을 크게 쳐부수고 승리했다는 소식이 어제부터 도착해 모두들 신이 나 있었다.

예원은 눈을 감고 이순신을 잠시 회상해봤다. 이순신, 유성룡, 한석봉, 그리고 예원은 모두 똑같이 한양 건천동에서 태어났다. 어릴 적 순신은 집안이 넉넉지 않아 배부르게 먹지도 못했고 옷도 바꿔 입는 일이 거의 없었다. 하지만 주위 또래 친구들이 설사 대갓집 아이들이라 할지라도 기가 죽는 법이 없었고 항상 의젓했다. 같이 서당도 다녔지만 이리저리 뛰어놀던 기억이 더 많이 떠올랐다. 골목대장을 도맡다시피 한 순신을 예원은 부담 없이 따랐으나, 예원의 형 인원은 함께 잘 놀다가도 전쟁놀이를 할 때면 먼저 집에 들어가 버리곤 했던 기억도 새삼 떠올랐다. 순신보다 두 살 적은 예원이 그를 따르기는 쉬웠지만, 순신보다 한 살 위인 인원의 입장으로서는 쉽지 않았을 것이었다.

그러던 어느 날 순신이 보이지 않아 예원이 순신과 가까운 또래에게 그 이유를 물었더니, 외가가 있는 아산으로 이사를 갔다고 그가 대답했다. 나이가 들어 예원은 순신이 왜 외가로 갔는지 추측할 수 있었다. 벼슬이 없는 그의 아버지의 능력으론 그의 가족이 한양에서 살기가 아무래도 버거웠을 터였다.

그 후 잊고 지냈는데 어른이 되어 순신도 예원과 마찬가지로 무과에 지원했다는 소문이 들려왔다. 급제는 예원이 빨리 했다. 순신이 첫 시험에서 낙방했었으니까. 그러나 그것이 예원이 순신보다 관직 생활도 앞서게 해주는 것은 아니었다. 둘 다 북쪽에서 무관으로 산전수전을 겪었고, 둘 다 임무 수행 중 문제가 발생해 삭탈관직을 당한 적이 있었고, 둘 다 백의종군해 공을 세워 관직에 복귀한 공통점이 있었지만, 순신의 벼슬이 어느 날 갑자기 뛰어버려 처음엔 예원도 깜짝 놀랐다.

예원이 몇 년 전 곽산 군수로 복직했을 때만 해도 순신이 정읍 현감으로 있다는 소식을 들어 그러려니 했다. 그러나 작년에 예원은 적지 않은 충격을 받았다. 그때 예원은 김해 부사로 임명받아 뿌듯했다. 현감보다는 군수가, 군수보다는 부사가 높은 등급이니 당연하기도 했거니와 심상찮은 왜의 침입 조짐 때문에 조정에서 적임자를 내려 보내던 시기이니만큼 자부심도 컸다.

그런데 겨우 현감이었던 순신이 진도 군수, 가리포 첨사를 발령만 받았지 제대로 부임도 하지 않은 채 유성룡의 추천으로 일약 전라 좌수사로 임명되어버렸다. 종5품에서 정3품까지 무려 다섯 품계나 한꺼번에 뛰었으니 그야말로 파격이었고, 대부분의 사람들을 완악케 했던 충격적 인사였다. 이로 인해 조정에서 공론도 많았고 반대도 많았지만, 그는 그 자리에 부임하는 데 마침내 성공했고 지금은 그로부터 한 해가 지났다.

예원의 벼슬인 김해 부사의 품계도 정3품으로 순신의 것과 다를 바 없지만 실질적 무게로 따진다면 전라 좌수사만 못한 것이 사실이었다. 그래서 순신의 승진 소식을 듣는 순간 예원이 그가 부러웠고, 그것은 인지상정이기도 했다. 그가 보통이 아니라는 것은 어릴 때 벌써 느꼈다. 때문에 유성룡의 사람 보는 안목을 내심 높이 평가했다. 그렇지만 솔직히 말해 순신이 정말 대단하구나 하는 심정이다 못해 '어떻게 해서 그렇게 갑자기 승진할 수 있었을까?' 은근히 질투심마저 인 것도 사실이었다. 그러고는 정신없이 일년을 보냈는데 어제 불현듯 순신의 승리 소식을 듣고 예원은 탄복했다. 과연 이순신이로구나! 유성룡이 그렇게 많은 반대를 무릅쓰고라도 이순신을 밀고 간 이유가 있었구나!

갑자기 문 두드리는 소리가 나서 예원은 회상을 거두고 눈을 떴다. 오늘 오후에 초유사 김성일이 관아에 도착해서 감사와 함께 예원을 대면할 예정이니 준비하고 있으라는 하인의 전갈이었다.

초유사

　경상 우병사 발령을 받고 그 직위를 조대곤으로부터 인계받으러 김성일이 창원에 도착했을 때 그만 전쟁이 터져버렸다. 김성일은 난감했다. 왜군이 넘어오지 않을 것이라고 임금에게 직접 보고한 적이 있었기 때문이었다. 당혹스러웠지만 엎질러진 물. 후회해도 소용없는 일이었다. 일단 조대곤을 만나러 갔다.

　조대곤은 김해성 지원군의 임무도 내팽개치고 마산포에서 김성일을 기다리고 있었다. 마산포에서 두 사람이 만나는 순간 마침 왜군과 맞닥뜨려 자그마한 교전이 있었다. 그러고 나서 김성일은 고민 끝에 임금을 찾아가 잘못 보고한 죄를 청하기로 했다. 그런데 그가 북쪽으로 임금을 찾아가는 도중 충청도 직산에서 뜻하지 않은 소식을 접했다.

　하해와도 같은 임금의 은덕으로 사면되었을 뿐 아니라 초유사에 임명되었다는 황송하고도 감격스러운 소식이었다. 그 이면에는 유성룡이 임금을 설득시킨 공이 컸다. 초유사라 함은 난리가 터졌을 때 각 지역을 돌며 백성을 위무하고, 타이르고, 군사를 모집하고, 군량을 모으고, 각 고을의 의병을 관장하는 등 전쟁 수행에 필요한 여러 가지 일을 두루 하는 임시 벼슬이었다. 말 그대로 초(招, 불러서)해서 유(諭, 타이르다)한다는 뜻이었다.

직산에서 방향을 돌린 초유사 김성일은 경상 감사 김수의 소재를 파악하고서는 현 상황에 대해 그와 논의하기 위해 거창으로 발걸음을 옮겼다. 김성일은 서예원이 삭탈관직을 당하고 지금 거창에서 김수와 함께 머물고 있다는 소식도 듣게 되어, 김수를 만나는 김에 그도 만나야 하겠다고 마음먹었다.

저녁식사 후 예원은 초유사 김성일의 임시 거처로 불려갔다. 김성일이 머무르고 있는 방에 가다가 예원은 웬 군관과 마주쳤다. 그런데 눈에 익은 얼굴이었다. 그도 예원을 알아보고 먼저 말을 걸어왔다.

"그동안 잘 지내셨습니까?"

"아니, 자네가 여기 웬일인가?"

이종인이었다. 예원의 무과 후배이기도 하면서 처가 쪽으로는 먼 친척이기도 한 이종인을 뜻밖의 곳에서 만난 예원이 놀란 반응을 보였다.

"아, 네에. 사실은 제가 한양에서 김 대감님께 차출되어 지금까지 계속 모시고 있었습니다."

김성일이 우병사직을 인수받기 위해 한양에서 출발할 때 이종인을 그의 부관으로 뽑아서 함께 내려왔다는 말이었다. 이종인은 김성일이 벼슬을 잃고 초유사가 되는 과정에도 계속 그의 곁을 떠나지 않고 보필하고 있었다.

"그랬군. 그렇다면 지금 거기서 나오는 길인가?"

"네에. 두 분 대감께서 함께 기다리고 계십니다. 그동안 심려가 크셨겠습니다."

"부끄럽구먼. 아무튼 반가웠네. 또 보세."

이종인과 헤어지고 김성일의 방에 들어갔을 때 그는 김수와 함께 차를 마시며 앉아 있었다. 김성일(53세)은 예원보다 일곱 살이나 손위이지만 김수(46세)는 예원과 동갑이었다. 방 안에 들어서서 예원은 정중하게 김성일에게 예를 올리고 자리에 앉았다. 김성일이 먼저 입을 열었다.

"마음고생이 많았겠네."

"모두 제 탓입니다. 누구를 원망할 처지가 못 됩니다."

"지난 일은 돌이킬 수 없으니 잊어버리게. 아무튼 여기 김 대감께 고마움을 표시해야 할 걸세. 송강만 같았더라도 자네 목은 벌써 달아났을 것이야."

송강이라는 호는 정철을 지칭했다. 몇 년 전 임금의 명으로 정여립 사건을 치죄하며 온 천지에 피바람을 몰고 왔던 정철은 서인의 거두였다. 반대당인 서인이 경상 감사였더라면 예원이 살아남지 못했을 것임을 김성일이 정철을 빗대어 표현했다. 예원은 김수에게 눈을 돌려 고마움을 표했다.

"죽어 마땅할 몸 살려주신 은혜, 죽는 한이 있더라도 잊지 않겠소이다."

"나한테 고마움을 표할 것은 없소. 위기에 처한 이 나라를 위해 목숨을 잠깐 연장해주는 것이라 생각하오."

"뼈 속 깊이 명심하겠소이다."

"자, 이제 왜군의 군사력에 대해 말 좀 해보세."

예원이 김수와 인사를 끝내자 김성일은 예원에게 왜군과의 접전에서 느꼈던 바와 앞으로의 대응 방법에 대해서 여러 가지를 물었고 예원은 나름대로 대답을 했다. 예원과의 대화가 어느 정도 끝나고 나자 김성일이 김수에게 물었다.

"이제 서 부사의 진로를 어떻게 할 셈이시오?"

"으음… 초유사 대감께서도 복안이 있으시리라 생각됩니다.

무리가 없다면 따를 터이니 말씀하시지요."

"그렇다면 곧 송암이 여기로 온다니 그쪽 부대에 배속시키는 것이 어떻겠소?"

송암은 김면(51세)의 호로 그는 김성일, 유성룡, 김수와 같이 퇴계 이황의 문하였다. 효렴으로 천거되어 참봉에 임명되었으나 사퇴했고, 나중에 재천거되어 공조좌랑에도 임명되었으나 역시 사퇴했다. 고향에서 제자들을 가르치는 도중 전쟁이 일어나자 조종도, 곽준 등과 의병을 일으킨 다음 김수와 상의하기 위해 또한 보다 많은 군사들을 규합하기 위해 곧 거창에 오기로 되어 있었다.

"그렇게 하시지요. 아마 그에게 큰 힘이 될 것입니다."

김수가 동의함으로써 예원의 진로가 결정되었다. 고령, 거창 지역 의병 대장인 김면 휘하에서 예원의 두 번째 백의종군이 시작되려는 순간이었다. 예원의 머릿속에 만감이 교차했다. 참수되었던들 다른 사람들의 눈에 그리 이상해 보이지 않았을 것이건만 살아남았을 뿐 아니라 전쟁이라는 특수 상황 때문에 명예 회복의 기회도 금방 찾아왔으니 감회가 남다를 수밖에 없었다. 예원이 두 사람에게 뭔가 고맙다고 말을 해야 하는데 적절한 말이 떠오르지 않아 잠시 머뭇거리며 가만히 있었다. 어색한 침묵이 세 사람 사이에 잠깐 흘렀다. 김성일이 예원에게 말을 건넴으로써 침묵을 깨뜨렸다.

"어찌 생각하면 자네와 나는 참 묘한 인연이야. 만약 왜놈들이 조금만 더 늦게 쳐들어왔거나 내가 조금만 더 빨리 조대곤 대감과 임무를 교대했더라면 자네와 내가 한꺼번에 김해성에서 죽었을지도 모르니 말이야. 아무튼 이제 그만 가보게. 내가 어찌하라 말하지 않아도 자네가 더 잘 알고 있을 게야. 송암 휘하에 있다 보면 가끔 나하고 마주치기도 할 걸세. 서로 부끄럽지 않는 만남이 되도록 해보세."

대장부가 죽고 말지 그렇게 도망쳐 나왔느냐는 욕을 한 마디쯤 들었더라도 차라리 후련했을 텐데 김성일의 말 없는 배려가 예원에게 오히려 마음의 부담이 되었고 또 부끄러웠다. 그러면서도 하염없는 고마움이 치솟았다. 복받쳐 오르는 감정을 억누르느라 예원은 더 이상 말을 할 수 없었다. 그냥 가만히 일어나서 두 사람에게 정중히 고개를 숙인 후 방을 빠져나왔다.

함안과 의령

청명한 날이었다. 초여름의 하늘은 눈이 부시도록 파랬다. 꼭 솜털처럼 생긴 커다랗고도 탐스런 구름이 저 산 위에 걸쳐 있어, 산꼭대기로 올라가 두 팔을 벌려 살짝 뛰어내리기만 해도 금방 한 아름 따낼 것 같았다. 왜군이 곧 닥쳐올지 모른다는 소문으로 이래저래 마음들이 뒤숭숭한 가운데도 백성들은 봄보리를 수확했고 가을을 기약하기 위해 볍씨도 뿌렸다. 익어서 베어낸 보리 냄새는 코를 즐겁게 했고 어느새 파룻 피어난 들판은 눈을 즐겁게 했다.

함안, 창원, 진영, 밀양, 어디인들 조선의 산하는 다 똑같고 사람 살아가는 모습도 다 똑같다는 감상에 젖으며 억술은 마을로 발걸음을 옮겼다.

억술은 함안 성내 소전에서 소를 팔고 조맹칠과 함께 함안성 밖에 있는 그의 집으로 향하고 있었다. 아침 일찍 소를 팔고나서 사실은 억술 자신의 일 때문이었지만, 사람을 구하러 다니는 조맹칠을 오전 내내 따라다니다가 허탕치고 발걸음을 돌리는 길이었다. 소 값으로 받은 포 열두 필을 조맹칠과 나누어 등에 지고 있었다. 시세보다 서너 필이나 부족했음에도 상황이 상황인지라 군말 없이 팔고 나왔다. 십년 넘게 자식처럼 키운 소를 남에게 넘기는 것이 눈물겨웠지만 어쩔 수 없었다. 헤어질 때 꼼짝 않고 가만 서서 하염없이 주인을 바라보는 누렁소의 그 큰 눈망울에 눈물이 고여 있는 것 같아 억술은 차마 발걸음을 뗄 수 없었으나 그만 가자고 하는 조맹칠의 독촉에 눈물을 머금고 돌아서야 했다.

어차피 함안에서도 오래 머무르지 못할 것이라면 조금이라도 값을 더 받을 수 있을 때 일단 소부터 빨리 팔아버려야 한다는 충고를 조맹칠에게 받고서 고민 끝에 내린 결정이었다. 아무래도 소가 있으면 기동력이 떨어질 것이라 왜군이 생각보다 빠르게 그리고 깊이 쳐들어오면 처분도 못하고 도망쳐야 할 상황에 처할 수 있고, 피난하면서 소를 끌고 가다 보면 관군이나 의병의 눈에도 쉽게 띌 수 있어 세금이라도 한 푼 더 뜯기거나 아니면 군사로 징발되어 끌려 갈 위험성마저 생길 수 있는 고로, 당장이라도 임자를 구해 소를 팔아야 하는 것이 상책이라는 조맹칠의 의견이 이치에 맞아 억술이 그대로 따를 수밖에 없었다.

지난 달(4월) 21일, 함안에 도착한 억술 일행은 처음에는 동문을 통해 함안 성내로 들어갔지만, 이내 서문으로 빠져나와 조맹칠의 집에 거처를 정했다. 함안 군수 유숭인이 군사를 이끌고 싸움터로 나가 성 안의 군사는 텅 비다시피 해서, 들어가고 나오고 하는데 검문 때문에 거치적거리는 일은 없었다. 서문 밖으로 거처를 정한 이유는 위치가 의령이나 진주와 가깝기 때문이었다. 왜군이 함안으로도 쳐들어올 경우 아무래도 피난 가기가 그만큼 더 유리한 위치에서 지내는 것이 나을 거라는 짐꾼들의 충고를 억술이 따른 결과였다.

억술 일행이 서문에서 십오 리 가까이 더 걸어갔을 때, 야트막한 산이 병풍처럼 둘러싸고 있고 맑은 천이 가까운 곳에서 흐르는 아담하고도 평화스러운 동네가 나왔다. 그 중에서 제법 큰 규모이며 약간 안쪽에 위치한 집을 찾아간 것이 조맹칠의 집이었다.

처음에 조맹칠과 인사를 끝냈을 때 억술은 두 가지 인상을 받았다. 이태 전에 환갑을 지냈다고 하지만 그가 나이에 비해 정정하다는 것과, 함안 조가라더니 과연 함안에는 조가가 많구나 하는 느낌이었다. 그 집 아래채 광 옆에 빈 방이 하나 있어 쌀

한 말을 내놓고 우선 한 달간 쓰기로 약조했다. 예전에 조맹칠의 둘째 손자 내외가 쓰던 방인데 살림을 나가고 난 뒤 빈 것이라 했다.

상처한 조맹칠은 본채 사랑방에 기거하고 있었고, 큰방은 장남 부부가 쓰고 있었고, 작은방 두 개가 있었는데 그것은 장남의 장남, 즉 조맹칠의 맏손자 내외와 식구가 쓰고 있었다. 억술이 언뜻 보기에 살림이 그렇게 궁한 것 같지는 않는 집안이었고, 모든 집안의 실권은 아직 조맹칠이 쥐고 있는 것 같았다. 조맹칠의 둘째 아들 내외와 둘째 손자(장남의 차남) 내외가 근방에서 살고 있어서 종종 조맹칠의 집에 들락거렸다.

사월 말 한 열흘간은 억술이 고향 걱정 말고는 맘 편히 그런대로 잘 보냈다. 왜군도 나타나지 않았고 관에서도 나오는 사람들도 많지 않았다. 동네 전체도 별 동요가 없었다.

그냥 있기가 무료하기도 해서, 또한 조맹칠 일가는 농사일로 바쁜데 혼자 놀고먹고 지내기가 미안하기도 해서, 틈틈이 그들의 농사일을 도와 시간을 죽이는 동시에 쌀 서너 되를 품값으로 받았음은 물론 반찬도 잘 얻어먹었다. 그러나 오월이 되자 여기도 가시방석이라는 것을 억술은 곧 깨달았다.

오월 초순이 되도록 왜군이 함안까지는 오지 않아 한숨을 돌

리고 있었지만, 초모관(군인을 모으는 벼슬아치)과 소모관(의
병을 모으는 임시 벼슬아치)이 군사를 징집하려 차례로 마을을
돌아다녔고, 수시로 관원들이 들이닥쳐 군량을 공출해갔다. 다
행히 억술은 함안의 병적부에는 올라있지 않아 그들이 돌 때
조맹칠의 도움으로 숨어버려 화를 면했다. 따로 숨는다는 것이
아니라 문밖의 신발을 치우고 안에서 방문을 굳게 닫은 후 숨
을 죽이고 있으면 그만이었다. 미련한 칠득이도 상황 파악이
되는지 억술이 방문을 꼭 닫고 집게손가락으로 입을 가로막으
며 조용히 하라는 시늉을 하면 숨소리조차 내지 않고 가만 앉
아 있었다.

피난 중이며 아들 둘과 정신이 모자라는 사내를 데리고 있어
군에 갈 형편은 못 되므로 선처해 달라고 초모관을 찾아가서 솔
직하게 사정을 고백하는 것이 낫지 않겠느냐고, 처음에 억술이
조맹칠의 자문을 구한 적이 있었다.

교전 상황이라 사정한다고 빼줄지 심히 의문스럽고 설사 빼
준다 할지라도 그만큼 물자를 더 뜯어가려 혈안이 될 것이 훤한
데 괜히 긁어 부스럼을 만들 필요가 없다는 대답과, 어차피 없
는 사람이 없는 체하는 것이니 없는 것이 오히려 무탈 하다는
두 대답이 일리가 있어서, 억술이 그의 말을 그대로 따랐다.

조맹칠의 말대로 관원들이 마을을 돌 때 억술에게는 아무 일이 없었다. 원래 함안에 없는 사람이라서 관원들의 눈에 띄지 않는 한 문제될 게 없었다. 그러나 조맹칠의 경우는 그렇지가 못했다. 이웃에 살고 있는 그의 둘째 아들의 장남이 그만 초모관에 걸려 관군에 편입될 상황에 처했다. 다급해진 조맹칠이 급히 손을 써서 일단 연기시키고 난 뒤 세 손자(장남의 장남과 차남, 둘째의 장남)를, 그러니까 오월 초닷샛날인가 초엿샛날인가, 의병에 지원하라고 강 건너 의령으로 보냈다. 관군보다는 그래도 그쪽이 낫다고 가족끼리 숙고 끝에 내린 결정이었다.

　억술이 함안에서 지내는 동안 가장 시급하게 서두른 일은 밀양에 연통을 넣고자 하는 것이었다. 왜군은 남자들은 눈에 보이는 족족 칼로 내장을 도려내어 죽이고, 여자는 강간한 후 사지를 잘라 죽이고, 어린아이는 조총 사격 훈련의 표적물로 이용한다는 흉보가 떠도는 와중에, 흉보는 유언비어일 뿐 실상은 그렇지 않고 왜군 치하에 남아 있는 사람들도 그렁저렁 잘 살아가고 있다는 희보도 떠돌았다.

　좋은 소문을 믿어야 할지, 나쁜 소문을 믿어야 할지, 어디에다 장단을 맞출지 종잡을 수가 없어 억술은 더 혼란스러웠고, 혼란스러운 만큼 아무 소문이든 떠돌 때마다, 두고 온 고향생각과 가족생각으로 안절부절 못했다.

어머니와 막내딸, 그리고 무길이와 그의 식구들은 아직도 산에 숨어 있는 것인지, 내려 온 것인지, 무사한 것인지, 잡혀 간 것인지, 다치지나 않았는지, 생각조차 끔찍스럽지만 행여 죽지나 않았는지, 농사는 어떻게 되어가는 것인지, 불안하고, 초조하고, 궁금해서 잠시라도 편히 지낼 수 없었다. 어찌되었든지 간에 직접 소식이라도 들으면 좀 살겠건만 소문만 무성해 애간장만 탈 뿐이었다. 도착한 며칠 뒤부터 억술은 웬만큼 이라면 물자를 아끼지 않을 테니 밀양까지 갔다 올 사람을 구해달라고 하루도 거르지 않고 조맹칠에게 조르다시피 부탁해왔다.

그러나 왜군이 온 천지를 뒤덮고 있다는 소문으로 모두들 도망칠 궁리를 하고 있는 판에 죽음을 무릅쓰고 갔다 올 사람을 구하기가 쉽지 않았다. 아무리 쌀 한 톨이 아쉽기로서니 목숨보다 귀할 리 없었다. 함안서 밀양까지 이틀 내지 사흘 길, 튼튼한 장정이 너댓새면 충분히 왕복할 수 있는 거리였다. 그렇지만 밀양은 이미 왜군의 점령지. 감히 나서려는 사람이 없었다. 더군다나 오월이 되자 함안으로도 머지않아 왜군이 몰려 올 거라는 풍문이 나돌아 너도나도 짐 보따리를 싸느라 바쁜 마당이었다. 사람을 구할 수 없는 것이 오히려 당연했다.

오늘도 억술은 함안 장날을 맞이해 아침 일찍 소부터 팔고 조맹칠과 함께 오전 내내 성안 구석구석을 돌았다. 밀양까지 갔다 올 사람을 구하다가 결국 뜻을 이루지 못하고, 지금 둘이서 집으로 돌아서는 길이었다.

조맹칠은 점심을 먹고 혼자 다시 성내로 사람을 구하러 갔지만 해가 질 무렵 빈손으로 돌아왔다. 억술은 애가 탔지만 어쩔 수 없었다. 덧없이 또 하루가 지나갔다.

밀양과 소식이 닿지 않아 안달이 나는 마당에 매일 줄어드는 쌀가마니는 억술의 마음을 조마조마하게 했다. 쌀을 모두 보리로 바꿀까 생각도 해봤으나 계산 끝에 포기했다. 쌀과 보리의 가격이 아주 큰 차이가 나는 것이 아니라서 바꾸어 봤자 눈에 두드러질 만큼 더 오래 먹지 못 할 것이라는 계산과, 짐은 짐대로 그만큼 더 늘어나 이동하는데 어려움만 더할 것이라는 계산이 나왔기 때문이었다. 또 며칠이 덧없이 지났다. 오월도 벌써 절반이 지나버려 보름이 되었다.

왜군이 코앞에 닥쳐 내일이라도 피난을 떠야할지 모를 형편이었건만 아랑곳 않고 아이들은 끼리끼리 모여 재미있게 놀았다. 바깥이 소란스러워 억술이 나가서 잠시 살펴봤다. 재식이와 영식이가 집 앞에서 주인집 아이들하고 동네 아이들과 깨금발 도 해가면서 비사치기(돌치기 놀이)를 하느라 정신이 없었다. 문제는 칠득이도 같이 하겠다고 옆에서 끼어들며 방해를 하자 아이들이 그때마다 "저리 꺼져." 하면서 소리를 질러대고 있었 다. 억술이 빙긋 웃으며 따라가지 않겠다고 버티는 칠득의 손을 끌고 집으로 들어갔다.

안으로 데리고 들어왔더니만 이제는 배고프다고 떼를 쓰는 칠득에게 누룽지를 꺼내줬을 때, 조맹칠이 헐레벌떡 집으로 들 어섰다. 흥분한 모습이라 혹시 연통 보낼 사람이라도 구했나 싶 었으나 그런 것은 아니었다. 조맹칠이 마당을 가로질러 마루에 걸터앉았다.

"이보게, 억술이. 잠깐 이리 와보게."

억술 역시 마루에 걸터앉자 조맹칠이 말을 이어나갔다.

"어제 우리 사또가 남문 밖으로 군사를 몰고 가서 왜군하고 싸운 모양이네. 다행히 왜군들이 일단 물러갔다 카지만 좀 있으 면 엄청 떼 지어 몰려올 끼라 카네. 자네도 피난 갈 준비를 해야 되네. 밀양에 연통 넣는 것은 일단 포기 하고."

"보수를 넉넉하게 준다 캐도 갔다 올 작자가 그래 없습디 꺼?"

"자네도 참 답답허이. 왜군이 코앞까지 닥쳐왔다 카는데 누가 나서겠노?"

"알겠습니더. 그라먼 어르신께서는 우째 하실 생각이십니꺼?"

"나는 그렇다 치더라도 가만 보이 자네가 어디 딱 정해놓고 갈 데가 있는 것은 아닌 것 같네만?"

"맞습니더."

"그러니까 내 생각은 이렇다네."

「내 막역지우가 의령에서 아전생활을 하고 있다. 세 손자를 의령으로 보낸 것도 그 친구의 덕을 좀 볼 수 있을까 해서다. 다른 일가들은 빼고 이웃에 있는 둘째 아들네와 둘째 손자네까지만 합쳐도 내 식구들이 꽤 되어 멀리 갈 형편은 못 된다. 그래서 일단 가까운 의령으로 들어가려고 한다. 친구에게 부탁하면 한동안 머물 수 있는 자리는 마련해줄 것이다. 자네도 다른 데 갈 곳이 없을 테니 같이 행동하자. 물론 공짜는 아니다. 필요한 만큼의 물자는 내야한다. 그렇지만 내 친구이니만큼 잠깐 지내게 되면 요구하지도 않을 것이고, 길게 있어도 그리 많은 요구는 하지 않을 것이다. 또한 현재 고립무원의 신세인 자네가 그 친구를 알아 놓으면 조금이나마 뒤가 든든해질 것이라 손해 볼 것 없다.

의령도 만약 위험해지면 우리는 의령 주변의 산에 숨어 있다가 왜군이 물러나면 내려올 작정이다. 자네는 진주나 다른 데로 갈지, 아니면 우리 따라 산으로 갈지, 그때 결정해도 된다. 우리 짐은 우리가 알아서 챙길 테니 자네 짐은 귀중하고 꼭 필요한 것만 꾸리고, 지금 당장 필요 없는 것은 편안해질 때 찾을 요량하고 그냥 방에 두고 가도 된다. 그래도 양식을 나르자면 짐꾼이 한 명 정도는 필요할 것이다. 내가 구해보겠다. 출발은 짐을 꾸려놓고 상황을 보아가면서 하되 여기서 오래 버티기는 힘들 것이다.」

조맹칠이 억술에게 한 이야기의 대강이었다. 지푸라기라도 잡고 싶은 심정의 억술이 조맹칠의 제안을 이리저리 재보고 자시고 할 것도 없었다. 그의 말이 끝났을 때 '세상에는 참 좋은 사람들도 많구나. 창원의 정가가 그렇고 함안의 조 노인이 그렇고. 나는 정말 운이 좋은가 보다.' 하는 생각이 억술의 머리를 언뜻 스쳤다.

조맹칠의 말마따나 짐꾼 한 명만 있으면 이동하는 데 무리가 없을 거라는 판단이 들었다. 양식과 조리 기구, 옷가지, 이불, 포와 같이 당장에 필요한 것과 귀중한 것만 챙기기로 억술은 작정했다. 하루, 이틀, 사흘, 또 흘렀다. 언제라도 출발할 수 있도록 준비를 단단히 해놓고 마냥 기다리는 수밖에 없었다. 바깥에는 이 산 저 산으로 숨으려는 사람들로 복작였고 강나루엔 강을 건너려는 사람들로 넘쳐났다.

정암나루

　5월 21일, 억술은 조맹칠의 가족과 함께 정암나루를 건너 의령으로 들어갔다. 함안 군수가 김수의 명령에 의해 한양 수복 작전에 참여하러 군사를 이끌고 용인 방면으로 출발한 다음날 조맹칠이 신속하게 내린 결정이었다. 군수가 군사를 이끌고 가버리면 성은 비는 것이나 다름없고, 이것은 그렇잖아도 요즘 함안 부근에서 심심찮게 출몰하는 왜군을 어서 오라고 끌어들이는 일이라고 조맹칠은 계산했다.

　의령 역시 술렁이고 있었다. 여기저기서 짐을 꾸리고 있었고 산으로 숨으려는 사람들 또한 많았다. 곽재우라는 선비가 의병을 일으켜 지금 꽤 많은 군사를 모았으며, 이들이 의령을 지킬 것이라는 말을 도중에 여러 사람으로부터 억술이 듣기는 했지만 불안하기는 매일반이었다.

　아전 한다는 조맹칠의 친구는 박가라고 했고 날카로운 인상을 풍겼는데, 조맹칠보다는 나이가 들어 보였다. 하기야 조맹칠이 나이에 비해 젊어 보이는 것이니만큼 그가 제 나이 들어 보이는 것임을 억술은 수인사, 통성명한 후 짐작할 수 있었다.

조맹칠의 가족과 억술 일행은 어른 아이 모두 합쳐 자그마치 스무 명이나 되었다. 박 아전의 집은 초가집이었지만 굉장히 넓어 방도 많았고, 뒷마당 역시 꽤 넓었다. 언제 연통을 넣었는지 거기에다 멍석을 깔아놓고 그 위에 천막을 쳐놓아 당분간 지내는데 불편이 없도록 해놓았다. 여름 날씨라 밤에 시원해서 억술은 오히려 좋았다. 박 아전이 방을 따로 세 개 내놓아 조 노인이 하나 쓰고 두 개는 다섯 여자(맏며느리, 둘째며느리, 세 손자며느리)가 기거할 수 있도록 배려했다. 그런데 넓은 집에 박 아전의 식구는 한 명도 보이지 않고 집을 관리하는 몇몇 하인들과 밥 하는 행랑어멈밖에 없었다. 궁금증은 곧 풀렸다. 박 아전이 미리 그의 식구들을 함양 쪽으로 피신시켜 놓았다고 조맹칠의 장남이 귀띔 들은 거라며 억술에게 귀띔해주었다.

박 아전의 집에서도 얼마 가지 못했다. 나흘째 되는 날, 억술이 박 아전의 사랑으로 불려갔다. 사랑에는 조맹칠과 박 아전이 심각한 표정으로 앉아 있었다. 억술이 자리에 앉자 먼저 조맹칠이 입을 열어 함안에 왜군이 들이닥쳤다는 소식을 전했다.

"지금 함안이 왜군의 수중에 떨어졌다 카네. 대군이 몰려온 모양인데 곧 이리로도 들이닥칠 모양일세. 여기도 위험한 기라. 전에도 말했다시피 우리는 인자 산으로 갈 작정인데 자네는 어떻게 하겠나?"

"제가 지금 어떻게 해야 되겠습니꺼?"

"진주로 가서 거도 위험하면 전라도로 가든지 아니면 산음(산청)으로 해서 함양 쪽으로 가든지, 그것도 아니면 우리 따라 일단 산으로 피하든지 자네가 알아서 하란 말일세."

"만약 진주로 갈라 카면 여기서 몇 리 길입니꺼?"

"한 팔구십리 될 끼야. 맨몸으로야 새벽에 나서서 저녁 늦게라도 도착할 마음먹으면 하루 길로도 되겠지만 짐이 있으이 이틀 잡아야 안 되겠나?"

"어르신도 아시다시피 제가 길도 모르지, 달리 아는 사람도 없지, 식구들 데리고 나 혼자 어떻게 하겠습니꺼? 당장 짐꾼 구하는 것도 쉽지 않을 끼고에."

억술의 말이 끝나자 조맹칠이 그 다음 말을 꺼내려 하는데 박아전이 끼어들었다.

"맞는 말이야. 그라고 내가 한 마디 하겠네. 사실 자네가 지금 다른 데로 가봤자 오히려 더 힘들 수 있네. 지금 곳곳에서 초모관입네 소모관입네 하면서 군사를 뽑아 갈라고 난리를 치는 판에 잘못 움직이다가 자네도 걸리기 딱 알맞다 아이가."

박 아전의 말이 억술을 오싹하게 했다. 이제는 왜군이 아니라 관군이나 의병마저 조심해야 할 판이어서 이래저래 고달프게 생겼다는 번민이 억술의 머리를 스쳤다. 그래도 말이 나온 김에 자세하게 알고 싶어서 억술이 박 아전에게 질문을 던졌다.

"나를 군사로 뽑아 가뿌면 내한테 딸린 아들 둘이하고 칠득이는 우째라는 말입니꺼? 그런 사정은 안 봐주겠습니꺼?"

"이 사람아, 지금 전쟁 중인 거 모르나? 우째 그런 순진한 말을 하노. 자네 아이들하고 칠득이는 일단 관에서 맡았다가 좀 편해지면 밀양으로 보내면 그만 아이가. 그런데 그냥 맡아 주겠나? 칠득이는 힘 잘 쓰겠다, 사람 말귀 그런 대로 알아듣겠다, 관에서 잘 써먹을 거고 자네 아들 둘이도 온갖 잡일로 부려 먹을 거란 말일세. 또 설사 자네가 사정사정 한다 할지라도 그냥은 안 봐 줄 끼야. 자네가 지금 얼마나 가지고 있는지 모르겠지만 아마 꽤나 축나야 될 걸."

억술은 순간 아찔해졌다. 갑자기 낭떠러지로 떨어지는 느낌이었다. 차라리 그냥 밀양에 남아서 식구들과 함께 산으로 피신했더라면 하는 후회마저 들었다. 잠시 고뇌하고 있을 때 조맹칠의 목소리가 들렸다.

"세상 참 더럽네. 양반들은 편하게 도망 다니는데 일반 백성들은 도망도 제대로 못 다닌다 아이가."

"여보게, 그런 소리 마시게. 나라의 법도가 그러니 어쩔 수 없는 거네. 법도는 법도대로 따라야 하는 것이 법도일세."

박 아전이 법도를 들먹이자 조맹칠의 심기가 불편해졌는지 목소리가 높아졌다.

"그 놈의 법도는 희한한 법도라 카이. 양반들한테만 딱 좋은 법도 아이가."

"어허, 이 사람. 목소리 낮추시게. 낮 말은 새가 듣고 밤 말은 쥐가 듣는다는 말 모르시나? 진짜 양반한테 잘못 걸리면 나도 어쩔 수 없는 기라."

그제야 조맹칠이 흥분을 가라앉히고 조용히 억술에게 말을 걸었다.

"그래 지금 양반이니 법도니 타령해봤자 뭐 하겠노. 우쨌기나 억술이 자네 생각을 확실하게 말해주게. 지금 한시가 급해서 그러네."

"어르신께서 크게 불편하지 않으시면 같이 산으로 갈랍니더. 어차피 제 짐이 아직 어르신 집에 좀 남아 있으이 같이 행동하는 것이 좋겠습니더. 그렇게 해주이소."

"알았네. 그럼 어서 가서 짐을 꾸리게. 내일 아침에 산으로 갈 참이네. 양식은 다 가져가지 말고 일부만 가져가면 되네. 다 떨어지면 밤에 살짝 내려와서 가져가면 될 테니 꼭 급한 것만 꾸리란 말이네."

그 다음날 아침 일찍 억술은 조맹칠의 가족과 함께 근처 산으로 올라갔다. 양식은 열흘치만 챙겼고 포는 망설인 끝에 볏짚으로 위장해 모두 들고 올라갔다. 직접 가지고 있지 않고서는 마음이 놓이지 않을 것 같아서였다. 박 아전이 보낸 하인이 숨을 장소까지 일행을 안내했다. 박 아전과 조맹칠은 끝까지 남아 있다가 마지막 순간에 올라오기로 했기 때문에, 조맹칠의 장남과 억술이 일행을 이끌고 산으로 올라갔다.

첫날은 산속에 움막을 짓느라 시간을 다 보냈다. 장마 기간이라서 넉넉하게 배수로를 팠다. 이미 많은 사람들이 산속 이곳저곳에 자리 잡고 있어 서로 왔다 갔다 하면서 정보도 교환하고 통성명도 하다 보니 초반에는 그런 대로 시간을 보낼 만했다. 그렇지만 그것도 잠시지 이틀 사흘 지남에 따라 지겨움이 파고들기 시작했다. 그런데다 비까지 추적추적 내리는 날은 움막 안에서 하릴없이 앉아 지내는 수밖에 없어 보통 고역이 아니었다. 어른들도 지겨운데 조금만 앉아 있어도 좀이 쑤시는 아이들의 경우는 끔찍한 상황이었다.

그런데 지겨운 건 둘째치고라도 산에서 지낸 지 다섯 번째 날이 밝아도 조맹칠과 박 아전이 나타날 기미가 보이지 않아 불안, 초조감이 서서히 퍼져나갔다. 점심때쯤 조맹칠의 장남이 근심스러운 표정을 지으며 억술에게 다가왔다. 오늘 날이 저물면 둘이서 마을로 살짝 내려 가보자고 권할 의도를 가지고서. 억술은 마치 기다렸다는 듯 당장에 그렇게 하겠다고 대답했다.

이날 오후가 한참 깊었을 때 날은 맑아 있었다. 갑자기 이곳저곳에서 웅성거리는 소리가 들려 억술이 무슨 일인지 알아보려고 막 나서려는데 박 아전의 하인이 당도했다. "모두들 기뻐하이소. 오늘 정암 나루터에서 곽 장군이 이끄는 의병부대가 왜놈들을 박살냈다 아입니꺼. 왜놈 새끼들, 혼비백산해서 함안 쪽으로 다 도망갔습니더. 인자 전부 다 내려가도 됩니더." 하인의 말이 끝나자 억술과 조맹칠의 장남은 누가 먼저랄 것도 없이 두 손을 높이 쳐들고 만세를 불렀다. 주변의 웅성거림도 아군의 승리 소식을 듣고 나온 사람들이 내는 소리였다. 잠시 후 여기저기서 온 산을 날려 보낼 듯 만세 소리가 울려 퍼졌다. "조선군 만세! 곽 장군 만세!"

억술 일행이 마을로 내려갔을 때 꽹과리 소리, 북소리, 장구 소리가 요란했다. 온 동네마다 사람들이 몰려나와 왜군을 물리쳤다며 덩실덩실 춤도 추고 노래도 부르고 있었다.

1592년 유월 초, 곽재우가 이끄는 의병부대가 정암진 나루에서 매복 작전을 펼쳤다. 전라도 지역을 담당하기로 된 왜군 제6군의 부장인 안고쿠지 에케에이가 이끄는 2,000여명의 왜군이 함안 쪽에서 도강 작전을 펼쳤는데 곽재우군의 기가 막힌 위장 작전에 걸려들어 선봉대가 거의 섬멸당하고 주력군도 정암진에 상륙할 무렵 미리 매복하고 있던 곽재우군의 기습공격을 받아 제대로 반격을 해보지도 못하고 달아났다. 이 전투에서 타격을 입은 제6군은 더 이상 이 길을 통한 전라도 진격을 포기했다.

정암진 전투는 개전 이후 조선 의병이 육지에서 거둔 최초의 승리였고, 왜군의 초기 전라도 진격을 막은 뜻 깊은 승리였다. 조선은 임진왜란(정유재란 제외) 전 기간 동안 전라도를 보전함으로 반격할 힘을 비축할 수 있었는데, 그 전라도 보전의 단초를 제공한 것이 바로 정암진 전투라 해도 과언이 아닌 쾌거였다. 이 전투가 끝나자 초유사 김성일은 곽재우를 크게 치하하고 의령과 삼가 두 현을 곽재우의 지휘 아래에 편입시켰다.

백의종군

왜적이 짓밟고 지나갔다지만 산하는 무심해 그 흔적을 하나도 남겨놓지 않았다. 곱게 다진 두둑 같은 형상의 먼 산등성이들은 가까이 다가갈수록 우거진 녹음을 뿜어냈고, 제철을 맞아 한껏 여물고 있는 들판은 초록으로 번들거렸다.

산하만 변함없는 것이 아니었다. 농부들도 여느 때처럼 부지런히 피를 뽑고 있었다. 왜군의 점령지에서 그렇다는 말이었다.

그도 그럴 것이 개전 초, 왜군의 점령지 정책은 유화 정책이었다. 사대부들이야 제 살 길 찾아 뿔뿔이 흩어졌지만 가난한 농민들은 멀리 갈 여유가 없었기에 인근 산에서 눈치만 보며 숨어 있었을 뿐이었다. 그런 농민들에게 점령지 담당자가 산에서 아무 걱정 말고 내려와 농사짓고 살아도 된다고 회유했다.

긴가민가하며 망설이던 농민들 중 하나 둘 내려가는 사람들이 생겨났고, 그 사람들이 내려가서 탈 없이 살아감에 따라 또 내려가는 사람들이 생겨났고, 그리하여 농부들은 내려가서 살아도 아무 이상이 없다는 소문이 퍼져 나갔다. 오히려 새 세상이 도래했다고 반기는 사람들도 있었다. 술만 취하면 무조건 패대는 양반 꼴들 보지 않게 되어 살맛이 난다는 사람들도 나왔다.

고니시는 평양을 점령해 임금을 의주로 밀어냈고 가또는 함경도를 휘젓고 다니고 있다고는 하나, 부산서 평양, 그리고 함경도까지 그 먼 길을 모두 왜군으로 채울 수는 없는 노릇이었다. 따라서 왜군은 중요 거점지에 꼭 필요한 만큼의 병력들만 남겨 놓고 북쪽으로 올라갈 수밖에 없었다. 이 때문에 점령된 군이나 현이라 할지라도 왜군을 구경 못한 조선 사람들이 많았다. 또한 아예 왜군이 전혀 발을 들여 놓지 않은 지역들도 많았다. 심한 경우 오지에서 사는 사람들은 왜군이 조선 땅에 침입했는지조차 모르고 그냥 평상시대로 살아갔다.

성주도 그랬다. 왜군의 점령지가 틀림없건만 들판에 왜군은 보이지 않고 조선 농민들만 부지런히 일하고 있었다. 왜군이 할 일이 없어서 성주 들판에 쫙 깔릴 일은 없을 것이므로 왜군과의 조우는 큰 걱정을 하지 않아도 되었다. 그렇지만 항상 경계를 늦추지는 말아야 했다. 혹시라도 왜군 진지에 가서 고발하는 사람이라도 생기면 낭패였으니까. 지금 예원은 그를 보좌할 하급 군관 손경종을 대동하고 안동으로 가는 길에 성주에 들어섰다.

5월 중순경, 김면이 이끄는 거창의 의병 진지에서 중위장에 임명된 예원은 보름가량 의병을 훈련시키고, 왜병들과 소규모 유격전도 펼치며 보냈다. 왜군의 무장과 전력을 직접 체험한 예원은 전력상, 더군다나 제대로 훈련을 받지도 못한 의병들을 데리고서, 맞붙어서는 이길 수 없다는 점을 이미 깨달았다. 승리를 위해서는 치고 빠지는 유격 전술만이 유일한 전략이었고, 그러기 위해서는 숙련된 궁수가 필수적이었다.

조총은 크게 걱정할 바 못되었다. 소리만 요란했지 연발 사격이 이루어지는 것이 아니라서 숙련된 궁수들의 속사로 충분히 상대와 제압이 가능했다. 연사가 불가한 조총이 제대로 위력을 발휘하기 위해서는 평원에서 종대로 늘어선 조총 부대가 열을 번갈이가면서 발사해야 그 위력을 극대화할 수 있었다.

첫째 조가 발사 후 빠져서 화약을 장전하고 도화선에 불을 붙이는 동안, 둘째 조가 발사 후 빠져서 역시 장전, 이어 셋째 조까지 발사하고 나면, 다시 첫째 조의 차례가 됨으로써 연발 사격의 효과가 이루어 졌다. 탄금대에서 이렇게 훈련된 조총 부대가 돌격해 들어오는 신립의 기마 부대에 일제 사격을 퍼부었다. 조선군은 최대치의 연발 사격 효과를 고스란히 겪어야만 했다.

그러나 서로 맞붙지 않는 수성전(守城戰)이나 유격전에서는 조총 부대가 연사의 위력을 발휘하기가 거의 불가능했다. 일사 불란한 대열을 펼칠 수 없고 펼쳐봐야 소용도 없기 때문이었다. 산악 지형에의 조총은 더더구나 효율성을 발휘할 수 없었다.

조선은 산악 지대가 많기로 유명한 곳. 유격전을 펼치기에 딱 알맞았다. 조총 부대는 충분히 활로서 상대가 가능했다. 다만 어중이떠중이로 모은 의병들 중에 궁수들이 많지 않다는 사실이 문제였다. 적어도 4~5년의 경험과 훈련이 있어야 숙련된 궁수 소리를 들을 수 있는데, 평상시 활을 잡아본 적이 없는 경우가 대부분인 농사꾼들 속에서 궁수들이 제대로 있을 리 없었다. 그렇다고 해서 초보자를 잡아놓고 몇 날 훈련시켜 봐야 별무소용이므로 경험 있는 궁수를 많이 끌어 모으는 것이 가장 확실한 수였다.

그런 연유로 예원이 성주를 거쳐 안동까지 두루 살펴보고 오겠다고 지휘부에 자청했다. 안동 지역의 의병 봉기 상황도 살피고, 의병 봉기도 부추기고, 왜군의 동태도 파악하는 것이 주임무였지만, 돌아다니면서 가능한 최대한의 궁수도 끌어 모을 속셈이었다.

안동은 경상도 지역의 대도호부가 있는 큰 고을이었다. 비록

대도호부는 왜군 때문에 와해되었으나, 거진(巨鎭)인 만큼 주변을 샅샅이 훑으면 흩어져 있는 병력을 그런 대로 수습할 수 있을 거라는 것이 예원의 요량이었다. 또한 초유사 김성일의 고향이기도 한 곳이라 그의 이름을 대면 궁수를 모으기가 보다 수월할 것이라는 계산도 한몫했다.

성주를 지나 칠곡, 군위, 의성을 거치는 동안 왜군과의 조우는 없었다. 성주는 목이지만 별 탈 없이 넘겼고 나머지는 현에 불과해 주둔하는 왜군의 수도 얼마 되지 않았다. 당연히 그들과 조우할 위험성도 덜해서 사실 그리 큰 염려를 하지도 않았다. 그러나 안동은 달랐다. 고을이 큰 만큼 왜군들과의 조우 가능성도 커 예원은 최대한 조심해서 접근했다.

갈라산을 넘어 안동 경계의 산기슭에 약 오십호 가량의 오붓하게 보이는 마을이 나타났다. 예원은 쉬면서 요기라도 할 겸 잠시 들르기로 작정했다. 해는 중천을 넘어가고 있었다. 더운 날씨에 말을 끌고 산을 넘느라 온몸이 땀으로 흠뻑 젖었다. 사방에서 매미들이 발악적으로 울어댔다. 그런데 마을 입구에 들어서자마자 뭔가 이상한 징후가 금방 느껴졌다. 예원이 뭔가 싶어 눈여겨보려는 순간 "장군님, 저기 보십시오. 사람들이 모여 있는 것이 아무래도 무슨 일이라도 생긴 것 같습니더." 손경종이 입을 열었다. 마을 입구에 족히 백년은 되어 보이는 커다란 당산나무가 있었고 그 주변에 삼삼오오 마을 사람들이 모여 웅성거리고 있었는데, 대부분 노인네들과 아낙네들이었다. 분위기가 뭔가 심상치 않은 일이 터진 것임을 금방 눈치 채게 했다.

손경종이 큰 소리로 무슨 일이라도 생긴 것인지 마을 사람들 가까이 다가가며 물었다. 놀란 듯 우두커니 서서 잠시 예원과 손경종을 바라보고 있던 사람들이 한꺼번에 왜군이 나타나서 큰일 났다고 합창하듯 외쳤다. 마을 사람들 곁에 다가섰을 때 경종이 그 중 원로로 보이는 노인에게 자초지종을 설명해달라고 부탁했다.

"조 앞에 자그만 산이 보이지에. 그 산 너머에 여어보다 조금 더 큰 동네가 하나 있니더. 거기서 아까 사람을 보냈는 기라에. 근처에 왜군이 나타났다고 급히 장정들을 모아 보내 달라 카기에 한 이십명 가까이 갔니더. 지금 모두들 걱정이 되가지고 나와 있는 기라에." 노인의 설명이 끝나자마자 "장정들의 무장은 어땠습니까?" 하고 예원이 되물었다.

"무장이라고 말할 끼 뭐 있겠니껴. 쇠스랑이나 괭이 같은 거 들고 나갔니더. 몽둥이 든 사람도 있었고에."

예원의 마음이 갑자기 급해졌다. 산 너머 마을까지 평탄하게 갈 수 있는 길이 있는지 다시 물었을 때 산을 둘러서 길이 나있 긴 하지만 산을 넘어가는 것이 훨씬 빠르다고 노인이 대답했다. 말을 빨리 몰고 산을 돌아서 가는 것 역시 산을 넘는 것만 못하 다는 부연도 덧붙였다. "노인장, 잘 들으시오. 지금 우리 둘이 저 산 앞까지 말을 타고 가서 산을 넘을 작정이오. 말을 끌고 산 을 넘기에는 너무 시간이 걸릴 테니 올라가기 전에 주변에 묶어 놓겠소. 사람을 꼭 보내 여기까지 끌고 오게 해서 우리가 돌아 올 때까지 보관해주시오. 그럼 급해서 이만 실례하겠소이다." 말을 남기자마자 예원은 말머리를 돌려 급히 말을 몰았다. 그 뒤를 경종이 쏜살같이 뒤따랐다.

산 너머 마을에서도 사정은 똑같았다. 웅성거리며 나와 있는 사람들에게 예원이 방향을 물었다. 동북쪽으로 길을 따라 십리 가량 가다보면 고개가 나오는데 그쪽으로 양쪽 마을 합쳐 한 오 십명 가까이를 웬 군관과 몇 명의 군졸이 인솔해서 갔다는 대답 이 돌아왔다. 예원은 마을에서 말 두 필을 빌려 서둘러 그곳으 로 갔다.

고갯길에 접어들기 전에 말을 묶어놓고 경계를 하며 조심조 심 고갯마루까지 올라갔다. 고갯마루엔 꽤 넓은 개활지가 펼쳐져 있었다. 쭉 앞을 내다보니 끝부분이 좁아지며 저쪽 고개 아래로 넘어가는 길이었고 양쪽 옆은 산 중턱으로 연결되어 있었다. 예원과 경종은 각각 한 쪽씩 맡아 주변의 산부터 수색하기로 했다.

칼을 뽑아들고 예원은 조심조심 산 속에 들어섰다. 최대한 자세를 낮추고 풀 밟는 소리와 나뭇가지 스치는 소리가 나지 않게 살금살금 좁은 길을 헤쳐 나갔다. 얼마를 갔을까. 그리 멀리 들어가지는 않았지만 예원은 분명 인기척을 느꼈다. 서 있는 곳에서 왼쪽이었다. 본능적으로 칼끝을 인기척이 나는 쪽으로 겨누고 다가서며 "누구냐?" 소리쳤다. "조선 사람이니껴? 저는 저기 아랫말 사람이니더."라는 대답이 예원의 긴장을 풀게 했다.

무성한 나무 덤불 속에 장정 한 명이 숨어 있었다. 허벅지에 피가 흥건했다. 조총에 맞은 것임을 금방 알 수 있었다.

"자네뿐인가?"

"예. 전부 다 산 너머로 뿔뿔이 도망쳤니더."

"어디로들 갔나? 마을 쪽으로는 아무도 오지 않던데."

"바로 마을로 도망치다가는 혹시라도 왜놈들이 따라올까바 일단 안동 쪽으로 갔다가 하루 정도 지내고 돌아가기로 했니더."

"관군들도 있다고 들었는데."

"의병들이시더. 부대가 해체되었으이끼네 일부 군사들이 의병이 된 기지에."

예원이 장정의 상처를 보려는 순간 아래서 고함소리가 들렸다. "여기서 잠깐 기다리게. 혹시 내가 늦을지도 모르니 덤불 속에 꼭 숨어 있게." 말을 남기고 번개같이 아래도 뛰어 내려갔다. 건너편 개활지가 끝나는 부분에서 경종이 이쪽으로 필사적으로 내달리고 있었고, 그 뒤로 여남은 될까 하는 왜병들이 장창을 들고 그를 추격하고 있었다. 얼마나 급했던지 경종은 칼도 없이 달아나고 있었다. 칼집도 보이지 않았다. 칼을 버리고 나서 거치적대니 칼집마저 허리에서 빼내 내팽개친 모양이었다. 다만 등에 맨 활과 화살집은 그대로 해서 부리나케 이쪽으로 내달리고 있었다. 왜병들 중 발이 빠른 자가 하나 있어 경종과의 거리가 점점 줄어들고 있었다. 자칫 잘못하면 사정거리까지 좁혀질 것 같은 절대 위기의 순간이었다.

예원은 칼을 칼집에 집어넣고 등에 매고 있던 활을 꺼내들었다. 화살집에서 화살을 빼내 시위에 메겨가면서 순식간에 열 발자국 이상 우측으로 달려가 경종의 뒤에 바짝 따라붙은 왜병의 온전한 시야를 확보했다. 경종과 왜병의 거리는 더욱 좁혀져 있었다. 조금만 늦으면 경종은 여지없이 창꼬치 신세가 될 처지였다. 예원은 신속하면서도 침착하게 조준했다.

겨눈 자세로 창을 양손으로 굳게 잡고 전속력으로 추격하던 왜병이 사정거리까지 따라잡자 양팔을 뒤로 빼내 거기서 생긴 반동으로 경종의 등을 힘껏 쑤시려 창을 앞으로 내찌르려는 찰나, 예원의 화살이 그의 왼쪽 가슴을 파고들었다. 순간 왜병의 상체가 구부려지면서 달리던 방향 그대로 비틀비틀 예닐곱 발자국 더 나아가더니만 이내 땅바닥에 한 바퀴 구른 후 그대로 뻗어버렸다. 뒤따르던 왜병들이 순간적으로 주춤했다. 예원의 잇따른 화살로 또 한 명이 쓰러지자 모두들 뒤돌아서서 꽁지 빠지게 도망쳤다.

땀을 뻘뻘 흘리고 숨을 할딱이며 노래진 얼굴로 죽어라 하고 달려온 경종의 손을 이끌고 예원은 부상당한 장정이 숨어 있는 위치를 벗어난 산 속으로 뛰어들어 자리를 잡고 경종에게도 활을 쏠 준비를 시킨 후 왜병들을 주시했다. 저쪽 고개로 넘어가는 곳에서 엄폐물을 찾아 엎드린 왜병들이 예원이 있는 쪽의 동태를 살폈다. 서로 대치한 채 한참이 흘렀다. 왜병들은 예원이 더 이상의 반응을 보이지 않자 그들끼리 잠시 수군거린 후 낮은 자세로 살금살금 쓰러져 있는 동료로 접근했다. 예원이 보기에 시체를 수습하려는 의도 같았다. 동료들이 두 번째로 쓰러진 왜병까지 접근하자 누워 있던 그가 꿈틀거렸다.

동료들이 돕자 비틀거리며 일어섰다. 부상만 입었는데 섣불리 일어서다간 또 화살을 맞을까봐 도움이 올 때까지 그냥 누워 있었던 모양이었다. 두 명이 그를 부축해서 저쪽으로 물러갔고 나머지는 첫 번째로 쓰러져 있는 동료까지 접근했다. 일부는 경계 자세를 취한 채 예원 쪽을 주시했고 일부는 시체를 들어 올려 화살을 빼내 한 사람이 업을 수 있도록 도왔다. 신속한 동작이었다. 업고 나자 모두들 돌아서서 뒤 한번 돌아보지 않고 부리나케 저쪽 고개 너머로 물러갔다.

제법 시간이 흐른 후 예원은 경종을 데리고 조심조심 건너편 고갯길까지 다가갔다. 왜병들이 물러간 것을 확인하고 예원은 경종을 안심시켰다.

"이제 됐다. 아마 본대로 간 모양이다. 시간상 더 이상 오지는 않을 거다. 서둘러라. 근처에 부상병이 있다."

예원이 발걸음을 옮길 때 경종이 묻지도 않았는데 조금 전의 상황을 설명했다.

"이쪽 산비탈로 왔을 때 갑자기 고개 너머에 인기척이 나는

것 같길래 다가가 보이 왜놈들이 내 쪽으로 오고 있습디더. 식
겁하고 도망쳤다 아입니꺼. 칼부터 챙기야 되겠습니더."

칼과 칼집을 수습하러 가는 경종에게 빨리 따라오라고 말하
고 예원은 서둘러 부상당한 장정 쪽으로 향했다.

고니시의 불가사의

6월 15일, 거칠 것 없이 북으로 치닫던 왜군은 드디어 평양성을 접수했다. 고니시가 이끄는 제1군이었고, 부산에 상륙한지 두 달 만이었다. 임금은 결사 항전을 부르짖으며 성을 떠나는 일은 절대로 없을 것이라고 떠나기 전날까지 평양 백성들에게 굳게 약속했지만, 입술에 침도 마르기 전에 그 약속을 내팽개치고 도망쳤다. 5월 7일에 평양에 당도한 임금은 한 달여 머물다가 6월 11일에 성을 나섰다. 영변, 박천, 가산, 정주, 선천을 경유해 6월 22일, 임금은 국경 끝자락인 의주에 도착했다.

임금은 썩 내키지 않았지만 평양에 있으면서 둘째 아들인 광해군을 세자로 책봉했다. 임금의 할아버지는 임금(중종)이었지만 임금의 아버지는 할아버지가 거느린 여러 후궁들의 여러 아들 중 하나(일곱 번째)라 임금이 될 꿈조차 꾸어보지 못하고 그저 그렇게 살다가 죽었다. 임금은 그 별 볼 일 없는 아버지의 아들들 중에서도 막내(셋째)여서 더더구나 임금이 될 가망성이 없었다. 전혀 없었다. 어렸을 적 그가 임금이 되리라고 짐작한 사람은 전무했다.

그러나 할아버지의 두 정실의 아들들(인종, 명종)이 모두 후사 없이 죽었다. 더 정확하게 말하자면 후사가 있기도 했지만 왕자가 요절해버리는 등 어쨌든 후사 없이 죽었다. 갑자기 그에게도 임금이 될 수 있는 확률이 생기게 되었다. 그런데 예상치도 못한 그 행운이 그만 그에게 들이닥쳤다. 이름 하여 조선의 14대 왕 선조가 바로 그였다. 그때가 지금부터 25년 전, 그러니까 임금의 나이가 겨우 16살 때였다. 실상은 그가 똑똑하고 잘나서가 아니라 그가 임금이 되는 것이 그들의 권력 작동에 있어서 가장 낫다고 판단한 그 당시 최고 권력자들의 결정이었다.

아무튼 절대로 임금이 될 수 없었던 임금은 어찌하여 임금이 되었다. 호박이 넝쿨째로 굴러 떨어졌다. 그러나 방계라는 열등감이 그를 괴롭혔다. 그가 조선 최초 방계 혈통의 임금이었기에 그럴 만도 했다. 그래서 그는 그 자신의 자리만큼은 정실의 아들에게 물려주고 싶었다. 염원했다. 하지만 정실에게서 아들이 나오지 않았다. 그럭저럭 마흔을 넘겨버렸다. 후실들의 자식들 중 장성한 아들들도 있었지만 그래도 적장자에 대한 미련을 버리지 못하고 임금은 차일피일 세자 책봉을 미루고 있었다. 세자를 책봉하자고 주청하는 신하가 있으면, "과인의 나이가 아직 얼마 되지 않았는데 벌써 세자 책봉이라니, 과인이 죽기라도 바라는 것이냐? 이런 망발이 어디 있더란 말이냐?" 과잉 반응으로 그 신하의 기를 꺾어버렸다.

차마 후실의 아들에게 자리를 물려주고 싶지 않아 지금까지 미적거렸지만 전쟁이라는 긴급 상황이 임금에게 더 이상 선택의 여지를 주지 않았다. 이 긴박한 상황에서도 후계자를 정해두지 않았다가 나중에 그에게 무슨 일이라도 닥치면 나라의 운명이 어찌될지 모르기에 임금은 세자를 결정하지 않으면 안 될 막다른 골목에 몰려버렸다. 잘못하다간 200년 사직이 끝장날지도 모른다는 위기감에 임금은 결국 세자 책봉의 단안을 내릴 수밖에 없었다. 임금과 신하들 사이에 의견이 오갔다. 그 결과 첫째를 제치고 둘째인 광해군이 낙점되었다.

임금은 의주로 도망가면서 조정을 둘로 쪼갰다. 그는 고니시가 더 쫓아올 경우 요동으로 망명을 가기로 작정했다. 그렇게 되면 왕세자인 광해군은 조선에 남아 종묘사직을 받들어 나라를 다스리라는 왕명까지 내렸다. 이때 임금이 머무는 의주 행재소가 원조정이 되는 것이었고, 광해군이 이끄는 소조정이 분조였다. 분조의 책임자인 광해군은 평안도, 경기도, 강원도 등을 돌면서 민심을 수습하고 군량을 모으고 무기를 조달하려는 노력을 기울였다.

임금이 둘째 아들과 조정을 나누고 명나라로 망명을 갈 결심까지 하고 있는 사이 평양에서 불가사의한 일이 벌어지고 있었다. 객관적으로는 불가사의가 분명했지만 조선 측에서는, 좀 더 정확하게 임금 측에서는, 축복과도 같은 불가사의였다. 갑자기 고니시가 진군을 멈춰 버렸다. 평양서 의주까지 대략 400~500리. 한양에서 공주목(대전 지역)까지의 거리와 비슷했다. 임금은 열하루가 걸렸지만 고니시가 마음만 먹으면 닷새, 보통이라도 예닐곱 날, 넉넉잡아도 열흘이 걸리지 않아 충분히 닿을 수 있는 거리였다. 그런데도 고니시는 평양에서 꼼짝하지 않았다. 이상한 일이었다.

혹자는 서해를 통한 왜군의 보급로가 조선 수군에게 막혀 고니시가 진군을 포기할 수밖에 없었다고 설명했다. 왜군 수군이 궤멸적인 타격을 입은 한산도 해전은 고니시가 평양을 점령하고도 한참 지난 뒤인 7월 8일의 일이었다. 서해 보급의 꿈을 완전히 접을 시기는 7월 8일이 지나야 했다. 물론 그 이전에도 조선 수군 때문에 서해의 뱃길은 막혀 있었다. 그러나 평양성에는 조선 육군의 군량미가 고스란히 남아 있었고, 여름이라 의복 문제도 그리 신경 쓸 바 아니었다. 무엇보다도 평양서 의주까지 먼 거리가 아니었다. 하다못해 의주까지 진격해서 다시 평양성으로 돌아가는 작전도 시간적으로 충분히 가능했다. 그럴 경우 보급은 문제가 될 게 없었다.

마음만 먹었으면 보름 이내에 조선의 임금을 명나라로 쫓아버리거나 아니면 사로잡아 다시 평양성으로 귀환할 수도 있었는데, 무슨 연유에선지 고니시는 나서지 않았다. 만약 이 당시 함경도를 휩쓸고 다녔던 호전적인 가토가 고니시의 자리를 맡았더라면, 아마 임금은 십중팔구 명나라로 망명을 떠나야 했을 것이었다.

혹자는 조선의 숨겨놓은 최정예 부대가 의주 근처에서 진치고 있었기 때문이라고 주장했다. 하나를 보면 열을 아는 법. 개전 직후 잠깐 반짝거린 조선군의 대응은 압도적인 적의 전력 앞에서 결국 아무것도 할 수 없었다. 이후 조선군은 전투 수행 능력 기능을 거의 상실한 것이나 마찬가지였는데, 멀쩡한 정예부대가 존재했을 리 없었다. 그런 정예부대가 있었더라면 한강이나 임진강 방어 또는 평양성 방어에 써먹었어야지 일부러 국경 끝까지 밀려가서 써먹으려 했다는 말이었던가. 유인 전술을 쓰려는 것도 아니었을 것이고 벼랑 끝 전술을 펼치려 한 것도 아니었을 것인데.

혹자는 명나라가 의외로 조기에 전쟁에 개입했고, 이 때문에 고니시가 진군을 멈추었다고 말했다. 명의 장수 이여송이 12월 말 대군을 이끌고 압록강을 건너기 훨씬 전에 부총명 조승훈이 조선 측의 다급한 요청으로 3,000여 명의 병사들을 이끌고 먼저 평양성을 공략하는 일이 벌어지기는 했다. 그러나 고니시군의 매복에 걸려들어 참패하고 겨우 잔병을 수습해서 도망치고 말았다. 이 전투가 벌어진 때가 7월 17일 밤, 한산도 해전이 벌어지고도 거의 열흘이 지난 일이었다.

요는 고니시의 의지만 있었더라면 평양서 의주까지는 얼마든지 단기간에 승부를 낼 수 있는 거리였다. 그것도 압도적인 전력을 가지고서. 그럼에도 불구하고 그는 평양성에서 가만히 있었다. 어쩌면 조선에 발을 들여놓은 최초이면서도 독실한 천주교 신자였던 그는 평양에서 병사들과 매일 기도회를 열면서 보냈다. 아무 힘도 없는 조선의 임금을 지척에 두고서. 불가사의라 할 수밖에.

아무튼 고니시는 평양에서 멈췄고, 임금은 한 숨을 돌렸다. 고니시가 평양에서 멈춘 정확한 이유는 오직 고니시만이 알고 있었을 터, 그가 밝히지 않고 죽었으니 추측하는 사람들의 설만 난무할 뿐이었다. 다만 평양성 점령 후 곧바로 그가 거기서 장기간 주둔할 채비를 차렸음은 여러 가지 정황들로 나타났다. 처음부터 아예 나설 생각을 하지 않았으므로 그가 확전을 꺼렸다는 것만큼은 확실했다.

도요토미 히데요시의 대륙 정벌 야망이 헛된 망상이라고 그가 진즉에 판단했을지 몰랐다. 만약 그랬다면 조선의 임금을 건드리지 않고 그대로 두는 것이 그에게 더 나은 선택일 수도 있었다. 괜히 섣불리 건드려 명의 대규모 개입을 조기에 초래시키는 우를 범하지 않기 위해서.

그렇다 할지라도 그는 결국 이듬해에 조명 연합군의 공격을 받고 막대한 손실을 입은 채 한양으로 후퇴했다. 전략적으로 따지면 그는 평양서 무려 7개월 가까이를 허송세월로 보냈다. 이 사실은 조선 측에게 이익이었던 만큼 고니시는 그의 나라, 다시 말해 왜 측에게 손해를 끼친 셈이었다. 하여간 고니시는 평양에서 발을 멈추고 꼼짝 않고 지냈다. 계사년(1593년) 1월 6일, 명나라 이여송의 4만 병력과 조선 측 1만여 병력이 연합해서 평양성을 총공격할 때까지.

그런데 고니시가 불가사의한 행동으로 조선을 도와주는 일이 이번 한 번으로 끝나는 것이 아니었다. 그 자신의 속마음이야 어떠했는지 알려지지 않았지만 결과적으론 분명히 조선에게 이익을 끼치는 행위를 했다. 다름 아닌 강화협상이었다. 임진년 4월부터 시작된 임진왜란은 그 이듬해인 계사년 6월에 벌어지는 진주성 2차전을 끝으로 사실상 마감되었다.

그 다음부터 왜의 고니시와 명의 심유경이 지루한 강화협상을 벌여 조선에게 숨 돌릴 틈을 줬다. 1597년에 정유재란이 일어날 때까지 벌어준 시간이 햇수로 따지면 장장 4년이나 되었다. 물론 그동안 왜도 재정비할 기회를 가질 수 있었겠지만, 그동안 줄어든 도요토미 히데요시의 수명에 비하면 아무것도 아니었다.

도요토미 히데요시는 1598년 8월 18일에 사망했다. 그의 사후 전쟁도 얼마 있지 않아 끝났으므로 그만큼 조선이 전란에 휩싸이는 기간을 줄일 수 있었다는 말이었다. 즉 1593년부터 1598년까지 히데요시에게 남아 있는 수명은 약 5년이었는데, 이 중 4년 가까이를 고니시와 심유경이 협상을 한다면서 어영부영 넘겨버려 히데요시가 쓸 수 있는 시간을 8할 가까이 줄여버렸다.

고니시는 히데요시를 속여가면서 협상에 임했다. 히데요시의 요구대로 강화가 이루어지고 있는 것이 아닌데도, 마치 그런 식으로 진행되는 것처럼 히데요시를 속였다. 그러나 마지막에 가서 속인 사실이 탄로 남으로써 협상은 깨지고 다시 전쟁(정유재란)이 터졌다. 명과 왜 사이의 거리가 그렇게 먼 것도 아니었다. 만약 고니시가 협상을 서둘렀다면 몇 개월 만에, 길어봐야 반년 또는 일년 이내라도 충분히 끝낼 수 있었다.

그리하여 협상이 빨리 타결 될 가능성도 있었다. 행여 그랬더라면 훗날 일제강점기를 겪게 되는 조선(대한제국)이 그 삼백여 년 전에 왜의 식민지가 되는 치욕을 먼저 당했을 것이었다. 히데요시가 요구하는 협상에는 조선의 팔도 중 네 개의 도를 왜에 이양해야 한다는 조건이 들어 있었기 때문이었다.

결국 결렬될 수밖에 없었던 또 반드시 결렬되어야만 했던 협상이었다. 이를 고니시가 히데요시를 속여가면서 질질 끌었다. 만약 빠르게 결렬시켰더라면, 히데요시는 그만큼 더 오랫동안 살아서 전쟁을 지휘했을 것은 틀림없는 이치. 그랬을 경우 그동안 전쟁으로 겪었을 참화를 생각해보면 고니시가 벌어준 시간이 조선으로서는 고맙기 그지없는 일이 아닐 수 없었다.

연통

억술은 박 아전의 대문 밖에서 서성거렸다. 사람을 기다리고 있었다. 박 아전이 소개한 천판수라는 등짐장수가 돌아올 때가 되어서였다. 조맹칠도 알고 있는 사람이었다. 밀양까지 갔다 오는 조건으로 길 양식 외에 쌀 세 말을 받기로 하고 천판수가 떠난 지 이레째였다. 사실 엿새면 충분히 밀양까지 갔다 올 수 있으나 왜군의 눈치를 봐야 하니까 여유 있게 이레를 잡고 떠났다. 늦더라도 이레까지는 돌아올 것이라고 약조했기 때문에 오늘은 무조건 와야 하는 날이었다. 해를 보니 미시가 끝날 무렵인 것 같았다. 꼬마들이 사라진 골목은 조용했다. 뙤약볕이 내리쬐는 한여름 한낮이라 모두들 근처 개울로 몰려간 탓이었다.

왜군이 정암진에서 패배하고 함안 쪽으로 물러간 후 나흘째 되는 날 조맹칠의 장남은 조맹칠과 억술네만 남겨두고 나머지 모든 그의 식구들을 데리고 함안으로 돌아갔다. 왜군이 아직 함안에서 완전히 물러간 것은 아니었지만 조맹칠의 집이 읍내에서도 제법 떨어진 외진 곳이라서 거기까지 왜군이 올 리가 없다고 판단하고 과감하게 결단을 내린 행동이었다.

조맹칠의 장남이 함안으로 떠나던 날 박 아전이 구해온 마흔 초반의 등짐장수 천판수가 밀양으로 출발했는데, 오늘은 그때부터 이레째가 되는 날이었다. 조맹칠과 억술도 밀양으로부터 기별을 받는 대로 곧 함안으로 떠나기로 마음먹고 있었다. 남의 집에 있는 것이 편치 못하기도 할 뿐더러 함양에 있는 박 아전의 식구들도 곧 돌아온다고 하니 아무래도 떠나야 했다.

진주나 전라도 쪽으로 피난 간다는 생각은 억술이 벌써 버렸다. 조맹칠의 집에서 지내는데 익숙해진 것이 무엇보다 큰 이유였다. 우선 짐을 꾸려 낯선 곳으로 떠나기가 싫었다. 아무도 모르는 곳에서 정착하기까지 걸릴 시간과 신경 쓰일 일까지 생각하면 도저히 떠날 엄두가 나지 않았다. 또 이왕이면 밀양으로 돌아가기가 쉬운 곳에서 피난 생활을 하는 것이 정신적으로도 위안이 될 것 같았다. 기회만 생기면 어서 빨리 돌아갈 수 있다는 위안 말이었다. 그리 생각하면 함안이 피난해 있기는 제격이었다. 밀양서 그리 멀지 않은데다가 지금까지 왜군으로부터도 비교적 안전한 곳이었으니까.

박 아전의 집에서 머무르는 동안 순탄한 것만은 아니었다. 나흘 전에 칠득이와 재식이가 밖에서 애들과 놀다가 그만 초모 군관에게 걸려버렸다. 군사 모집을 위해 초모 관리들이 돌아 다녔는데 마침 초모 군관이 우연히 재식을 본 것이 문제의 발단이었다. 재식이가 또래에 비해 성숙해서 번을 쓸 나이인 16세는 충분해 보이는 것이 탈이었고, 또 어쩔 수 없는 일기도 했다. 물론 칠득이도 겉으로는 어른이라 초모 군관의 눈길을 붙잡는 데 한 몫했다.

억술이 재식은 내명년이 되어야 16세이고 칠득은 천치라고 설명한 결과, 재식과 칠득은 면제되었다. 그러나 그 과정에서 억술이 군에 가게 될 위기에 몰려버렸다. 조사 결과 억술은 고향에 아직 일흔이 안 된 어머니(68세)와 노비까지 있어서 농사일 걱정 할 것도 없는 고로 무조건 군에 가야 할 처지가 되어버렸다. 초모 군관이 전시 상황에 병사들이 모자라기 때문에 지금은 군포도 소용없고 오로지 군에 가서 싸워야 된다고 말하면서, 칠득이와 두 아이들은 관에 의탁해 놓았다가 나중에 밀양으로 보내줄 터이니 염려 말라는 말도 남겼다. 그때 억술은 얼마나 충격을 받았던지 하마터면 그 자리서 쓰러질 뻔했다.

다급해진 억술이 조 노인과 함께 박 아전을 찾았고, 천만다행으로 박 아전이 손을 써서 빠진 것이 어제였다. 그 대가로 세 필의 포를 썼는데, 억술이 그것을 아까워할 처지가 못 되었다. 원래 네 필은 바쳐야 제대로 손을 써줄 수 있다는 것을 박아전이 사정사정해서 세 필로 절충을 보았다니 억술로서는 오히려 감지덕지해야 할 판이었다. 포가 귀중한들 목숨 값하고는 비교할 수 없었다.

이제 올려나 저제 올려나 쉴 새 없이 대문 안팎을 드나들며 억술은 천판수가 나타나기를 초조하게 기다렸다. 집안은 조용하기가 적막강산 같았다. 재식, 영식, 칠득이는 멱 감으러 가버렸고, 행랑어멈은 어디 갔는지 보이지 않았고, 하인들도 나무를 하러 갔는지, 아니면 그늘을 찾아갔는지 보이지 않았다. 조맹칠마저 동네 당산나무 그늘을 찾아 나가버린 박 아전의 집에는 억술 외에 늙은 종만 남아 있었다.

유시(오후 5~7시)가 시작될 무렵에 하인들이 들어왔고, 이어 얼마 있지 않아 조맹칠과 박 아전이 들어왔다. 그리고 그로부터 두 식경 후 드디어 천판수가 골목 끝에서 모습을 드러냈다. 천판수의 얼굴을 확인한 순간 말로 형언할 수 없는 환희가 억술의 온 정신을 덮쳤다. 기다리는 사람을 보는 즐거움이 이만할 줄이야! 그야말로 기쁨의 극치에 이르렀다. 대문 앞에 서있던 억술은 이쪽으로 다가오고 있는 천판수에게 득달같이 달려갔다.

"여보시오. 괜찮소? 우리 어무이는 어떻습디꺼? 다들 편합디까?"

억술이 흥분해서 두서없는 질문을 해대자 천판수가 빙그레 웃으면서 대답했다.

"걱정 마이소. 다들 잘 지냅디더. 흥분하시지 말고 들어가서 이야기합시더."

뒷마당 평상에 앉은 천판수는 먼저 품속에서 억술의 어머니인 순분이 보낸 둘둘 말려 있는 편지를 꺼내 억술에게 건네줬다. 언문으로 된 것으로 동네에 글을 아는 사람에게 부탁해서 쓴 것이라 했다. 억술은 한문은 물론 언문도 모르지만 받는 즉시 펴보았다. 그리고는 맨 왼쪽의 수결부터 확인했다. 위에서 아래로 오른쪽에서 왼쪽으로 써나갔기 때문에 왼쪽 끝에 수결이 있었다.

틀림없는 어머니의 손이었다. 순간 억술의 두 눈에서 그도 모르게 주르륵 눈물이 흘렀다. 당시 글을 모르는 사람들은 편지나 서류 끝에다가 손 모양을 그려 넣어 수결로 사용했다. 억술이 어머니의 수결을 응시하며 말없이 눈물을 흘리고 있으니까 조맹칠이 그도 언문 정도는 읽을 수 있으니 이따 살펴보도록 하고 우선 밀양 소식부터 들어보자고 하며 억술을 달랬다.

천판수는 평촌에서 반나절 조금 더 있다가 나왔다고 운을 떼면서 간단하게 밀양의 사정을 전했다. 먼저 왜군의 눈치를 살펴가며 행동하느라 갔다 오는데 시간이 좀 걸렸다고 말했다. 수산쪽은 아무래도 교통의 요지라 왜군이 눈에 띄었지만 평촌에는 왜군이 없었다고도 덧붙였다. 이어 마을이 평온해 보였으며 어머니, 사내아이 둘, 딸, 하인 부부와 그 자식들까지 모두 잘 지내고 있더라는 말까지 했을 때, 억술이 깜짝 놀라 되물었다.

"사내아이 둘이라니. 아들들은 내가 모두 데리고 왔는데 또 사내아이들이 어디 있다는 말이오?"

"분명히 둘이 있었는데. 내가 보이 친척집에서 온 것도 같았고. 이따가 편지를 보소. 거기에는 써놓았을지도 모르니. 우째끼나 나는 틀림없이 사내아이 둘을 보았소."

그러고 나서 천판수는 계속 소식을 전했다.

"일부 양반들 빼고는 마을 사람들 대부분이 돌아와서 평상시처럼 농사짓고 잘 살고 있는 모양입디다. 내가 그래 들었습니더. 그라고 내가 형씨 어무이하고 이야기하고 있을 때 이웃에 산다는 조가라는 사람이 소식을 듣고 뛰어 왔데요. 형씨가 무사하다고 하니까 좋아하면서도 한참을 웁디다. 물론 형씨 어무이가 처음에 형씨 소식을 듣고 운 것은 말도 못하고에."

억술은 또 울컥 눈물이 나왔다. 가까스로 진정하고 혹시 큰집 소식은 듣지 못했는지 계속 물어봤다.

"그거는 잘 모르겠습니더. 어무이가 편지 쓴다고 나가시가지고 한참이 지나서 오는 바람에 내가 이것저것 자세히 이야기 나눌 시간이 없었습니더. 나도 돌아오기가 바빴거던요. 그런데 아마 편지에 다 적혀 있을 깁니더. 어무이가 전할 말씀은 편지에 다 적어 놓았다고 내보고 분명히 말했습니더."

천판수가 전해주는 소식은 그 정도로 듣고 편지를 읽기로 했다. 곁에서 잠자코 있던 박 아전이 하인을 불러서 천판수에게 저녁을 대접하라고 일렀다. 조맹칠이 편지를 읽기 시작했다. 편지는 그 자리에서 급히 쓰느라 그랬는지 군데군데 지운 자국이 있었다.

「내 아들 억술이 보아라. 네가 무사하다는 소식을 듣고 이 어미는 얼마나 기뻤는지 모른다. 매일 정화수를 떠놓고 너의 안녕을 빌었는데 천지신명이 무심치 않았나 보다. 네 소식을 듣지 못해 하루도 편히 잠들 날이 없었는데 살아있다니 정말 고맙다. 재식, 영식, 칠득이 모두 무사하다는 소식도 들었다. 내 아들, 내 손자, 그리고 칠득이까지 너무도 보고 싶구나. 어미는 편히 잘 지내는데 내 새끼들은 한데서 얼마나 고생이 많을까 생각하면 가슴이 미어진다. 차라리 네가 그때 여기 남았더라면 하는 안타까움이 이루 말할 수 없다. 정말 후회가 되는구나. 너를 그냥 남겨놓았어야 했는데.

아들아. 지금 두서없이 생각나는 대로 적고 있으니 이해해라. 밀양 걱정은 하지 마라. 전부 다 잘 살고 있다. 꽃님이가 가끔씩 아버지와 오빠들이 보고 싶다고 훌쩍일 때 마음이 쓰라린 것은 어쩔 수 없다. 농사일도 신경 쓸 것 없다. 무길이가 너무 잘 해주고 있다. 봉탁이 아범(이웃 조가)도 많이 도와주고 있다. 왜군도 신경 쓸 것 없다. 여기는 잘 오지 않는다. 네 형은 강화도에서 무사히 지내고 있다고 얼마 전에 연락이 왔다. 그러니 큰집 걱정도 할 것이 없다. 수산의 일가친척들도 별 탈 없이 살고 있다. 오직 너하고 재식이, 영식이, 칠득이만 무사히 지내면 된다.

그런데 한 가지 알아둘 것은 아직 밀양에 올 생각은 하지 마라. 절대로 안 된다. 꼭 명심해라. 나중에 왜군이 물러가고 나서 천천히 와도 된다. 그렇다고 해서 우리가 여기서 어렵게 지내는 것이 아닌가 하는 오해는 하지 마라. 앞에서도 말했지만 우리는 모두 편히 잘 지낸다. 다만 네가 아직 와서는 안 된다는 뜻이다. 아들아! 세상에 너만큼 착한 심성을 가진 사람도 없을 것이니 분명히 천지신명께서 너를 보살펴주실 것이다. 힘내라. 무리가 되지 않고 위험하지 않는 범위 내에서 연락을 보내라. 필요한 것이 있으면 무엇이든 말하고. 이 어미는 항상 내 아들, 내 손자들 생각만 하고 있겠다. 절대로 몸을 다치면 안 된다. 꼭 살아남아라. 편지를 마치려니 눈물이 앞을 가리는구나. 다음에 또 연락하자. 보고 싶구나, 내 아들아. 사랑한다. 잘 있어라.

참, 득금의 두 아들이 우리 집에서 살고 있으니 혹시 사내아이 둘을 봤다는 말을 듣더라도 이상하게 생각하지 마라. 자세한 이야기는 만날 때 하자.」

조맹칠이 읽어주는 편지를 다 듣고 난 억술은 평상에 걸터앉은 채 고개를 숙여 오열했다. 어머니와 고향에 대한 그리움이 사무쳤다. 한참을 소리 내어 울고 있는 중에 조맹칠이 끼어들어 위로했다.

"그만 그치게. 애들이 돌아올 때가 되었네. 고향서 다들 무사하다 카이 힘을 내야지. 그리고 내일 우리도 출발하세. 오늘 저녁은 박 아전이 자네에게 대접한다고 했네. 애들이 오는 대로 밥 먹으러 가세."

잠시 후 억술은 감정을 추스르고 나서 조맹칠에게서 편지를 받아 어머니의 수결을 다시 한 번 살폈다. 그리고 의아한 표정을 지으며 혼잣말을 했다. 조맹칠과 박 아전이 충분히 들을 수 있는 목소리였다.

"그런데 어무이가 제게 포를 세 필 보냈다고 분명히 표시해 놓았는데 저기 등짐장수는 아무 말이 없으이…"

"뭐라고?"

"그기 무슨 소리고?"

화들짝 놀란 목소리로 박 아전과 조맹칠이 거의 동시에 물음을 던졌다. 이에 억술이 자초지종을 설명했다.

"이거 좀 보이소. 우리 어무이 수결 밑에 조그맣게 세모가 그려져 있다 아입니꺼. 저는 처음부터 알고 있었습니더. 이기 포 세 필이라는 신혼기라예. 작대기 하나는 한 필. 두 개는 두 필. 세모는 세 필. 네모는 네 필. 네모 안에 작대기 하나 그으면 다섯 필. 동그라미는 열 필. 어무이하고 나하고 그래 정해놓았습니더. 저는 보내라는 소리를 안 했는데 어무이가 걱정이 되이 보낸 모양입니더. 그런데 편지 뒷부분에 먹으로 지운 데가 특히 많은 것을 보이 아마 어무이가 포를 보냈다는 말을 썼던 것 같고, 그것을 저 사람이 지운 것 같습니더."

머리를 맞대고 함께 편지를 보고 있던 조맹칠과 박 아전이 억술의 말에 공감을 표했다. 순간 박 아전의 눈매가 날카로워지더니 큰소리로 하인을 불렀다. 두 하인이 부리나케 다가왔다. 박 아전이 천판수를 당장 끌어오라고 명령을 내렸다. 밥 먹고 있더라도 상관하지 말라면서.

잠시 후 천판수가 입을 우물거리면서 하인들을 따라왔다. 몹시 놀란 표정이었다. 가까이 다가오자 박 아전이 추상같이 호통을 쳤다.

"자네, 똑바로 말하게. 밀양서 아무 것도 안 받았나?"

사달이 난 것을 간파한 듯 천판수가 금방 얼굴에 비굴한 웃음을 띠운 채 오른손으로 머리를 긁적거리면서 변명을 해댔다.

"아! 그게 말입니더. 사실은 어무이가 수고했다면서 쌀 한 말을 내주데에. 저는 따로 주는 거라 생각하고 말을 안했습니더. 그라면 이제 쌀 두 말만 더 주이소."

천판수의 말이 끝나기가 무섭게 박 아전이 오른쪽 발로 천판수의 배를 힘껏 찼다. 우욱, 비명을 지르며 배를 움켜쥐고 고개를 숙이는 천판수의 얼굴에다 이번에는 오른쪽 주먹으로 한 방을 먹이니 천판수는 어이쿠, 하면서 그 자리에 엎어졌다. 그 위로 무차별로 발길질을 가하자 억술이 달려들어 말렸다.

"참으시이소. 그만 하면 알아차렸을 겁니더."

박 아전이 분노한 목소리로 엎드려서 신음 소리를 내고 있는 천판수에게 소리쳤다.

"네 이노옴. 장사는 신용이 기본이거늘 오랫동안 장사했다는 놈이 신용을 저버리는 행동을 한단 말이냐? 니 같은 놈들만 있으면 누구를 믿고 일을 맡기겠노? 뭐? 쌀 한 말 받은 것밖에 없다고? 이놈이 죽어야 바른 말을 할라 카나. 당장 관아부터 끌고 가야겠다. 아니다. 이런 놈은 여기서 반 죽여놓고 데려가도 된다. 이봐라. 어서 가서 몽둥이 준비해 와라."

그제야 정신이 드는지 천판수는 코피가 터진 얼굴로 박 아전에게 애걸복걸했다.

"아이고. 나으리. 죽을죄를 지었습니더. 한번만 용서해주이소. 밀양서 쌀 한 말 외에도 포 세 필을 더 받았습니더. 전해주라 카는 것을 제가 숨겼습니더. 편지 뒷부분에 그래 써놓았는데 제가 언문은 조금 읽을 줄 알아서 지웠습니더. 노모하고 집안 식구들이 굶어 죽을 지경이라 저도 모르게 정신이 돌았습니더. 제발 한 번만 용서해 주이소. 으흐흑."

흥분한 박 아전이 다시 한 번 천판수에게 발길질을 가했을 때 억술이 또 말렸다. 박 아전이 계속 호통을 쳤다.

"뭐라고? 그렇다고 해서 믿고 일을 맡긴 사람의 물건을 떼먹나? 에라이, 이놈아. 그거를 잘라버리거라. 남을 등쳐먹는 놈이 무슨 사내란 말이고."

그때까지 가만히 관망만 하던 조맹칠이 아직 흥분을 가라앉히지 못한 박 아전을 진정시키고 나서 사태를 수습했다.

"자네, 오늘 운 좋은 줄 알게. 관에 신고하면 아마 볼기짝이 남아돌지 못할 끼야. 나중에라도 솔직하게 고백했기 때문에 이 정도로 끝내는 줄 알아야 돼. 긴 말하지 않겠네. 하인을 딸려 보낼 테니 포 세 필 내놓고 조용히 사라지게."

천판수는 머리가 땅에 닿도록 절을 하며 용서해줘서 고맙다는 말을 되뇌었다. 언제 돌아왔는지 재식이, 영식이, 칠득이가 뒷마당에서 벌어지고 있는 광경을 놀랍고도 겁먹은 표정으로 구경하고 있었다. 박 아전은 몽둥이를 준비해오는 하인들을 돌려보냈다. 그 중 한 명을 불러서 천판수를 따라가서 포를 받아오게 시켰다. 천판수가 대문 밖으로 나갔을 때 억술이 조맹칠과 박 아전에게 약조한 쌀 세 말을 천판수에게 주는 것이 도리가 아니겠느냐고 의견을 구했다. 조맹칠이 대답했다.

"쌀은 무슨 쌀. 자네, 심성이 그리 약해서 세파를 우째 헤쳐나가겠노? 그 친구는 관에 가지 않은 것만으로도 감지덕지해야 할 낀데 쌀은 와 주노! 그라고 자네 어머니가 쌀 한 말 내줬다지 않는가? 우리가 그거 안 뺏은 것만 해도 그 친구는 천만다행으로 생각해야지. 쓸데없는 소리 하지 말고 밥이나 먹으러 가세."

저녁 식사 후 억술은 사랑으로 박 아전을 찾아가서 그동안 보살펴준 데 대한 감사의 인사를 전하고 포 한 필을 내놓았다. 처음에 박 아전은 받지 않겠다고 극구 사양했지만 억술이 거듭 간곡하게 받아달라고 말하자 고맙다고 하면서 흔쾌히 받았다. 억술이 자리에서 일어서려는데 박 아전이 잠깐 앉으라 하고는 하인을 불러서 조맹칠을 데려오게 했다. 조맹칠이 들어와서 앉자 박 아전이 억술에게 말을 건넸다.

"자네 지금 포를 몇 필이나 가지고 있나?"

박 아전의 뜬금없는 질문에 억술이 당황했다.

"예에? 갑자기 포라니 그게 무슨 말씀입니꺼?"

"이 사람아. 내가 답답해서 그러네. 세상이 어떤 세상인데 볏짚으로 위장할라 카노? 척 보면 다 안다 아이가. 내가 보이 꽤 되는 것 같던데 그 많은 포를 일일이 우째 다 들고 다닐라 카노이 말인 거라. 임자 잘못 만나면 빼앗기기 딱 알맞다 카이."

그때서야 억술이 박 아전이 질문 의도를 어렴풋 짐작할 수 있었다.

"원래 집에서 열댓 필 가지고 나왔는데 도중에 달구지 팔고

소 팔고 해가지고 좀 됩니더. 지금 가지고 있는 것이 서른두 필인가 그렇습니더."

"그 많은 걸 앞으로도 계속 들고 다닐라 카나?"

억술이 대답하기 전에 조 노인이 끼어들었다.

"아니, 자네. 무슨 방법이라도 있나?"

"그 때문에 내가 자네도 여기 불렀네. 자, 둘 다 내 말 잘 들어보게. 포를 다 들고 이리저리 다니다간 위험하이 꼭 필요치 않는 것은 어음으로 바꿔가지고 있으면 훨씬 안전하다는 말이지. 요즘같이 살벌한 시기에 억술이 자네가 많은 재물을 가지고 다니는 것을 보면 멀쩡한 사람들도 본의 아니게 욕심이 생길 수 있는 기라. 재수 없으면 화적을 만날 수도 있는 것이고. 높은 사람들도 보게 되면 그냥 있겠나? 무슨 명목을 갖다 붙이던지 하나라도 더 빼앗을 라꼬 난리칠 기야. 그라이 억술이 자네가 동의하면 내가 내일 현청(의령은 현)에 가서 소속 상인들 중 행수를 불러서 해당하는 액수만큼 어음을 끊어서 가지고 오겠네. 그러면 짐도 안 되고 숨겨서 보관하기도 훨씬 쉬울 거 아이가."

어음을 가지고 다니면 편하고 안전하기는 하겠지만 혹시라도 일이 뒤틀려 나중에 현물로 바꾸지 못하는 경우가 생기는 것이 아닌가 하는 의구심이 억술의 머릿속에 언뜻 떠올랐다.

"그런데 어음을 가지고 다니면 제가 다른 데서도 써먹을 수 있습니꺼?"

"조선 팔도 어디든 관허 상인들이 있는 곳이면 다 통하이 걱정 말게. 의령현의 관인을 찍어 보증하이 떼일 염려도 없네."

가만 듣고 있던 조 노인이 다시 끼어들었다.

"그런데 혹시 나중에 찾을 때 세금 많이 뜯어 갈라 카는 거 아이가?"

"전혀 걱정하지 않아도 되네. 상인들이 신용으로 거래하는 건데 세금은 무슨 세금. 다만 어디서 바꾸든 정해진 만큼의 쌀을 내놔야 될 끼야. 몇 되가 될 수도 있고 말이 넘을 수도 있을 낀데 그것은 포의 액수에 따라 결정되는 기지. 그러니까 구전의 일종인 기라."

잠시 목청을 가다듬고 박 아전은 억술을 보면서 계속 설명했다.

"그라고 억술이 자네가 함안 아이면 이 부근에서 피난 생활할 낀데 밀양이 안정되고 나서 돌아갈 때 거어 가서 포로 바꾸면 짐은 좀 덜할 것이고 내한테 와서 바꾸어 가면 짐은 좀 되겠지만 구전은 덜 떼일 것 아이가? 그것은 자네가 알아서 선택하면 되네."

그제야 억술의 마음이 놓였다. 그렇잖아도 포를 전부 보관하기가 부담스러웠는데 이제야 한시름 덜 수 있겠다는 안도감이 들었다. 억술이 말했다.

"그라면 그기이 좋겠습니더. 쌀이 좀 드는 것은 제가 당연히 감당해야지에."

억술이 포를 어음으로 바꾸는 것에 동의하자 조 노인이 억술을 보며 말했다.

"잘 된 것 같네. 신경이 훨씬 덜 쓰이겠네. 그런데 자네 몇 필 정도를 어음으로 끊을 생각인가?"

"으음… 잠시 생각해 보겠습니더."

억술이 속셈을 해봤다. 초모관에게 또 걸릴 수도 있고 식량이 떨어질 수도 있으니 최소 열 필 정도는 비상용으로 가지고 있어야 하겠다는 생각이 들었다. 지금 현재 수중에 있는 포는 모두 서른두 필. 그렇다면 몇 필을 어음으로 바꾸어야 하는지 쉽게 계산이 나왔다.

"스무 필을 어음으로 바꿔 주이소. 나머지는 제가 그냥 가지고 있겠습니더."

"알았네. 내가 내일 아침 일찍 나갈 테니 하인에게 스무 필을 내주게. 최대한 빨리 일을 끝마치고 돌아오면 그때 함안으로 떠나도록 하게."

우두령 전투

대지를 뜨겁게 불살라 버릴 기세로 한껏 맹위를 떨치던 무더위도 자연의 섭리 앞에서는 어쩔 수 없었는지 입추가 지나자 고개를 조금씩 숙이기 시작했다. 한낮이지만 고개 꼭대기 숲속은 시원했다. 시원하다 못해 서늘했다. 두 식경은 족히 됨직한 시간 동안 꼼짝 않고 고갯마루로 올라오는 길을 예원은 주시하고 있었다. 예원은 병사들에게 침묵과 부동을 강요했다. 만에 하나 적에게 아군의 존재를 눈치 채이면 매복 작전은 수포로 돌아감을 뜻했기 때문에 더더욱 신중한 주의를 요구했다.

예원은 지례(김천 소재)에서 거창으로 넘어오는 우두령(거창 소재) 고갯마루에서 약 2,000명의 의병과 더불어 매복 작전을 펼치고 있었다. 고개 양옆 숲속에 2,000명의 병사들을 나누어 매복시키고 왜군의 진입을 기다리고 있는 중이었다. 김성일이 보낸 만호 황응남과 판관 이형 등도 이 작전에 합류해 있었다.

정암진 전투의 패배로 전라도 진출이 좌절된 왜군 제6군은 일단 한양으로 올라갔다가 다시 내려와 6월 23일, 충청도 금산성을 점령했다. 이후 금산서 머물며 호시탐탐 전라도 진군을 노렸지만 웅치(7월 7일)와 이치(7월 8일)에서 또 한 번 좌절의 쓰라림을 맛보았다. 우선 부장인 안코쿠지 에케이가 이끄는 별군이 웅치에서 가까스로 조선군을 격파하기는 했지만 공격 과정에서 입은 타격이 너무 컸다.

깊은 내상에도 불구하고 별동대는 계속 전주로 나아갔으나 이광과 이정란이 지휘하는 전주 군관민들의 거센 저항에 직면한데다 본대의 회군 소식과 고경명이 이끄는 의병 부대가 금산을 공격한다는 소식을 듣고서 철군했다. 이때 대장 고바야카와 다카카게가 이끄는 본대는 이치에서 권율과 황진의 분전에 가로막혀 더 이상 진군을 못하고 있었다. 헤매던 그 역시 금산이 공격받는다는 소식을 접하자 어쩔 수 없이 철군하고 말았다. 이후 이 금산에서 7월과 8월 사이에 의병장 고경명과 조헌이 차례로 전사했다. 특히 조헌은 700 의사와 더불어서.

금산으로 철군하면서도 고바야카와는 전라도 진출의 미련을 버리지 못하고 경상도 김천에 주둔하고 있던 1,500명의 별군을 이끌고 거창을 거쳐 전라도 장수로 진격할 작전을 세웠다. 하지만 조선군 측에서 이를 간파해내고 미리 대비했다. 김성일이 김면에게 고바야카와 군의 저지를 지시했고, 이에 김면이 각 부장들을 불러서 회의한 결과 적을 물리칠 수 있는 최적지로 거명된 곳이 우두령이었다.

7월 9일, 왜군은 김천에서 출발해 하루 뒤인 7월 10일, 거창 북쪽 우두령 입구에 당도했다. 오전이 끝날 무렵이었다. 본대가 휴식을 취하고 대오를 재정비하는 동안 정찰대가 고갯마루로 수색을 나섰다. 적의 매복 여부를 파악하고자 함이었다. 예원은 왜군 정찰대를 예상하고 있었다.

숲속 깊숙하게 몸을 감출 것. 틀림없이 정찰대가 먼저 올라올 것이므로 왜군이 나타난다고 무조건 공격을 퍼붓는 우를 범하지 말 것. 본대가 올라오더라도 꾹 참고 기다릴 것. 예원이 있는 곳에서 사격이 시작되면 그때부터 무차별 공격을 퍼부어야 할 것. 부장들과 병사들에게 재삼재사 미리 내려놓은 예원의 명령이었다.

이십여 명의 왜군 정찰대가 고갯마루까지 올라왔지만 조선군은 꼼짝하지 않았다. 정찰대는 조선군의 낌새를 느끼지 못했다. 모두들 숲속 깊이 입을 꾹 다물고 잔뜩 웅크려 미동도 없이 앉아 있었으니 정찰대가 알아차리지 못했다. 정찰대가 내려간 것을 확인하고 예원이 낮은 목소리로 그의 곁에 있는 예하 부장들에게 마지막 명령을 하달했다.

"모두들 조용히 위치로 가서 전투 준비 하라. 적이 눈앞에 나타나더라도 내가 명령을 내릴 때까지 절대로 발사하면 안 된다. 초보 사수들은 조준시키게 할 필요 없다. 무조건 길 쪽을 향해 계속 퍼붓게 하라. 떨지 말고 습사한 대로 하면 된다고 일러라. 정사수들은 침착하게 한 놈 한 놈 조준해서 쏘게 하라. 조총은 장전하는 데 시간이 걸려 우리의 상대가 안 된다. 적은 독 안에 든 쥐나 다름없는 신세가 될 터이니 겁먹지들 마라. 다만 침착하라."

왜군이 군기를 앞세우고 고개를 넘기 시작했다. 군기병들이 들고 있는 군기가 바람에 펄럭였다. 장창병, 조총병, 궁수들이 늘어서서 오르고 있는 양쪽 고갯길은 마치 기다란 뱀이 느릿느릿 꿈틀거리는 형상이었다.

드디어 왜군 선봉대 앞부분이 고갯마루에 올라섰다. 한 순간이라도 놓치지 않으려 끈기 있고도 면밀한 주시를 계속하고 있는 예원의 눈빛이 더욱 예리해졌다. 예원은 적이 그물망 속으로 고스란히 걸려들 때까지 참을성 있게 기다렸다. 옆에서 보좌하고 있는 손경종의 마른 침 넘기는 소리가 들렸다. 선봉대 후미

까지 고갯마루에 완전히 진입했을 때 예원은 명령을 내렸다.

"지금이다. 쏴라. 한 놈도 살려줘서는 안 된다. 무차별 발사하라."

예원의 명령과 예원이 있는 곳에서 발사를 시작으로 양쪽 고개에서 조선군이 퍼붓는 무수한 화살이 왜군의 대오 속으로 파고들었다. 순식간에 여러 명의 왜병들이 고꾸라졌다. 조선군의 꽹과리 소리와 함성 소리가 온 산을 뒤덮었다. 계속해서 소나기 같은 화살들이 쉼 없이 허공을 가로질러 고갯마루로 향했고, 이에 쓰러지는 왜병들이 속출했다. 그들은 당황해서 어쩔 줄을 몰라 했다. 창으로는 어쩔 수 없는 일이었고, 조총수들은 장전할 엄두도 못 내었다. 궁수들이 미약하나마 응사했으나 하나마나였다. 결국 그들이 선택할 수 있는 일은 후퇴뿐이었다.

잠깐 동안 수많은 희생자를 내고 왜군 선봉대는 고개 아래로 도망치기 시작했다. 도망쳐 내려가던 병사들과 뒤따르던 병사들이 뒤엉켜 왜군 대오는 엉망이 되었고 아수라장이 되었다. 그 뒤를 조선군이 추격해 맹공을 퍼붓자 급기야 왜군은 죽은 동료들의 시체 수습도 포기한 채 퇴각했다. 조선군의 일방적 승리였고 싱거운 승리였다. 또다시 고바야카와 다카카게의 전라도 진격의 꿈은 수포로 돌아갔다.

지례 전투

우두령 전투가 끝나고 열흘이 지났을 즈음의 맑은 오후. 예원은 거창의 김면 처소에서 김면과 함께 김성일을 기다리고 있었다. 웅치, 이치, 우두령에서 물러난 왜병들의 본대는 금산으로 돌아갔지만 일부 부대들이 주변 지역에서 노략질을 해대다가 지례 방면으로 집결할 것이라는 첩보가 조선군 수뇌부에 전달되었다. 골머리를 썩이던 김성일이 이참에 그들을 아예 섬멸시킬 작정을 하고서 김면에게 만나자고 연통을 넣은 것이 며칠 전이었다.

김면은 예원더러 김성일이 도착하기 전에 먼저 그의 처소에 와서 점심이라도 함께 하자고 제의했다. 예원은 기꺼이 초대에 응했다. 사랑에서 김면과 겸상으로 간소한 점심을 들고 차를 마셨다. 참으로 오랜만에 예원이 가져보는 한가한 시간이었다. 쉴 틈 없이 이어지는 대소 전투사이에 즐기는 망중한이었다. 의병대장 김면의 처소라고 해봐야 지역 유력가가 지휘부로 사용하라고 내놓은 그리 넓지 않은 기와집이었다.

의병 대장은 김면이고 예원은 그 아래 중위장이었다. 그러나 실질적으로 전투를 떠맡다시피 하는 것은 예원이었다. 그도 그럴 것이 김면은 원래 글 읽는 선비인데 비해 예원은 젊은 시절부터 싸움터에서 잔뼈가 굵은 무관이었다. 의병 지휘관들 중 예원만 관군 출신인 것은 물론 아니었다. 관군 출신 지휘관들이 더러 있었다. 하지만 예원만큼 풍부한 경력을 소유했거나 높은 지위에 오른 사람은 거의 없었다. 그래서 김면은 항상 예원에게 전투 지휘를 맡겼고 또 그만큼 그를 신뢰했다. 왜군과 일전을 벌일 작전을 짜러 김성일이 그에게 올 것이라는 소식을 받자마자 김면이 예원에게 연락해 같이 만나자고 했다. 당연한 일이었다.

예원은 차를 들며 김면과 담소를 나누었다. 마당의 풍경은 벌써 가을을 알리고 있었다. 대추와 감이 꽤 익어 있었다. 그러고 보니 추석이 한 달도 남지 않았다는 것을 예원은 문득 깨달았다. 벌써 가을인가, 피난 간 아내와 자식들은 모두 무사할까, 잠깐 감상에 빠지려는 순간 대문 밖에서 수런거림이 들려왔다. 예원과 김면이 동시에 자리에서 일어나 대문을 향해 나갔다.

김성일이 대문 안으로 들어섰다. 늙었구나, 예원의 첫 느낌이었다. 겨우 두 달여 만에 보는 김성일의 얼굴이 몇 년은 더 늙은 것 같아서 예원은 안쓰러웠다. 초유사로서 각지를 돌아다니며 군사와 양곡을 모아 적재적소에 배분하고, 고통에 빠진 전쟁터의 백성들을 위무하고, 의지할 곳 없는 난민들을 보듬고, 왜군에 빌붙어 편히 살고자 하는 사람들을 이쪽으로 끌어내려 온갖 수단을 짜내야 하고, 왜군의 동태에 끊임없이 신경을 써야 하고, 전투를 벌여야 하고…, 잠깐 동안 예원이 더듬어본 김성일의 할 일들이었다. 그때서야 늙어 보이지 않으면 오히려 이상하겠구나 싶었다. 세 사람이 사랑에 앉았다. 김성일이 먼저 김면에게 치하했다.

"송암, 내가 무슨 말을 해야 할지 모르겠소. 조정과 관에서 해야 할 일을 다 떠넘기고 있는 것 같아 송구스럽기 그지없소이다."

"무슨 말씀을요. 나라가 없으면 백성 또한 없는 것이 아닙니까? 나라가 위기에 처해 있을 때 백성이 나서는 것은 당연한 일이지요. 또 다행히도 여기 서 부사께서 저를 잘 도와주어 별 어려움이 이끌어 나가고 있습니다."

김성일의 치하에 답례하면서 김면이 예원의 공을 들먹였다. 김면은 아직도 예원을 부사라고 부르고 있었다. 김성일이 예원에게 치하했다.

"내 자네 소식은 들어서 잘 알고 있네. 고생이 많다면서."

"아닙니다. 부끄러울 따름입니다."

간단한 인사치레가 끝나고 세 사람 사이에서 현 정세에 대한 의견이 어느 정도 오간 다음 김성일이 본론을 꺼내들었다.

"송암, 이번에도 고생을 좀 하셔야 되겠소. 이놈들이 이리저리 분탕질해대더니만 지례나 김천에서 자리 잡으려고 하는 모양이오. 그러다가 또 전라도를 노리려는 심산인 것도 같소. 이번 기회에 싹 쓸어버려야 합니다."

"고생은 무슨 고생입니까. 마땅히 해야 할 일인데요. 그런데 싹 쓸어버린다 하심은…"

"말 그대롭니다. 전멸시켜버려야 한다는 말이외다."

"으음. 전멸이라…"

전멸이라는 말에 김면이 머뭇거리고 있을 때 예원이 끼어들어 김성일에게 물었다.

"예상되는 왜병의 수가 얼마나 됩니까?"

"족히 천명은 넘을 걸. 더 될 수도 있네만."

"그렇다면 현재 우리의 전력으로서는 적을 전멸시키기 어렵습니다. 고개에서 적을 막는 것은 적은 인원으로서도 가능하지만 전멸시키기 위해서는 포위 공격을 해야 하는데 지금의 인원을 가지고는 도저히 해낼 도리가 없습니다."

"얼마의 인원이 더 보충되면 가능하겠나?"

"많을수록 좋습니다."

"알았네. 인근에서 가동할 수 있는 병력이면 전부 끌어 모아 보겠네."

이번에는 김면이 입을 열었다.

"대략 얼마 정도 모으실 수 있겠는지요?"

"글쎄올시다. 딱히 몇 명이라 장담은 못하겠지만 적어도 사오천 가량은 끌어 모아 보겠습니다. 여기 인원도 꽤 되지 않소이까?"

"한 이천 명 됩니다."

대답을 하고나서 김면이 예원에게 눈길을 돌리고 말을 이었다.

"서 부사, 초유사 대감께서 보강해주신다는 인원을 합친다면 어떻소이까?"

"길목을 잘 잡으면 해 볼만 합니다."

잠깐 동안 굳어 있던 김성일의 얼굴이 확 폈다. 이어서 나오는 음성에도 생기가 넘쳐흐르는 듯했다. 김면과 예원의 얼굴을 번갈아 주시하면서 말했다.

"송암, 잘 부탁하오. 그리고 자네, 고생은 되겠지만 하늘이 국가에 은공을 갚을 기회를 내려준 것이라 생각하게. 지금까지도 잘 해왔지만 앞으로도 송암을 잘 보필해 왜적을 이 땅에서 몰아내는 데 전력을 다해주게."

"여부가 있겠습니까?"

예원의 대답이 끝나자 김성일은 일어섰다. 김면이 하룻밤이라도 지내고 가라고 권했지만 해야 할 일이 많다면서 김성일은 사양했다. 김성일은 김면과 예원에게 전략을 잘 짜 한 치의 어긋남도 없도록 해달라고 당부하며 대문을 나섰다. 대문 밖에서 거처인 진주로 돌아갈 것인지 김면이 물었을 때, 김성일은 지금 바로 진주로 돌아가는 것이 아니라 거창 지역에 며칠 머물면서 병사들을 규합할 것이라고 대답했다.

예원은 김면과 사랑에 앉아서 숙의했다. 전멸시키겠다고 약속은 했지만 쉽지 않은 일이기에 고민되었다. 여러 상황을 상정해놓고 두 사람이 논의했다. 전멸시키기 위해서는 야간 공격이 아니라 주간 공격이 당연하다는 데는 이론의 여지가 없었다. 치고받는 접근전으로는 적을 전멸시킬 도리가 없으니 어느 한 곳으로 몰아넣고 포위 섬멸할 수밖에 없다는 의견이 자연히 나왔고, 몰아넣고서도 활로 공격해본들 전멸은 안 된다는 의견 역시 일치했다. 결국 화공을 펼칠 수밖에 없다는 데까지 결론이 쉽게 다다랐다. 그 다음이 문제였다.

"화공을 펼치려면 장작이나 마른나무 더미 따위가 있어야 할 텐데, 그런 것들을 어떻게 놈들이 있는 곳에 들고 간다는 말이오? 조총 공격이 불을 보듯 명확할 것 아니오?"

김면의 물음에 예원이 슬쩍 미소를 지으며 대답했다.

"미리 갖다 놓아야죠. 놈들이 눈치 못 채게."

"아니, 놈들이 어디로 갈 줄 알고 미리 갖다놓는다는 말이오?"

"제게 생각이 있습니다."

「천여 명의 병력이 야지에서만 머물지 않는다면 어느 건물로 들어가야 하는데, 그 많은 인원이 들어갈 수 있는 곳이라야 관아나 향교 등 몇 군데밖에 없다. 철저하게 왜병들의 동태를 주시하면서 어느 한 곳으로 들어갈 수 있도록 자연스럽게 유도해야 한다. 들어갈 건물에 대한 확신이 서면 미리 포위 준비를 갖춰 놓아야 한다. 건물 창고 속과 각 곳에 장작과 나무 더미를 미리 쌓아 놓는다. 창고의 경우 겉보기에는 쌀가마니밖에 없는 것으로 위장한다. 눈에 띄는 곳에도 의심이 가지 않는 범위 내에서 장작이나 나뭇단을 군데군데 쌓아둔다.

적이 건물 속으로 들어가면 신속히 포위해서 불화살로 공격한다. 건물 속에서 못 견디고 뛰쳐나오는 왜병들은 활로서 사살한다. 적에 비해 아군의 숫자가 월등히 많아야 작전이 가능하다. 죽음에 직면한 적의 발악적 저항이 만만치 않을 것이기 때문에 아군의 피해도 어느 정도 예상해야 한다. 아무리 철저하게 봉쇄한다 할지라도 완전한 전멸까지는 어려울 것이지만, 거의 궤멸적인 타격은 입힐 수 있을 것이다.」

예원의 화공 작전에 대한 복안이었다. 설명이 끝이 나자 김면이 고개를 끄덕였다. 그리고 적절한 장소 물색과 전반적인 작전 전개를 예원에게 일임했다. 그는 김성일과 연계해 최대한의 병력을 끌어 모으는 데 힘쓸 것이라 하면서. 예원은 우선 며칠 동안 지례, 김천의 지리에 밝은 병사를 데리고 그 일대를 꼼꼼히 돌아보겠다고 말하고는 자리에서 일어났다.

사 나흘간 예원은 지례, 김천 일대를 샅샅이 훑었다. 포위 공격할 만한 장소는 어렵지 않게 찾아낼 수 있었다. 산 속에 오목하게 자리 잡고 있는 지례 향교가 적격이었다. 마을 뒤 산중턱에 위치해 있기 때문에 입구만 잘 막으면 빠져나갈 길이 없는 곳이었다. 입구 쪽에 최정예 병력들을 배치하고 향교를 둘러싼 각 산 속에 나머지 병력들을 적절히 배치하면 전멸 작전도 가능하겠다 싶었다. 다만 왜병들이 지례 향교에 들어서게끔 하는 것이 관건이었다.

웅치, 이치 지역에서 김천 쪽으로 오는 왜병들이라면 무주, 무풍을 거쳐 먼저 지례로 들어서게 되어 있었다. 거창 방면에서도 지례가 접경이었다. 결국 어디서 오든 다른 길로 빠지지 않게 길만 잘 유도해놓으면 많은 사람들을 수용할 수 있는 지례 향교에 들어가서 휴식을 취하거나 야영을 할 것이라고 예원은 헤아렸다. 머릿속의 계산이 끝나자 예원은 서둘렀다.

똘똘한 병사들을 시켜 향교 곳곳에 마른 나뭇단과 장작을 쌓아 놓도록 지시했다. 창고는 물론 마루 밑, 아궁이 깊숙한 곳, 땔감나무 모아두는 곳, 천정이나 지붕 등 가능한 모든 곳을 세밀히 파악해서 쌓아 놓되 적에게 전혀 눈치 채이지 않아야 할 것임을 엄명했다. 적의 대오를 향교 쪽으로 향하게 하는 것은 위장 전술을 이용하기로 계획했다. 지례에 들어서서 향교가 아닌 다른 길로 빠질 만한 곳이 몇 곳 되었다. 갈래 길에서 다른 쪽으로 빠지는 고개 위에 조선군이 주둔하고 있는 것처럼 위장 전술을 펼칠 작전을 세웠다. 이미 각처에서 조선군의 유격 전술에 여러 차례 혼이 나본 왜병들인 만큼 어렵지 않게 그 작전이 통하리라 예상했다.

지례 작전에 대한 만반의 준비를 끝내고 7월 25일 오후, 예원은 김면과 거창에서 다시 만났다. 김면은 거창 본진에 모든 군사들을 불러 모아 출전 준비를 완료해놓고 있었다. 황웅남을 대동하고 군사를 이끌고 있는 김면의 얼굴이 약간 어두워보였다. 예원은 그 이유를 알고 있었다. 예원이 김성일, 김면과 만나고 헤어진 그 다음날 왜병들이 또 우두령을 넘으려 것을 김면이 군사들을 이끌고 나가 일전을 벌였는데, 그때 그만 군관 장응린이 전사해버렸다.

"비보를 듣고 가슴이 아팠습니다. 소장이 있었어야 했는데, 그만 아까운 인물을 잃어버렸습니다. 심려가 크시겠습니다."

"어쩔 수 없는 일이지요. 서 부사, 장 군관을 봐서라도 이번에 한 놈도 살려 보내선 안 되겠소. 작전 준비는 차질 없는지요?"

"최선을 다했습니다."

말 위에서 서로 간단한 인사를 끝내고 그대로 말머리를 지례로 돌렸다. 군사들의 행군을 지휘하는 예하 부장들의 호령 소리가 요란하게 울려 퍼졌다. 예원은 몸속 깊숙한 곳에서부터 전해지는 흥분과 긴장감을 떨칠 수 없었다. 김면에게 의탁한 후 쉴 새 없이 여러 전투를 겪었지만 모두 치고 빠지는 유격전이었다. 그러나 이번에는 공격전이었다. 그것도 대규모 공격전이라는 부담감이 예원의 어깨를 무겁게 했다.

김성일이 합천, 거창 지역에서 황급히 끌어 모아 보낸 삼천 명의 군사들을 보강한 김면군의 군세는 오천 여명, 대단한 기세였다. 여기다가 김성일이 연통을 넣어 인근 황간, 영동, 회덕 출신의 의병 대장들이 이끄는 군사들도 합류하기로 했으니 지례 작전에 참전하는 의병 수는 어림잡아 7천 내지 8천 명, 실로 대규모 연합작전이라 아니할 수 없었다. 또한 개전 이래 조선군이 벌이는 최초의 포위 공격전이기도 했다.

7월 26일부터 작전이 시작되었다. 예원은 지례와 지례 인근 요소요소에 복병을 배치시켜 왜병들의 동태를 면밀히 파악케 했다. 본대 역시 적의 눈에 띄지 않게 산 속에 진을 쳤다. 위장 전술을 펼치는 곳에는 일부 병력들만 주둔시켰다. 조선군의 기치를 세워 멀리서 보면 고개 위에 군사들이 주둔하고 있는 것처럼 꾸몄다. 예원이 몇 빈이고 현장을 방문, 교정해서 누가 보더라도 어설프지 않게 모양을 잡았다. 7월 27일, 거창 방면에서 왜병들이 지례로 향했다는 보고가 들어왔다. 7월 28일, 정오가 될 무렵 왜병들이 지례에 들어섰는데, 군사의 수는 대략 5~6백 명쯤 되겠다는 보고였다. 예원은 신경을 곤두세웠다. 만약 계산대로 지례 향교로 향하지 않으면 낭패였기 때문이었다.

28일 오후에 왜병들의 대오가 향교 쪽으로 이동하고 있다는 보고를 듣고 예원은 안도했다. 그동안 조선군들의 유격 작전에 호되게 당한 왜병들인지라 조선군의 기척이 있는 곳은 아예 발을 들여놓을 생각조차 하지 않는 것 같더라고 전령이 보고했을 때, 회심의 미소를 머금기까지 했다. 28일 오후 늦게 거창 방면의 왜병들이 지례 향교에 모두 들어서는 순간, 웅치와 이치 방면에서 출발한 4~5백 명의 왜병들이 무풍을 통과했다는 첩보가 날아들었다. 긴박한 상황의 연속이었다. 예원은 잠시 시간을 따져 보았다. 무풍을 통과한 왜병들이 내일 낮에는 향교에 도착하리라는 판단이 들었다.

예하 장수들에게 내일 새벽녘에 향교를 포위할 것이라고 일렀다. 향교 포위 작전에 투입되는 병력은 6천 명 정도로 잡았다. 4천 명을 나누어서 향교 좌, 우, 뒤쪽의 산 속에 배치하고 입구는 최정예 병력 2천 명으로 막아 버린다는 전략이었다. 나머지 병력들은 지례 외곽으로 빠지는 길목마다 매복시키기로 작전을 세웠다. 아무리 철통같이 포위망을 친다한들 용케 빠져나가는 왜병들도 반드시 생길 터, 그들은 각각의 길목에서 몰살시키겠다는 의도였다.

군사들에게 새벽밥을 든든히 먹일 것, 산으로 올라갈 때 각 병사들에게 주먹밥과 물주머니를 지급할 것, 적에게 들키지 않게 우회하여 오를 것, 병사들에게 절대 소리를 내지 말게 할 것, 입구 쪽에서 공격 신호가 떨어지기 전 까지는 철저히 기다릴 것 등의 명령을 예하 부장들에게 하달했다. 웅치, 이치에서 온 왜병들이 향교에 들어가는 순간 예원은 2천 명의 병사들을 데리고 신속하게 향교 아래 마을로 빠지는 입구 쪽을 틀어막고 공격을 펼칠 심산이었다.

전투가 치열해지면 위험할 수 있기 때문에 본진에서 머무르는 것이 좋겠다는 예원의 권유를 김면은 뿌리쳤다. 부하들만 위험한 곳에 내몰 수 없다는 주장을 내세우면서. 그렇다면 상대적으로 더 안전한 향교 뒷산에서 병사들을 지휘하라고 예원은 재차 권했다. 그러나 김면은 그것마저 마다했다. 입구에서 같이 싸우겠다고 고집을 부렸다. 워낙 그 의지가 강해 예원이 따를 수밖에 없었다.

7월 29일, 동이 텄다. 향교 양 옆과 뒤쪽을 포위할 4천 명의 군사들은 이미 산 속으로 들어가 자리를 잡고 있었다. 예원은 2천 명의 군사들을 데리고 마을 입구가 내려다보이는 산 속에서 적이 오기를 기다렸다. 진시(오전 7~9시)가 지났는데도 사방이 밝지 않았다. 해가 보이지 않아서였다. 해가 뜨기는 했는데 구름 속에 숨어 나오지 않고 있었기 때문이었다. 어제 저녁부터 하늘이 우중충해서 염려했건만, 하루가 지나도 갤 기미가 보이지 않아 예원의 애를 태웠다. 초조한 기다림과 맑은 하늘에의 염원이 예원을 더욱 조마조마하게 했고 시간의 흐름 또한 더욱 더디 느껴지게 했다.

정오 무렵이 되자 드디어 적의 행렬이 눈에 들어왔다. 찬란한 갑옷과 투구, 현란한 기치창검으로 위엄을 뽐내며 길을 메워 느릿느릿 다가오는 왜병들은 흡사 개선장군의 행렬 같았다. 곳곳에서 약탈한 양곡과 재화를 실은 우마차의 행렬도 가관이었다. 그런데 그 속에 호남에서 납치해 끌고 온 젊은 부녀자 50여 명도 끼어 있어 안타까움을 자아냈다. '저 부녀자들을 어떻게 해야 하나? 구해낼 방법은 없는지, 아니면 같이 희생시켜야만 하는지…' 예원은 고뇌했다. 슬쩍 김면을 쳐다봤다. 그 역시 고민

하고 있는 것 같았다. "저~" 예원은 입을 열려다 그만두었다. 말을 꺼내봤자 뾰족한 수가 있을 리 없을 것임을 잘 알고 있었기에.

미시에 접어들자 왜병들의 향교 입교가 거의 끝났다. 그러나 하늘이 조선군을 편들지 않았다. 잔뜩 찌푸려 있더니만 결국 더 참지 못하고 비를 뿌리기 시작했다. 노심초사하며 날씨가 맑아지기를 기다렸지만 헛수고였다. 빗방울이 점점 굵어질 뿐이었다. 신시(오후 3~5시) 한중간쯤, 예원은 결단을 내렸다. 오늘은 더 이상 작전 수행이 불가하므로 산에 올라가 있는 군사들을 철수시키는 것이 낫겠다고 김면에게 권했다. 김면은 말없이 고개를 끄덕였다.

어둑 녘이 되어서야 비가 그쳤다. 예원은 김면과 함께 저녁을 먹었다. 두 사람 모두 말이 없었다. 무언의 약속이나 한 듯 식사 내내 무언을 이어갔다. 식사 후 예원이 더 이상 참지 못하고 "저어"하며 말을 꺼낸 찰나 "이보시오, 서 부사." 김면의 입에서도 동시에 말이 흘러나와 서로 허공에 부딪쳤다.

"먼저 말씀하십시오."

"아니, 서 부사가 먼저 말하시지요."

"계속 생각하셨겠지만 다른 방법이 없지 않습니까? 안타까운 마음으로 따지면 저도 이루 말할 수 없습니다. 왜놈들이 눈치챌 테니 따로 구출 작전을 펼칠 수도 없고, 그렇다고 해서 여기까지 해놓고 작전을 포기할 수도 없는 노릇 아닙니까?"

"나 또한 같은 심정이오. 아무리 생각을 해봐도 달리 방도가 없는 것 같소. 대를 위해 소를 희생시킬 수밖에요. 우리 더 이상 여기에 대해선 아무 말 맙시다. 마음만 아플 뿐이오. 그건 그렇고 비도 그치고 하늘도 갤 것 같으니 내일은 끝장냅시다."

그 다음날 새벽에 예원은 4천 명의 군사들을 다시 산에 올려 보냈다. 아무리 답답하더라도 신호가 있기 전에는 절대로 먼저 공격해서는 안 된다고 다시 한 번 주지시켰다. 이심전심인지 예하 장수들과 병사들도 부녀자들에 대해서는 모두 침묵했다. 어쩔 수 없는 일은 어쩔 수 없는 일이었다.

추석을 보름 앞둔 8월 1일 아침, 어제 오후 내내 빗줄기를 뿌려댄 하늘은 그 사실을 까맣게 잊은 양 하얗게 갰다. 새하얀 뭉게구름 뭉치들을 여기저기 품고 있는 가을 하늘은 언제 심술을 부렸냐는 듯 높푸르고 눈이 시렸다. 왜군들은 아직 다른 곳으로 이동할 기미를 보이지 않았다. 예원은 햇빛이 바짝 비치는 오시 중에 작전을 개시하기로 결심하고 시간 가기를 기다렸다.

잠시 후 일게 될 격랑을 아는지 모르는지 향교는 산 중턱 오목한 곳에서 평화로운 자태를 뿜어냈다. 향교 마당 곳곳에 왜병들이 쳐놓은 천막 주변에서 여러 깃발들이 바람에 살랑이고 있었고, 향교 용마루 위로 따사로운 초가을 햇살이 내리쬐고 있었다.

더뎠지만 시간은 어김없이 흘렀다. 오시가 무르익자 예원이 포위망을 좁히라는 신호를 내렸다. 예원이 이끄는 2천명의 병력들은 순식간에 마을을 지나 향교로 들어가는 입구 쪽을 봉쇄했다. 산 속의 병사들도 포위망을 바짝 좁혔다. 왜군들이 그제야 눈치를 채고 우왕좌왕 했다. 예원이 명령을 내렸다. "지금이다. 발사하라." 사방에서 무수한 불화살이 향교로 날아들었다. 잠시 후 향교 쪽에서 조총 소리가 요란하게 울려 퍼졌다. 여기 저기서 조선 병사들이 쓰러졌다. "늦추지 말고 계속 발사하라. 발사. 발사." 여러 지휘관들의 명령 소리가 조선군 각 곳에서 어지러이 터져 나왔다.

천막은 금방 불붙었고 이어 향교 건물이 불길에 휩싸이기 시작했다. 곳곳에서 비명소리가 흘러나오기 시작했다. 궁지에 몰린 왜병들의 조총 발사가 매서움을 더해갔고, 이에 쓰러지는 조선군들도 눈에 띄게 늘었다. 쓰러지는 아군이 생길수록 조선 지휘관들의 독전 소리는 더욱 높아져 그 기세가 온 산을 울렸다. 가늠할 수도 없이 무수한 불화살들이 향교로 쉼 없이 쏟아졌다. 쨍쨍한 햇볕을 그대로 내리받고 비행하는 불꽃송이들이 눈을 부시게 했다. 불길이 더욱 치솟았다. 향교 내부는 아비규환을 이루었다. 많은 왜병들이 향교 밖으로 빠져나오기 시작했다. 그렇지만 나오는 족족 조선 군사들의 화살 밥이 되었다. 최정예 사수들이 입구에 배치되어 있었기에 한 치의 오차도 없었다. 극한 상황에 처한 왜병들의 조총 사격이 매서움을 더하다 못해 발악적이 되었다. 또 몇몇 조선 병사들이 쓰러졌다.

화마가 더욱 거세게 왜병들을 몰아붙이자 왜병들의 공포는 극에 달했다. 더 이상 견디지 못한 왜병들이 무더기로 빠져나오기 시작했다. 군데군데 담을 무너뜨려 사방으로 도망치는 병사들이 생겨났다. 그러나 숨을 헐떡이며 온 힘을 다해 산속으로 달아나는 왜병들의 필사적인 몸부림은 죽음을 향한 마지막 헛짓거리였다. 대부분 비탈을 오르다가 화살 세례를 받고 고꾸라졌지만, 요행히 겨우 비탈에 오른 병사들도 이미 탈진한 상태라 조선군들의 칼이나 창에 저항할 엄두조차 못 내고 속절없이 쓰러져갔다. "개별적으로 빠지는 놈들은 신경 쓰지 마라. 무리를 향해서만 집중 발사하라." 예원이 명령했다.

향교 속의 비명소리가 극에 달했다. 부녀자들의 울부짖음도 섞여 나왔다. 공포와 열기 속에서 마지막 저항이라도 하려는 듯 향교 아래 입구 쪽으로 왜병들의 맹렬하고도 집중적인 조총 공격이 이루어졌다. 여러 명의 병사들이 쓰러지자 조선군 진영이 움찔했다. "겁먹지 마라. 최후의 발악을 하는 거다. 사상자들을 뒤로 물려라." 예원의 명령이 끝나기가 무섭게 약 50명의 왜병들이 향교 정문을 빠져나와 장창을 꼬나 잡고서 악에 바친 괴성을 질러대며 무리를 이루어 미친 듯이 아래로 돌진하기 시작했다. 결사대였다. 조선군 진영에서 술렁임이 일었다.

"침착하라. 모든 화력을 저놈들에게 집중하라. 물러서면 안 된다. 발사하라." 예원이 독려하고서는 전면에서 덤벼들고 있는 왜병들부터 차례차례 맞춰 나갔다. 조선군의 집중공격이 이어졌다. 활로를 뚫으려고 마귀처럼 달려들던 결사대도 더 버티지 못하고 곧 와해되었다. 절반 이상이 순식간에 쓰러지자 나머지는 창마저 던져버리고 뿔뿔이 흩어져서 달아났다. 치열하게 이어지던 왜병들의 조총 공격이 어느 순간 딱 멈췄다. 전멸의 위기에 내몰린 왜병들이 저항을 포기하고 사지에서 빠져나가기 위해 개별적으로 흩어져 죽기 살기로 도망치기 시작했다.

철통같은 조선군의 포위망이었지만 살기 위해 죽기를 무릅쓴 왜병들을 다 잡아낼 수는 없었다. 일부는 빠져나갔다. 예원 역시 이 점을 예상하고 미리 예하 부장들에게 지시해놓았다. 산발적으로 빠져나가는 일부 왜병들은 그냥 두라고. 무조건 포위망 안에서 다 죽이려 들면 오히려 적의 발악적 저항에 아군의 피해가 더 커질 수 있기 때문이었다. 그리고 어차피 빠져나가 봤자 요소마다 배치해놓은 복병에게 걸려들게 되어 있으므로 조금씩 풀어 주면서 전체를 때려잡는 편이 훨씬 나은 전술이기도 했다.

오후가 깊었다. 한낮까지만 해도 고즈넉함과 평화로움을 자아냈던 향교 건물은 예원이 발을 들여놓았을 때 흉물로 변해 있었다. 향교 곳곳에서 무수한 시체가 널려 있었다. 악취가 코를 찔렀다. 북쪽에서 여진족과도 여러 전투를 겪었지만 오늘처럼 대규모로 몰아놓고 죽인 기억은 예원의 머릿속에 떠오르지 않았다.

일부가 빠져나가긴 했지만 결국에는 매복에 걸려든다는 점을 감안하면 적을 거의 전멸시킨 전투였다. 아군 측 피해는 사망자 50명에 부상자가 상당수. 다른 유격전에 비하면 피해가 꽤 큰 처절한 전투였고, 또한 정면 포위 공격 작전이라서 이 정도의 희생은 어쩔 수 없는 일이기도 했다.

부녀자들의 시체가 있는 곳에서 예원이 눈길을 돌렸다. 김면도 그랬다. 둘 다 말이 없었다. 말을 할 수 없었다. 아무 죄 없이 끌려와 개죽음을 당한 영령들 앞에서 무슨 말을 할 수 있으랴. 사방에서 승리의 환호성이 울려 퍼졌지만 예원은 가만히 먼 산만 바라봤다. 초가을 하늘이 맑고 아름다웠다.

선적과 악적

피곤해서 잠시 눈을 붙인다는 것이 깜빡 잠이 든 모양이었다. 억술은 바깥이 소란스러워 눈을 떴다. 귀에 익은 아낙의 욕지거리가 들려왔다. 억술은 피식 소리 없이 웃었다. 전개 될 내용을 벌써 다 알고 있었다.

"조놈요, 우리 집 머슴질이나 하던 놈 아인교. 아이고오, 내 종노릇 하던 놈이 인자는 툭하면 손모가지부터 올리네. 내 언젠가는 조놈 손모가지를 작두로 확 잘라뿔 끼다. 야이 빌어 처묵을 놈아! 니가 언제 내 눈을 똑바로 쳐다볼 수 있기라도 했나."

옆집 수돌이 할머니였다. 오십대 중반쯤 되는데, 수돌이 할아버지에게 가끔 한 대 맞고 나면 조맹칠 집 안마당에 들어와서 고래고래 아우성을 치면서 분을 풀었다. 한편으론 주위에 있는 사람들에게 남편을 씹어 대면서, 또 한편으론 담 너머 남편을 향해 악다구니를 퍼부어 대곤 했다. 이미 억술이 수차례 목격한 장면이었다. 수돌 할머니가 맞을 짓을 한다는 말을 조맹칠의 장남으로부터 억술이 여러 차례 들은 바도 있었다. 수돌 할머니의 악다구니는 계속되고 있었다.

"하이고 저놈이요, 옛날에 저그 집이 하도 못 살아가지고 울 아부지가 저그 아부지 입 하나라도 덜어 줄라꼬 어릴 때 데리고 온 거 아인교. 불쌍하다꼬 재워주고 먹여주고 했더니 그 은혜도 모르고 저 지랄 한다 카이. 저놈요, 옛날에 내 앞에서 고개도 제대로 못 들었다 카이끼네요. 우리 집 종이나 마찬가지였는데 어데 감히 지가 내 얼굴을 쳐다 보노. 아이고 생각할수록 괘씸해 죽겠네. 야 이놈아! 내가 어릴 때 니를 한번이라도 사내라고 생각해본 적 있는 줄 아나. 꼭 문디 같이 생긴 놈을 누가 좋아하겠노. 곰보도 니는 안 쳐다 볼 끼다. 우리 아부지가 니가 좋아서 날 준 줄 아나. 세경 주기가 아까바서 그랜 기다. 착각하지 마라, 이놈아. 안 되겠다. 내 더 이상은 몬 참겠다. 필태 할부지요. 와 내 말 안 들어 주는교? 내일이라도 당장 관아에 가서 저놈 근본을 조사 해봐야 된다 카이 끼네요. 진짜 종놈 종자가 맞을 수도 있는 기라요."

필태 할부지는 조맹칠을 일컫었다. 조맹칠의 사랑문은 굳게 닫혀 있을 뿐 일언반구도 없었다.

"참, 할매도 그런 소리 하지 마이소. 아무리 분이 나기로서니 멀쩡한 어른을 보고 근본까지 들먹이면 우짜는교?"

담 너머 수돌 할아버지나 담 이쪽 조맹칠이나 사랑문을 닫아 놓고서 일절 대꾸하지 않고 있었고, 조맹칠의 큰며느리가 수돌 할머니를 달래고 있었다.

"와, 내가 틀린 말 했나? 저그 집에서 쉽게 남 주버렸다 카는 거는 뭔가 근본에 이상한 기 있으이 끼네 그란 거 아이가?"

"참, 내가 할매 때문에 못 살겠다. 수돌이 할부지 집안 사정을 더 잘 알고 있으면서 그런 소리 하면 우짭니꺼? 종 부릴 처지도 못 되는 집안에서 무슨 근본에 이상이 생길 일이 있다고 그라십니꺼?"

"그라면, 지가 행동을 똑바로 해야지. 인간이 저 지랄을 떠는데 내가 우에 가만 있겠노? 아이고 울 아부지도 미쳤지. 우짤라꼬 저런 인간한테 나를 보내가지고 이 고생 시키노 말이다. 아이고오! 분해 죽겠네."

분이 안 풀려 계속 악다구니를 퍼붓고 있는 수돌 할머니를 달래느라 조맹칠의 큰며느리가 진땀을 빼고 있는 가운데, 억술이 방의 밝기로 대충 시간을 짐작해보니 아직 저녁 할 때는 안 된 것 같았다. 그러나 동네 아이들과 나무 하러 산에 간 재식, 영식, 칠득이가 돌아올 때는 되었을 성 싶었다.

지금 나갔다가 수돌 할머니에게 잘못 걸리기라도 하면 하소
연을 들어주느라 진을 다 뺄 것이기 때문에 억술은 조금 더 누
워 있기로 작정했다. 누워서 문득 날짜를 헤아려 보니 추석이
닷새밖에 남지 않았다. 억술은 착잡하고 심란했다. 의령에서 함
안으로 돌아온 지도 벌써 두 달이 다 되어가지만 고향에 돌아
갈 날은 아직 기약할 수 없고, 닥칠 일도 점칠 수 없었다. 바깥
수돌 할머니의 목소리는 아직 잦아들 기미가 느껴지지 않고 있
었다. 억술은 눈을 감고 잠시 지난 일을 되새겨 보았다.

함안 군수 유숭인에 의해서 창원성이 얼마 전에 수복되었다
는 소식을 듣고 거처를 그쪽으로 옮길까 하고 억술은 한참 고민
했다. 창원이면 밀양과 바로 지척이었다. 그러나 숙고 끝에 포
기했다. 창원이 밀양과 가깝고 일시적으로 수복되기는 했지만
왜군으로부터 완전히 자유로울 수는 없다는 판단이 들었다. 인
근 밀양과 김해가 아직 왜군 치하라는 현실이 판단의 판단 근거
였다. 그리고 무엇보다도 타향살이지만 이제 조맹칠의 집에서
지내는데 워낙 편해져서 밀양이 아닌 이상 다른 곳으로 옮기기
가 싫었다. 게다가 여기서는 생활비가 별로 많이 들지 않았다.
칠득과 함께 억술이 조맹칠의 농사일을 돕고 있는데, 두 사람이

일하는 양이 그의 두 손자가 빠진 공백을 메우고도 훨씬 남으므로 그가 방세 받을 생각도 하지 않을 뿐더러 가끔 양식을 대주기도 했기 때문이었다. 큰 며느리로부터 틈틈이 반찬을 얻어먹는 것은 덤이었다.

밀양으로 돌아갈까 하는 생각은 고심 끝에 접었다. 왜군들이 농부들은 잘 건드리지 않고 그냥 살게 둔다는 소문이 퍼져있기는 했다. 하지만 계속 밀양에서 지낸 것도 아닌 그가 갑자기 집으로 돌아가게 되면 그쪽의 왜군들이 그를 의아하게 여겨 해칠지 모른다는 두려움이 들었다. 그리고 가는 도중에도 왜군뿐 아니라 관군에게도 걸려 안 좋은 일이 발생할 수 있는 등 여러 변수가 도사리고 있어서 밀양행을 결정하기가 쉽지 않았다. 거기에다 결정적으로 억술의 밀양행을 가로막은 것은 그의 어머니였다. 억술이 얼마 전에 밀양에 연통을 또 넣은 적이 있었다. 그 답장에서도 어머니가 왜군이 완전히 물러날 때까지는 밀양으로 돌아올 생각을 하지 마라는 말을 강조했던 터라 억술이 일단은 움직이지 않기로 마음을 다잡았다.

의령에서 함안으로 돌아와 지낸 약 두 달간, 억술에게 큰 시련이 찾아온 적은 없었다. 처음에는 왜군이 아직 함안성에 남아있다는 소문이 나돌기도 했지만 얼마 후에는 잠잠해졌고, 조맹칠의 동네에서는 왜군이 나타난 적이 한 번도 없었다. 따라서 산에 숨으러 간다든지 피난 장소를 찾는다든지 하는 번거로움을 겪지 않았다. 참말로 평화로운 나날들이었다.

관에서 사람들이 나올 때면 억술은 예전처럼 철저하게 없는 사람이 되었다. 방문을 닫고 있으면 그만이었다. 의령에서 분명히 초모 군관을 만난 적이 있었지만 박 아전이 어떻게 손을 썼는지 함안에서는 억술이 없는 사람이 되어도 전혀 문제가 되지 않았다. 그래서 관원들이 군인을 모집하러 돌아다닐 때나, 군인들을 먹일 곡식을 거두러 다닐 때나, 어김없이 억술은 조맹칠의 도움 아래 없는 사람이 되었다. 그렇다고 해서 관에 고변하는 동네 사람들도 없었다. 다 같이 어렵게 살아가는 처지였기에.

그런데 끝까지 없는 사람으로 살아 갈 수 없었다. 선악부에 등록하지 않으면 안 될 상황에 처한 것이었다. 선악부란 초유사 김성일의 지시에 의해 만들어진 것으로 왜군에 빌붙어 편히 살아가려는 사람들을 막아내기 위한 장치였다. 쉽게 말해 왜군을 치는 자는 선적에 기록하고 왜군에 가담하는 자는 악적에 기록하는 명부가 선악부였다. 지금 아무리 왜군이 강성하다 하더라도 언젠가는 물러가게 될 것이고, 그렇게 되면 악적에 기록된 사람들은 현 순간은 편할지 모르지만 나중에 무슨 봉변을 당할지 모르니 결국 조선군 편을 들고 말리라는 것이 선악부를 만든 김성일의 속내였다.

선악부는 효과가 있었다. 왜군에 빌붙어 잘 살던 사람들이 순식간에 돌변해 몰래 왜군을 습격해서 그 목을 취해 조선군 진영으로 와서 속죄를 청하곤 했다. 그렇지만 억술은 처음부터 선악부에 신경을 쓰지 않았다. 왜군에 빌붙은 적이 없었고, 빌붙을 일도 없는지라 선악부라는 말을 듣고서도 전혀 관심을 두지 않았다. 그러나 사정이 간단치가 않았다.

그제 박 아전이 불러서 억술은 조맹칠과 함께 의령에 갔다 왔다. 박 아전이 억술의 현 상황에 대해 도움의 의견을 주려고 불렀다는 것인데, 그 내용이 상당히 일리가 있었다.

「나도 처음엔 관에 신고할 필요 없이 자네가 함안이나 아니면 또 다른 곳에서 좀 지내다가 밀양으로 돌아가면 그뿐이라고 판단했다. 그러나 돌아가는 물정을 가만 살펴보니 그렇지가 않다. 자네가 지금처럼 별 탈 없이 지내다가 밀양으로 돌아가게 되더라도 나중에 후환이 생길 여지가 다분하다. 자네가 밀양을 떠난 지 벌써 만 네 달째, 돌아갈 때까지 앞으로도 몇 달이 더 걸릴지 장담할 수 없다. 어쩌면 꼬박 1년이 걸릴 수도 있고 더 걸릴 수도 있다. 문제는 이렇게 오랜 시간 동안 집을 비우고 돌아가게 되었을 때 훗날 밀양 관아에서 자네를 가만히 놔두겠는가?

오랫동안 타지에서 지내다가 왔다는 사실이 밝혀지면 분명히 왜군 밑에서 편하게 지내다가 왔을 거라며 시비를 걸 것이다. 왜냐하면 자네가 어디에도 적을 둔 기록이 없기 때문이다. 저번에 초모 군관이 자네를 군에 편입시키려 했을 때 내가 뇌물로 포를 바치고 없는 일로 해버렸다. 즉 그때 초모 군관이 자네를 만난 일 자체를 없는 것으로 해버렸다는 말이다. 대신 포는 그가 챙긴 것이고. 그러니 그때는 결과적으로 아무 일도 일어나지 않았다. 다시 말해 자네는 밀양에서 피난 나와 아직 아무 곳에도 공식적으로 적을 둔 데가 없다.

그런데 보통 사람들이 외지로 피난 갈 경우 세월이 흐르게 되면 굶어죽지 않으려 군에 가든지 그렇지 않으면 죽음을 무릅쓰고 고향으로 돌아가든지 한다. 여자들과 아이들이야 군역의 의무가 없으니 어디서 지내든 문제가 안 된다. 물론 그들 역시 식량이 떨어지거나 얻어먹을 데가 없으면 고향으로 돌아갈 수밖에 없겠지만. 요는 자네가 어느 지역에서 머물렀는지 나중에 공식적으로 입증하지 못하면, 그것은 전쟁이 터졌을 때 마땅히 나서야 하는 군역의 의무를 회피하고 혼자만 편히 지내다가 왔다는 추측을 유발케 한다. 만약 왜군들이 있는 곳에서 그들의 비호 아래 잘 지내다가 왔다는 오해라도 받게 되면 최악이다. 차라리 밀양에 남았더라면 왜놈들의 점령지라서 관에서 달리 트집을 못 잡을 텐데 빠져나오는 바람에 오히려 고약하게 되었다. 즉 왜군이 없는 곳에서 피신해 있다가 돌아왔다고 항변할지라도 관에서 틀림없이 트집을 잡게 되어 있다. 전쟁이 터져 다들 죽어가는 마당에 혼자 살고자 군에 가지 않은 죄, 그렇지 않으면 위기에 처한 나라를 위해 쌀 한 톨 내놓지 않은 죄, 이 둘 중 하나를 가지고 물고 늘어지게 되어 있다는 말이다. 그럴 경우 그때 가서 살아남기 위해 얼마를 갖다 바쳐야 할지 모른다. 거기다가 누군가가 악의적으로 악적부에 자네 이름을 슬쩍 올려놓기라도 하는 날에는 그야말로 목을 내놓아야 할 처지에 처하게 될지도 모른다.」

박 아전이 전한 내용의 요지였다. 하나도 틀린 말이 없어 억술이 오싹했다. "저그가 왜놈들을 불러놓고 인자는 백성들 맘 놓고 도망도 못 치게 하는 나라가 무슨 나라고?" 조맹칠이 옆에서 분통을 터뜨렸다. 억술의 입이 바짝 탔다. 무탈하게 잘 처신

해나갈 방법이 있으면 알려달라고 억술이 공손하게 박 아전의 조언을 구했다.

우선 일반 백성이 많은 곡식이나 재물을 내놓고 벼슬을 살 수 있는 공명첩이라는 제도를 나라에서 다급한 김에 급조해서 내놓았는데, 거기에는 아예 관심을 두지 말라고 박 아전이 먼저 선을 그었다. 설사 재물이 많아 공명첩을 산다 할지라도 나중에 누가 양반 취급을 해주겠느냐고 하는 것이 그 이유였다. 억술이 그럴 여유도 없고, 그럴 의향도 전혀 없다고 대꾸하자 박 아전은 선적에 드는 것이 제일 안전하다고 말을 이었다.

억술의 사정상 왜놈의 목을 바치지는 못할 것이므로 적당한 양의 포나 쌀을 내놓으면 박 아전이 윗사람들에게 부탁해서 선적에 올려놓도록 하겠다는 뜻이었다. 일단 선적에 이름을 올려놓으면 훗날에 군에 안 갔다느니 곡식을 내놓지 않았다느니 하는 트집을 잡힐 일이 없고, 혹시 누가 고의로 악적에 올려놓더라도 선적에 올라가 있는 증거가 있기 때문에 마음 편히 피난 생활을 할 수 있다고도 덧붙였다. 만약 억술이 동의하면, 박 아전이 윗사람과 상의해서 선적에 억술의 이름을 올리는 데 필요한 구체적인 액수를 알려주겠다며 이야기를 끝맺었다.

박 아전의 말이 채끝나기도 전에 억술은 무조건 선적에 들기로 결심했다. 재물을 아끼려다 목숨을 담보할 수는 없는 일이었다. 다만 당장 손에 쥐고 있는 것이 없으면 고달픈 피난살이를 견뎌 낼 수 없기에 최대한 액수를 낮춰 주기만을 바랄 뿐, 무슨 수를 써서라도 선적에는 들어야 하겠다고 작심했다. 억술의 속내를 파악했는지 조맹칠이 박 아전에게 사정했다.

"이 친구가 선적에 이름을 올려놓아야 한다는 말은 나도 충분히 이해가 가네. 그렇지만서도 자네도 알다시피 이 친구가 언제 돌아가게 될지 모르는 사람 아이가. 기약 없이 피난살이해야 하는데, 수중에 물자가 떨어지면 그냥 굶어 죽는 수밖에 없는 기라. 자네가 잘 좀 우째 해가지고 최대한 부담을 줄여주게."

박 아전은 그리하겠다고 약속하면서도 재물보다는 목숨이 우선이라는 말도 강조했다. 그리고 사나흘 말미를 달라고 했다. 구체적인 액수를 알아보겠다며.

'그때가 그제였으니 내일이나 모레면 얼마인지 알 수 있겠구나.' 하고 억술이 상기할 때쯤 바깥이 소란스러워졌다. '애들이 돌아오는구나.' 짐작하고 몸을 일으켰다. 다행이 수돌 할머니는 그동안 분이 풀렸는지, 애들 보기가 부끄러웠는지, 아니면 갈 때가 되었는지, 아무튼 순순히 나가버렸다.

억술이 방문을 열고 나가는 순간 조맹칠 역시 사랑 방문을 열고 나오는 것이 눈에 들어왔다. "어이구 지겨워라. 수돌 할아범 인생도 참 불쌍타. 저런 여편네하고 우째 사노. 내 같으면 차라리 자살해뿌고 만다." 방문을 나서며 조 노인이 내뱉었다.

"아재, 빨리 밥 묵자." 칠득이가 지게에다 나무를 잔뜩 싣고서 어느새 억술이 앞에 다가와 보챘다. 해를 살펴보니 벌써 저녁때가 다 되었다. 수돌 할머니 때문에 아직 저녁 준비를 시작도 못하고 있었는데, 칠득이가 보채기 시작했으니 꽤나 시달리겠구나 싶었다. 재식에게 칠득이와 영식이를 데리고 물 길러오라고 시키고는 억술은 서둘러 저녁 준비에 들어갔다.

그 다음날 조맹칠은 선적에 들기 위해서 포가 다섯 필이 필요하다는 말을 박 아전이 보낸 사람에게 들었다고 억술에게 전했다. 최소 여섯 필은 있어야 되는데 박 아전이 사정해서 그리 됐다는 말도 들었다고 전했다. 억술로서는 달리 선택의 여지가 없었다. 그렇게 하겠다고 대답할 뿐이었다. 다음날 오전, 억술이 조맹칠과 박 아전의 집에 갔을 때 관에서 보낸 관리가 미리 도착해 장부를 들고 기다리고 있었다.

경상좌도 신임 감사

세월은 어김없었다. 세월은 백성들의 궁핍하고도 고달픈 사정을 봐주지 않았다. 해 뜸과 해 짐의 무수한 반복을 한 번이라도 빼먹고 넘어가는 법이 없었다. 각자에게 부여된 하루치의 오만 사정이야 어떠하든 샌 날은 저문 날로 바뀌었다. 또 하루가 흘러갔다. 전쟁의 소용돌이 속에서도 날짜의 흐름은 간단없었다. 엊그제 왜적이 쳐들어온 것 같건만 벌써 추석을 바라보고 있었다. 사나흘 후면 추석이었다. 김성일은 애가 탔다. 이러다가 올해는커녕 명년, 또 내명년에도 왜적들을 몰아내지 못하는 것이 아닌가 하는 의구심마저 들어 의기소침해지기도 했다.

따지고 보면 왜적이 쳐들어온 지 넉 달밖에 안 되었는데, 4년보다 더 긴 세월을 보낸 것 같았다. 그만큼 많은 풍상을 겪은 탓이리라. 김성일은 지금 무거운 심정으로 진주 객사에서 선전관 이극신을 기다리는 참이었다. 사실 이극신은 임금의 교지를 김성일에게 전해주려고 내려왔다. 아주 좋은 소식이 들어있는 교지였다. 그러나 좋은 소식이 꼭 좋은 소식만은 아니 되기 때문에 김성일의 마음은 심란했다.

초유사로 임명되어 지난 오월에 거창에서 김수를 만난 후 김성일은 곧장 진주로 향했다. 진주성은 와해되다시피 한 상태였다. 목사 이경과 판관 김시민은 지리산에 피신해 있었고 백성들도 피난을 갔거나 피난을 가느라 어수선했다. 왜 수군이 남해의 고성 등을 유린하고 곧 진주를 점령하려 한다는 소문이 파다하게 퍼진 때문이었다.

김성일이 목사는 내려와서 진주성을 방비하라는 전령을 보냈으나 목사 이경은 병으로 내려오지 못하고 판관 김시민만 내려왔다. 얼마 후 이경이 병사하자 김성일은 김시민으로 하여금 목사직을 대리케 했다. 이 조그마한 사건이 궁극적으로 호남을 보전하고 진주성 주변의 경상도 지역을 안정시킴으로써 조선을 멸망의 지경에까지 빠뜨리지 않게 한 시발점이 될 줄이야! 임진년 10월, 3만의 왜군을 궤멸시키는 진주대첩의 영웅 김시민이 진주성 성주로서 그 첫걸음을 내딛는 순간이었다. 허나 이 순간 10월의 일은 나중의 일이었고, 진주성이 당면한 5월의 위기는 사천에서 왜 수군이 5월 말경 이순신 함대에 격파됨으로써 해소되었다.

그 후 김성일은 진주에 머물면서 장수와 군사들을 모으고, 식량과 병기를 갖추고, 허물어진 성을 보수하고, 성을 둘러싼 해자에서 얕은 곳은 더욱 깊게 파는 등 진주성 수성에 만반의 준비를 갖춰 나갔다. 그는 진주성이 요충지임을 진즉부터 알아보았다. 그러면서도 각처에 격문을 돌려 의병을 모으는데 주력했고, 관군과 의병 사이에 갈등이 생기면 중재 역할을 했다. 경상 각지의 의병 대장들과 연계해 끊임없이 왜군과 교전을 벌여 경상도 여러 지역을 수복하기도 했으며, 백성들을 타일러 왜군에 빌붙지 않게도 했다. 더불어 각지를 돌아다니며 난민들을 위무하는 등 쉴 새 없는 나날들을 보내어 오고 있었다.

그런데 뜻밖에도 6월 1일자로 김성일에게 경상좌도 감사 발령이 났다는 소식이 내려왔다. 그 교지를 전하러 선전관 이극신이 지금 진주에 당도했다는 말이었고. 두 달하고도 열흘이 더 넘게 걸려서 였다. 왜군의 눈을 피해 내려오느라 늦어졌다지만, 그래도 너무 심했다는 느낌을 김성일이 지울 수 없었다. 아무튼 좌도 감사 발령은 너무나 의외였다. 원래 경상도는 한 사람의 감사가 맡아서 책임지는데, 그 자리에 김수가 엄연히 존재해 있었다. 그럼에도 불구하고 조정에서 낙동강을 경계삼아 좌우로 급히 쪼개어 좌도 감사 자리를 하나 더 마련한 것이었다.

자연히 김수는 경상우도 감사가 되었다. 아마 왜군과 치열히 접전하는 경상도 지역의 중요성을 조정에서 감안한 때문이었겠지만 김성일이 좋아만 할 수 없는 인사였다. 이름뿐인 초유사 직책보다야 정식 벼슬인 감사 자리가 훨씬 낫다. 그러나 진주를 떠나 낙동강 건너로 가야 한다는 사실이 김성일을 곤란케 했다.

그동안 이 지역에 끼친 김성일의 영향력은 절대적인 것이어서 그가 떠나게 되었다는 소문이 퍼지자 인근 지역의 백성, 유생, 의병들까지 너나 할 것 없이 술렁거렸다. 김성일 본인 역시 떠나기가 아쉬웠다. 죄를 사면 받고 처음으로 발을 들인 곳이었으며, 각고의 공을 기울인 곳이기도 했으니 그럴 만도 했다. 그의 유임 운동을 벌이려 벌써부터 유생들이 모이기 시작했다는 소식을 들어 마음이 편치 않은 가운데, 추석을 며칠 앞두고 김성일은 객사에서 이극신을 맞이하려 대기하고 있는 상태였다. 교지를 받을 채비를 갖추고서.

선전관 이극신은 김성일에게 교지를 전달하고 한시라도 빨리 떠나라고 재촉했다. 속히 좌도를 안정시켜 임금의 은혜에 보답하고, 위기에 처한 나라를 구하고, 도탄에 빠진 백성을 구하라는 임금의 명을 전했다. 그러나 김성일은 바로 떠날 수 없었다. 왜군의 점령지를 지나가기가 쉽지 않은 일이기도 했지만 우도 백성들이 극구 만류한 탓이 컸다.

이때의 안타까운 심정을 이로는 '용사일기'에서 나타내었다.

「우도 사람들은 어린이는 울고 늙은이는 한숨지으며, 어른은 호통하면서 안절부절 못함이, 마치 물을 잃은 고기와 같고, 보금자리를 불태운 제비와 같았으며, 의병의 무리들은 대개가 마음이 꺾여 수습할 수가 없었다. 이에 선비들은 밀물 치듯 수십 명이 떼 지어 와 뜰 아래서 계속 머물기를 간청하였다.」

그냥 간청만 한 것이 아니었다. 유생들이 모여 김성일을 경상우도에 머물게 해달라는 상소를 조정에 올린 동시에 관사로 김성일을 직접 방문해 우도에 그냥 머물러 달라는 집단 민원을 올리기도 했다.

김성일은 고민했지만 왕명을 거역할 수 없었다. 어쩔 수 없이 떠나야만 했다. 다행히 대리 목사인 판관 김시민이 역할을 잘 해주고 있어 위안이 되었다. 이제 김성일이 떠나면 앞으로 진주성에 대한 모든 책임을 김시민이 전적으로 져야 했다. 물론 지금까지 잘 해왔지만 이제는 김성일의 울타리를 벗어나 홀로서기를 해야 한다는 뜻이었다. 김성일이 조용히 김시민을 불렀다.

"조선이 지금 버티고 있는 이유는 수군이 강성하고 호남이 온전한 덕분일세. 왜적들도 그 점을 알고 있을 터, 분명히 호남을 침략코자 할 것이야. 알다시피 진주는 그 길목에 있네. 여기가 무너지면 호남도 안심할 수 없는 처지지. 어쩌면 자네의 어깨에 조국의 운명이 달려 있는지도 모르네. 내가 없더라도 추호의 흔들림 없이 만전의 준비를 다해주게. 기필코 진주성을 지켜주게."

판관 김시민에게 곡진한 당부의 말을 전하고 김성일은 떠날 준비를 갖추기 시작했다.

9월 초가 되어서야 김성일은 떠날 수 있었다. 그런데 떠나기 전인 8월 말경에 기쁜 소식이 날아들었다. 대리 목사인 판관 김시민에게 8월 1일자로 정식 목사직이 제수되었다는 전교가 내려왔다. 종5품에서 정3품으로 한꺼번에 네 단계나 뛴 파격적 인사였다. 김시민의 나이 39세, 한창 혈기 왕성할 때였다. 김성일은 진심으로 김시민에게 축하했다. 그리고 다시 한 번 진주성을 당부했다. 9월 초, 김성일은 낙동강을 넘어 경상좌도로 들어갔다. 그러나 거기는 그의 운명의 끈이 닿는 곳이 아니었다. 그의 운명이자 숙명과도 같은 곳은 경상우도였다. 그의 운명은 얼마 있지 않아 되돌림 하게 되어 있었다. 그런데 그가 없는 동안 진주성이 순탄치만은 않았으니…

김시민과의 만남

9월 8일, 아침나절. 무르익은 가을의 고갯길은 화려했다. 만산홍엽. 울긋불긋 현란한 단풍이 온 산을 뒤덮고 있었다. 두 달전, 왜군을 일방적으로 몰아낸 우두령 고갯마루에는 낙엽만이 어지러이 흩어져 있을 뿐 치열했던 전투의 흔적은 남아 있지 않았다. 예원은 슬쩍 김면에게 눈길을 돌려봤다. 김면도 감회가 새로운지 고갯마루 이곳저곳을 훑어보고 있었다. 그러다가 문득 눈길을 의식했는지 예원 쪽으로 고개를 돌려 미소를 지으며 말했다. "서 부사. 시간적인 여유가 있는 것 같으니 여기서 좀 쉬었다 가는 것이 어떻겠소? 새벽밥 먹고 예까지 올라오느라 병사들도 힘들었을 것이오."

고바야카와 다카카게가 이끄는 왜군 제6군은 우두령과 지례에서 혼이 나고서도 아직 전라도 진군에 대한 미련을 버리지 않고 있었다. 왜군은 그동안 거창, 지례 방면 이곳저곳을 산발적으로 집적거렸으나 크게 움직이는 낌새는 없었는데, 9월이 되자 심상치 않은 조짐을 드러냈다. 왜군은 금산서 대규모로 병력을 규합해 다시 거창을 통한 전라도 진군을 노리고 있었다. 이 정보가 김면에게 전달되었고, 김면은 즉시 경상 우감사 김수에게 보고했다. 지원군 요청과 함께.

김수는 사태의 위급함을 깨닫고 진주 목사 김시민에게 구원하라는 명령을 내렸다. 진주성이 비는 위험을 무릅쓰고 내린 결정이었다. 그는 진주성을 지키기보다는 나가서 싸워 적을 물리치는 것이 더 좋은 작전으로 여겼다.

어쩌면 초반에 부산진성, 동래성, 김해성 등에서 수성전이 모두 실패한 것을 본 그가 진주성 역시 지켜봤자 소용이 없을 것이라고 지레 짐작했는지도 모를 일이었다. 어쨌든 김시민은 김수의 명령에 의해 즉각 정병 1천여 명을 이끌고 거창으로 지원을 나갔다. 성을 비워 둔 채로.

김시민과 김면이 만나기로 되어 있는 곳이 거창 사랑암 근처인데, 우두령에서 그렇게 멀지 않은 곳이었다.

'묘하다.' 라는 느낌이 내리막을 내려가는 예원의 머릿속에 계속 맴돌았다. 김시민과의 인연이 그러하다는 말이었다. 김시민의 나이는 예원보다 일곱 살 아래고 무과 급제는 5년 후배였다. 이순신은 나이가 두 살 많은 반면 무과 급제는 3년 후배였고. 예원은 9년 전인 1583년에 함경도 변경의 보화 첨사였다. 어느 날 그는 보하진에서 80여명의 기병을 거느리고 강을 건너 적진을 정탐하러 들어갔다가 그만 적에게 포위되어 군사들을 거의 잃고 겨우 탈출했다. 그 죄로 삭탈관직에 유배형을 받았다. 그런데 국가의 불행이랄까 아니면 그의 행운이랄까 같은 해에 얼마 지나지 않아서 여진족 추장 니탕개가 경원부에서 반란을 일으켰다.

유배지 종성에서 예원은 토벌작전에 자원해 공을 세워 이후 곽산 군수로 복직하는 데 성공했다. 이때 온성 부사 신립, 건원보 권관 이순신 등도 참전해 공을 세웠으며, 김시민은 도순찰사 정언신의 휘하에서 이 작전에 참여해 공을 세웠다. 약 9년 전 함께 니탕개의 반란을 토벌했던 그 김시민이, 그때만 하더라도 벼슬이 보잘 것 없었고 얼마 전까지만 해도 판관이었던 그 김시민이, 일약 정3품 목사가 되어 지금 예원과 만나려는 참이었다. 예원은 그때나 지금이나 묘하게도 삭탈관직의 상태. 참 희한한 인연도 다 있다는 생각을 지울 수 없었다. 어느덧 고갯길을 다 내려왔다. 김시민과 합류하기로 한 장소가 얼마 남지 않았음을 뜻했다.

평지에서 예원은 대오를 정비했다. 말 당번병들이 고갯길을 끌고 온 말을 김면과 예원에게 대령했다. 예원은 김면과 말머리를 나란히 하고 대오를 이끌었다. 여기저기 패여 붉은 흙이 드러나 있는 산 어귀 밭들은 가을 햇살을 받아 선명한 진홍빛으로 반사되고 있었고, 군데군데 이삭 줍는 백성들의 모습은 고달픈 세파 속에서도 치열하게 부대끼는 삶의 몸부림을 찬연하게 비추고 있었다.

산 어귀를 빠져나와 한 식경쯤 행군하고 나자 저쪽 개활지에 진을 치고 있는 한 떼의 군마가 눈에 들어왔다. 김시민이구나, 예원은 직감했다. 이쪽에서 가까이 다가가자 저쪽에서 마중 나왔다. 김면을 맞이하러 김시민이 부관들을 대동하고 다가왔다.

"김 목사, 이렇게 와주시니 정말 고맙소. 천군만마를 얻은들 이보다 기쁠 수가 있겠소이까."

"별 말씀을. 마땅히 저희가 할 일입니다. 와주셔서 오히려 제가 더 고맙습니다."

김면의 인사에 화답하고 난 김시민은 예원에게 눈길을 돌렸다.

"오랜만입니다."

"오랜만이~"

하마터면 '네' 자가 입 밖으로 튀어나올 뻔했다. 후배라지만 정3품 목사의 직책을 가진 사람이었다. 더군다나 예원의 현재 신분은 죄인. 함부로 하대할 수 없다는 순식간의 단안이 막 예원의 입 밖으로 튀쳐나오려는 '네' 자를 간신히 목구멍 속으로 도로 들어가게 했다. 예원은 최대한 자연스럽게 말을 이었다.

"~오. 김 목사. 진심으로 축하하오."

"고맙습니다. 고생이 많으시다고 들었습니다."

"아니오. 김 목사야말로 고생이 많으시오. 무용담은 내 익히 들었소이다."

"부끄럽습니다. 일모도원(日暮途遠, 날은 저물고 갈 길은 멀다)의 심정일 뿐입니다."

운명적 만남이라고 해야 할까. 여덟 달 간격으로 같은 성의 성주로서 나란히 죽어가야 할 두 사람. 머지않은 장래에 들이닥칠 운명의 소용돌이 속에 둘이 함께 빨려들어 가게 될 줄 이 순간 어찌 예감했으랴! 예원이 그 다음 말을 찾아 잠깐 주춤하고 있을 때 김면이 끼어들었다.

"김 목사. 왜군의 동태는 지금 어떻소이까?"

"아, 네에. 그렇잖아도 방금 보고를 받았습니다. 놈들이 사랑암 쪽으로 몰려들고 있답니다."

"그럼. 서둘러야 하겠구려. 양군을 다시 편성해봅시다."

왜군 제6군은 또다시 쓰라린 맛을 봐야 했다. 김시민의 관군과 김면의 의병군이 벌인 합동 공세에 맥을 못 추고 무너졌다. 이 싸움에서 진주 목사 김시민은 눈부신 활약을 펼쳤다. 대패한 일본군은 많은 사상자를 낸 채 모두 지례 방면으로 후퇴했다. 예원은 혈기왕성한 김시민이 부럽기도 하고 흐뭇하기도 했다.

전투가 끝난 뒤에도 김시민은 귀성(歸城)하지 않고 계속 김면의 군중에서 머물렀다. 김면의 부탁도 있었지만 안보다 바깥에서 싸우는 것이 낫다는 김수의 판단이 작용했다. 진주성은 주인 없는 성이 되었다. 주인 있는 성에 주인이 들어가지 않고 있는.

사랑암 전투 며칠 후, 예원은 김면의 부름을 받고 그의 처소로 갔다. 점심 무렵이었다. 어두운 표정의 김면이 그를 기다리고 있었다. 그렇게 어두운 얼굴을 한 김면을 예원이 여태 본 적이 없었다. 예원이 자리에 앉자 김면이 무겁게 입을 열었다.

"서 부사. 으음."

김면이 입을 열기는 했지만 그 다음 말을 잘 잇지 못했다.

"무슨 일이십니까? 말씀하시지요."

"참, 내."

"언짢은 일이라도 있으십니까?"

"서 부사. 나 혼자 고민을 많이 했소. 차마 입이 떨어지지 않소만."

"소장과 관계되는 일입니까? 저는 아무래도 괜찮으니 말씀하십시오."

뜸들이던 김면이 마침내 입을 열었다. 사실은 김수로부터 용인으로 지휘관을 급파하라는 공문이 내려왔더라고 실토했다. 용인 방면에도 의병이 구성되어 있기는 하지만 유능한 지휘관이 부재해 제대로 싸움을 못하고 있는 실정이라 이를 통감한 그쪽 지역 책임자가 김수에게 부탁했다는 말이었다. 이를 받아들인 김수가 김면에게 지휘관을 뽑으라는 지시를 공문으로 내렸는데, 그 적임자로 예원을 염두에 두고 있더라고 틀어놓았다. 물론 공식적으로는 예원의 이름이 공문에 거명되어 있지 않았지만, 공문을 가져온 관리가 김수의 그런 의중을 전했다면서 김면은 계속 말을 이었다.

"나 역시 아무리 생각해도 서 부사만한 적임자가 없소. 서 부사가 내 곁을 떠난다는 사실은 견딜 수 없을 만큼 안타깝소만 풍전등화의 위기에 처해 있는 나라를 두고 사사로운 정을 내 세

울 수는 없지 않겠소이까?"

"제가, 뭐, 음. 달리 말씀드릴 게 뭐 있겠습니까? 나라가 부르는데 당연히 따라야죠."

얼떨떨했지만 예원은 약간 머뭇거리다가 순순히 동의했다. 김면에게 의탁한 이후 이 지역에서 수많은 전투를 겪었고, 그러면서 정이 들었다. 사실 낯선 곳으로 떠나야 한다는 사실이 서글펐다. 떠나기 싫은 것이 인지상정이었다. 그러나 죄인인 몸으로 찬밥 더운밥을 가릴 수 없었다. 또한 그동안 그를 믿고 모든 것을 맡겨준 김면에 대한 보답으로서도 거절할 수 없다는 순간적인 판단이 들어 결단을 내린 것이었다.

"고맙소이다. 그동안 서 부사께서 이 지역에 끼친 공을 모르는 사람이 없을 터이니 아마 조금만 더 고생하다 보면 좋은 일이 생길 것이오."

"좋은 말씀, 고맙습니다. 언제쯤 출발하면 되겠습니까?"

"가급적 빨리 해달라는 전언이었으니 서 부사께서 알아서 해주시오."

"제가 데리고 갈 인원은…?"

"10여명이면 어떻겠소? 모두에게 말을 준비시켜야 하니."

"잘 알겠습니다. 곧장 인원을 차출해서 내일이라도 출발하겠습니다."

그 다음날 아침 예원은 출발했다. 김면과 김시민이 배웅해주었다. 김면은 못내 아쉬운지 예원의 두 손을 꼭 잡고 한참을 놓을 줄 몰랐다. 떠나는 예원은 한편으로는 아쉬웠지만 또 한편으로는 든든하기도 했다. 김시민이 김면 곁에 있는데다 곽재우 등 쟁쟁한 의병장들이 주위에서 버티고 있었으니.

직접 선발한 열 명을 이끌고 예원은 힘차게 말을 몰았다. 한참을 달려 군중(軍中)에서 멀어졌을 때 아까부터 벌레 씹은 얼굴을 하고 있던 손경종이 예원 옆으로 바짝 붙더니만 불만을 터뜨렸다.

"실컷 부리먹다가 인자는 내 몰라라 하면서 쫓아버리니 우째 싸울 맛이 나겠습니꺼?"

"말이 많다. 네 놈이 남들보다 똑똑해서 뽑아가는 것이니 영광인 줄 알아라."

예원이 미소 짓고 농으로 응수하면서 손경종의 불만을 누그러뜨렸다. 열한 필의 말이 번개처럼 들판을 갈랐다. 몰려 달리는 말발굽들에서 뽀얀 먼지가 뭉게구름처럼 피어올랐다.

다시 경상우도로

  초반 승승장구하던 왜군의 기세는 날이 더워짐과 더불어 무뎌지기 시작했고, 9월이 되자 버거워하는 모습이 역력했다. 서해를 통한 보급로가 조선 수군에 의해 끊기고 육지에서의 전선이 어느 한 곳에 집중되지 못하는 왜군의 약점을 조선군이 파고들었다. 왜군이 주둔하고 있는 전국 각지에서 조선군이 동시 다발적으로 소규모 전투를 벌이니 왜군은 피곤할 수밖에 없었다. 더군다나 9월 초하룻날에는 이순신, 이억기, 원균의 조선 수군 연합 함대가 대담하게도 부산포의 왜군 본진까지 공격해 1백여 척의 왜군 배를 격침시키기도 했다.

  북쪽에서는 9월 2일에 이정암이 이끄는 의병군이 끈덕진 저항 끝에 왜군 제3군으로부터 연안성을 지켜냈고, 9월 16일에는 정문부가 이끄는 의병군이 함경도의 경성을 탈환했다. 남쪽에서는 김시민과 김면이 사랑암에서 왜군을 대파했을 즈음인 9월 9일, 경상 좌병사 박진(전 밀양 부사)이 처음으로 비격진천뢰를

선보이며 경주를 탈환했다. 그뿐 아니었다. 각 지역의 관군과 의병들이 끊임없이 유격전을 벌였기 때문에 소수 인원의 왜군은 맘 놓고 장거리 이동도 할 수 없는 지경이 되었다. 왜군으로서는 참으로 괴롭고 짜증나는 일이었다.

시간이 지남에 따라 북부전선이 답보상태가 되어 갑갑해졌는데 서부전선 즉 전라도 쪽으로는 아예 처음부터 발을 들여놓지도 못해 왜군은 곤혹스럽고도 초조해졌다. 전라도로 들어가기는커녕 경상도 지역에서 계속 헛물만 켜자 김해의 왜군 수뇌부들이 모여 숙의했다. 그들은 왜군이 경상도 지역에서 계속 시달리고 있는 이유는 조선의 주력군이 진주성에 있기 때문이라는 판단을 내렸다. 그래서 본거지인 진주성을 뿌리 뽑아 버리면 경상도 각 지역에서 시끄럽게 움직이는 군소 조선군들 정도는 구태여 싸우지 않아도 스스로 흩어지고 말리라는 결론을 내렸다. 거기다가 진주성은 전라도로 가는 길목에 위치해 있어서 전라도 침공의 교두보로 이용할 수 있으므로 진주성 점령은 말 그대로 일석이조라는 계산 또한 이끌어냈다. 왜군은 작전 개시 날짜를 9월 말경으로 잡고서 대대적인 공격 계획을 세웠다.

한편 9월 초에 경상좌도 감사의 임무를 수행하기 위해 낙동강을 건넌 김성일은 그곳에 도착하자마자 김수를 대신해 지난 달 그가 경상우도 감사로 발령받았다는 소식을 들었다. 그를 경상우도에 머물게 해달라는 유생들의 상소를 임금이 받아들인 까닭이었다. 어이가 없었지만 내심 반갑기도 했다. 경상좌도 감사로서 업무를 개시도 못 해보고 그는 즉시 경상우도로 되돌아갔다. 이때 그는 고향 안동에 잠깐 들러 성묘도 하고 가족도 만났는데, 그의 마지막 고향 방문이었다.

9월 19일, 거창에서 전 우도감사 김수를 만나 업무 인수를 마친 김성일은 깜짝 놀랐다. 진주 목사가 성을 지키지 않고 김면과 함께 이 지역에 머무르고 있었기 때문이었다. 당장 김시민을 데려오게 해서 성을 비워두고 있는 경솔함에 대해 질책한 후 곧장 진주성으로 돌려보냈다. 1차 진주성 전투가 벌어지기 보름 전이었다. 조선이 쉽게 무너질 운명은 아닌 모양이었다.

거창에서 김수와 회합한 후 김성일은 산음에 가서 머물렀다. 여러 의병장들이 김성일을 만나러 산음으로 몰려들었다. 그가 우도로 돌아왔다는 소식이 퍼지자 우도 백성들은 너나 할 것 없이 우도가 되살아났다면서 좋아했다.

그런데 이때는 공교롭게도 적의 대규모 침공 소문이 나돌던 시기이기도 했다. 경상우도 감사로 취임하기가 무섭게 김성일에게 큰 시련이 닥쳤다.

위기

"아범, 어디 갔나. 여보게, 억술이. 큰일 났네."

대문이 부서질 정도로 활짝 밀치고 조맹칠이 헐레벌떡 뛰어 들어왔다. 저녁 먹고 마당 평상에 앉아 있던 억술이 놀란 표정으로 조맹칠을 맞았다.

"무슨 일이십니꺼?"

"난리 났네. 왜놈들이 억수로 몰려올 끼라 카네."

잔뜩 흥분한 조맹칠의 목소리에 억술이 화들짝 놀랐다.

"예에? 얼마 전까지만 해도 우리 군사들이 창원을 차지했다 카디만은 갑자기 무슨 말입니꺼?"

"그러게 말이야. 이놈들이 이번에는 끝장낼라꼬 작정한 모양이야. 몰려오는 숫자가 엄청나다 카네. 내, 참. 인자 좀 편해지나 싶디만은 또 개고생하게 생겼다 아이가."

한동안 평안을 누린 억술이었다. 이제 피난 간다는 것은 생각조차 하기 싫어 반문했다.

"그냥 주변 산에 올라가서 숨으면 안 되겠습니꺼?"

"그기 아인기라. 아무래도 심상치가 않아. 내가 다시 나가서 자세하게 알아볼 테니까 일단 자네도 꾸려야 할 짐이 어떻게 되는지 대충 살펴보고, 애들한테도 일러놓게. 아범도 빨리 식구들에게 알려놓고."

수선피우는 소리를 듣고 얼른 다가와 있는 그의 장남에게도 지시를 내리고 조맹칠은 거의 어둑해졌는데도 바람같이 대문을 빠져나갔다. 9월 18일이었다. 억술이 방 안으로 들어가 봤다. 칠득은 코를 골며 자고 있고, 누워서 두런대던 재식이, 영식이가 억술이 들어오자 벌떡 일어나 앉았다.

"아부지, 또 피난가야 됩니꺼?"

"아직 확실히는 모른다. 너무 걱정들 말고 자거라."

놀란 표정을 한 재식이가 묻자 억술이 안심시켰다. 아이들이 다시 자리에 누웠을 때 방 뒤쪽에 놓여 있는, 매일 보아 알고 잘 알고 있는 쌀가마니를 다시 확인해봤다. 얼마 남지 않았다. 농사일 도와주는 품값으로 틈틈이 조맹칠이 양식을 대주기는 했지만 네 식구가 밥만 먹고 살 수는 없었다. 장이 들어설 때 반찬거리도 사야 했고 가끔은 고기도 사서 먹었다. 먹는 것뿐만 아니었다. 저번에 밀양에 연통 보낼 때 쌀 세 말을 썼다.

피난 떠나올 때 나름대로 필요한 것들을 준비한다고 했지만 타지에서 오래 살다보니 떨어지는 것도 생겼고 이것저것 소소하게 따로 소용되는 것도 많았다. 그때마다 쌀로 거래를 했기 때문에 양식 외에도 꽤 많은 쌀이 쓰였다. 그러나 포가 여유가 있어서 억술이 별 걱정은 하지 않았다. 남아 있는 포가 일곱 필에 어머니가 따로 챙겨준 금붙이가 모르긴 해도 서너 필의 가치는 될 것이었다. 여기다가 스무 필짜리 어음까지 보태면 어디 간들 아직도 1년 이상 지내는 데 부족함이 없는 액수였다. 아직은 든든했다. 물론 몸은 고달프겠지만.

얼마 남지 않은 쌀이 짐 꾸릴 부담을 주지 않아 오히려 좋았다. 포 또한 대부분 어음으로 바꿔놓아 부담 없기는 마찬가지였다. 밀양서 처음 떠나올 때는 꼭 필요한 것이 뭔지 억술이 꼼꼼하게 따져가며 챙겼지만, 고달픈 피난 생활이 이제는 재는 것 자체를 골치 아프고 귀찮게 했다. '대충 꾸려 안전한 데 가서 편하게 지내다가 필요한 것이 있으면 쌀이나 포로 해결 하면 되지 뭐.' 하고 심평 좋게 생각했다.

추수가 끝난 지 얼마 지나지 않았기 때문에 조 노인도 피난 물자 대는 데 큰 어려움이 없을 터, 어디든 안전한 곳이 있으면 같이 갔다가 돌아오면 될 것이라고 맘 편히 먹었다. 마음을 비우니 만사가 편해졌다. 억술은 그대로 벌렁 드러누웠다. 조 노인이 일찍 돌아오면 나가서 소식을 들을 것이고 그렇지 않으면 내일 아침에 들을 작정을 하고 눈을 감았다. 금방 잠들었다.

그 다음날 아침 일찍부터 피난을 떠나는 동네 사람들이 생겨났다. 억술은 하루를 더 보내고 20일 오후 늦게 조맹칠의 가족과 함께 의령으로 출발했다. 그의 식구가 많아서 준비하는 데 그만큼 시간이 걸린 탓이었다. 그동안 그는 박 아전에게 연통을 넣어놓았다.

의령도 분위기가 뒤숭숭했다. 그러나 정암진에서 왜군을 막아낸 전력과 곽 장군의 명성이 있는 곳이라 함안 같지는 않았다. 뒤숭숭한 가운데도 차분함이 느껴졌다.

벌써 피난을 떠났는지 박 아전의 가족들은 예전처럼 집에 없었다. 한데서 잠자기에는 밤 날씨가 너무 쌀쌀해서, 그리고 의령에서도 곧 떠나야 할 것 같아서, 천막을 준비하지 않았다고 박 아전이 조맹칠과 억술 일행을 맞이하면서 말했다. 그의 식구들은 조맹칠 일행을 위해 근처 친척집으로 분산시켰다고도 말했다. 조맹칠과 억술에게는 고맙기 그지없는 마음 씀씀이였다. 조맹칠은 박 아전의 사랑에서 함께 기거하기로 했고 조맹칠의 식구들을 위해 방 네 개, 억술의 식구들을 위해 방 하나를 준비해놓아 그런 대로 견딜 만했다. 그런데 그 다음날 저녁에 청천벽력과도 같은 소식이 억술에게 전해졌다.

9월 21일, 저녁을 먹고 나서 억술은 박 아전의 방에 불려갔다. 박 아전과 조맹칠이 심각한 표정을 짓고 앉아 있었다. 억술이 자리에 앉자 박 아전이 입을 열었다.

"내 말 잘 들어보게, 억술이. 나도 더 이상은 어떻게 할 수가 없네."

"무슨 말씀이십니꺼?"

"자네에게 군에 들어가라는 지시가 내려졌네."

"그기 무슨 말씀입니꺼?"

갑자기 눈앞이 새까맣게 변하는 것 같았다. 억술은 아무 생각도 떠올릴 수 없었다.

"자네가 놀라는 심정은 내가 알겠네만 나라의 법도가 그러니 나도 어쩔 수 없는 기라. 일단 들어가게. 좀 지나고 나서 내가 최대한 손을 써서 빼낼 테니 이번에는 일단 들어가고 봐야 되는 기라. 대신 자네 두 아들하고, 칠득이는 자네가 나올 때까지 우리가 돌보고 있겠네."

"아니, 갑자기 내 보고 와 군에 들어가라 캅니꺼?"

겨우 정신을 수습한 억술이 이유를 물었을 때, 박아전이 침통한 목소리로 설명했다.

「경상 우감사 김성일이 진주성 방어의 한 방편으로 정암진을 지키기 위해 총동원령을 내렸다. 끌어 모을 수 있는 병력이라면 모조리 끌어 모으라고. 이에 초모관의 지시로 담당 관리들이 한편으론 군사를 모집하기 위해 집집마다 돌아다니고 또 한편으론 누락된 군사들을 찾아내기 위해 의령 및 인근 관이나 현의 병적부와 모든 기록들을 샅샅이 조사했다. 이 과정에서 의령의 선적부에서 억술의 이름이 발견되었다. 초모관이 당장 억술의 소재를 파악하라는 지시를 내렸다. 저번에 억술의 포를 뇌물로 받고 입영을 무마시켜 준 초모 군관은 이 초모관의 아랫사람이기 때문에 별 도움이 안 되었다.

선적에 올라가 있는 만큼 공이 있는데다 부양가족이 많아 싸우러 갈 처지가 못 된다고 박 아전이 아무리 설명하고 사정해도 막무가내였다. 지금 나라가 망하게 생겼는데 일일이 개인적인 사정을 다 들어줄 수 없다는 말이었다. 선적에 올라가 있는 사람들도 위기 상황인 만큼 무조건 나가서 싸우게 되어 있고, 만일 이를 어기는 자가 있으면 지위의 고하를 막론하고 참수의 형에 처하겠다고 초모관이 못을 박아버리기에 어쩔 도리가 없었다. 그렇다고 해서 지금 따로 포를 바치고 뺄 수도 없다. 이미 손을 쓰기에는 너무 늦은 시점이다. 그리고 무엇보다도 지금 당장 한 명의 군사라도 더 끌어 모으려 혈안이 되어 있는 마당에 손써서 빼내는 따위를 운운할 수 있는 상황이 아니다. 오로지 군에 가야 할 뿐이다.」

박 아전의 설명이 끝났을 때 억술의 얼굴은 사색이 되어 있었다.

"저는 죽어도 가족들을 두고 갈 수 없습니더. 어르신, 무슨 대책이라도 좋으니 제발 세워만 주이소."

간청하는 억술의 목소리는 부들부들 떨렸고 울음이 배어 있었다.

"이보게, 억술이. 대책은 군에 가는 것 뿐이네. 지금 나라가 망할 지경인데 군에 갈 사람을 우째 빼노? 목이 열 개라도 안 된다 카이. 일단 들어가고 나면 내가 방도를 구해 보겠네. 지금은 우짤 수 없는 기라."

"가만, 잠깐만. 그런데 이 친구가 여기 있는 줄을 관에서 우째 아노? 모르는 체해버리면 그만 아이가?"

조맹칠이 가자미눈을 해서 예리하게 파고들었다.

"이 사람아. 나도 그 생각을 와 안 해봤겠노? 어쩔 수 없었다 카이."

박 아전의 해명이 계속 이어졌다.

「박 아전은 억술이 지내고 있는 곳은 말하지 않고 군에 못 갈 사정만 열심히 설명했다. 그랬더니 초모관이 억술의 선적부를 작성한 관리를 찾아 소재를 물었다. 그는 박 아전으로부터 억술을 소개받았다고 보고했다. 정식 과정을 거쳐 억술을 선적에 올린 것이라 전혀 하자가 없는 행정 처리라고 덧붙이면서. 아울러 억술의 소재는 박 아전이 책임진다고 대답했다. 이에 박 아전이 달리 변명할 여지가 없었다. 함안의 친구 집에서 기거하다가 지금은 피난을 가기 위해 자기 집에서 머물고 있노라고 있는 그대로 보고하지 않을 수 없었다. 조금이라도 다른 점이 있으면 바로 목이 달아나기 때문에.」

"휴우. 그라면 이 일을 우째하노. 방법이 없는가."

조맹칠이 땅이 꺼지라 한숨을 쉬었다.

"군에 간다고 다 죽는 게 아이잖아. 좀 조용해지고 나면 포를 쓴다든지 해서 다시 **빼**내는 수밖에. 나도 진짜 답답하다 카이."

억술은 아무 말을 하지 않았다. 처참한 심정이 들어 할 말을 잃은 억술이 잠자코 방바닥만 내려다보고 있었다. 한참을 아무 말 없이 있다가 억술이 비장한 결심을 하고 천천히 입을 열었다.

"그냥 제 혼자 애들하고 칠득이 데리고 떠날 납니더. 제가 어르신들 모르게 도망쳤다 카이소."

"그건 안 되네."

짧지만 힘이 실린 박 아전의 단호한 대답에 억술은 움찔했다.

"와 안 됩니꺼?"

어느새 억술의 목소리는 풀이 죽어 있었다. 박 아전이 다시 침착한 목소리로 설명했다.

"잘 생각해보게. 우선 자네를 관리해야 하는 내가 책임을 추궁 당하게 되네. 지금이 전시라 까딱 잘못 하면 바로 모가지야. 그라고 나는 그렇다 치더라도 자네도 얼마 못가서 잡힌다 카이. 도망쳤다고 하면 당장 각 고을마다 용모파기해서 자네를 잡으라고 할 텐데, 자네 혼자도 아니고 네 사람이 어데 가서 숨을 끼고? 당연지사 며칠 못가서 붙잡힐 거고, 그렇게 되면 바로 참형이야. 애들하고 칠득이는 어떻게 되겠나? 고향 어머니는? 감정적으로 해서 될 일이 아니야."

박 아전의 조리 있는 설명에 억술은 절망감을 느꼈다. 아무리 생각해도 빠져나갈 구멍이 없을 것 같았다. 그렇다고 해서 지금 군에 가기는 죽기보다 싫었다. 아니 갈 수가 없었다. '애들과 칠득을 두고 어떻게 떠난다는 말인가!' 그렇다고 해서 죽을 수도 없는 문제. 피할 방법을 생각할수록 좌절감만이 더욱 억술을 옭아맸다. 억술은 땅이 꺼지도록 한숨만 쉴 뿐이었다.

"여보게. 어떻게 방도가 없겠나? 그래도 지금 우리가 믿을 사람이 자네뿐 아이가. 무슨 수라도 써봐야 안 되겠나? 이 친구가 이렇게 노심초사하고 있는데."

"이 사람아. 나도 무슨 짓이든 하고 싶네. 몇 푼 먹을라 카다가 들키면 바로 모가지 날아가기 때문에 윗사람들도 몸만 사리고 있단 말일세."

조맹칠이 간절하게 부탁해도 박 아전은 난색을 표명했다. 이때 고개 숙이고 있던 억술이 눈을 들어 정면으로 박 아전을 응시했다.

"어르신. 위험 부담이 따를 끼라는 것은 알겠습니다. 그래도 한 번 알아봐 주이소. 얼마가 들어도 좋습니다. 제가 평생 은혜를 잊지 않겠습니다."

"그래, 이보게. 이리저리 알아보게. 궁하면 통한다고 하지 않는가? 제발 알아 라도 보게. 내가 이렇게 비네."

억술과 조맹칠이 합쳐서 박 아전에게 애걸하다시피 했다. 박 아전은 난처한 표정을 지으며 "으음." 신음 소리를 냈다. 잠시 생각에 잠기는 것 같더니만 느릿느릿 말하기 시작했다.

"일단 오늘은 늦었고 내일 두고 보세. 내가 다시 나가서 알아는 보겠네. 그러나 너무 기대하지 말게. 최선을 다해 알아보겠지만 안 되면 더 이상 어쩔 수 없으이 억술이 자네도 마음의 각오는 해둬야 할 걸세."

박 아전이 된다고 확답하지 않고 되겠는지 알아보겠다고 했을 뿐인데도 억술에게는 구원의 소리나 진배없이 들렸다. 박 아전과 조맹칠에게 깊이 고개 숙이고 방을 빠져나와 억술은 마당을 가로질러 그의 방으로 돌아갔다.

다음날 억술은 하루 종일 온 마당을 서성대며 조마조마 마음을 졸였다. 이제나저제나 박 아전의 소식만 기다렸다. 오후 늦게 박 아전이 대문 안으로 들어섰는데 표정이 밝아 보여 억술의 마음이 약간 놓였다. 박 아전이 따라오라는 시늉을 했다. 사랑에 틀어박혀서 꼼짝 않던 조맹칠이 박 아전의 인기척을 느끼고 반색하며 방문을 열었다. 세 사람이 자리에 앉자마자 박아전이 바로 억술을 보며 본론으로 들어갔다.

"자네, 당장 포 여섯 필을 마련할 수 있나?"

"아니, 그렇게나 많이 필요하나? 저번에는 한 사람 빼내는 데

세 필 정도 들어간다고 말했던 것 같은데."

억술이 대답하기도 전에 조맹칠이 놀란 음성으로 반문했다.

"좀 많기는 하지만 어쩔 수 없네. 그때는 그때고 지금은 지금 아이가. 워낙 살벌한 상황이라 그 정도를 내놓지 않으면 윗사람들에게 접근할 수가 없네. 그냥 군에 갈 수밖에 없는 기라. 아무튼 나로서는 최선을 다한 것이네."

"여섯 필만 준비하면 더 이상 걱정하지 않아도 되겠습니꺼?"

큰 액수였지만 이번 한 번으로 그에게 부과되는 모든 구속적 상황을 말끔하게 떨칠 수 있다면, 아무것도 따지지 않기로 작정하고 억술이 확인 질문을 던졌다.

"일단 지금부터 1년 동안은 면제해 줄라 카네. 지금 위기 상황이라 더 이상은 우짤 수 없는 모양이야. 왜놈들이 그때까지는 돌아갈 수도 있고, 아니면 그 이전에 자네가 밀양으로 갈 수도 있는 기고. 하여튼 1년은 벌어 놓았으이 그게 어디고. 아마 내가 눈치를 보이 초모관한테 포 네 필정도 먹이고 손쓰는 담당관이 한 필 먹고 나머지 한 필은 자네 1년 군포로 해서 때울라 카는 모양이야. 그래야 나중에 저그도 뒤탈이 안 생기는 거지. 이럴 줄 알았으면 유월 달에 손 쓸 때 이런 식으로 면제하는 방법을 썼어야 했는데, 그때는 급한 김에 우선 그때만 넘기려고 하다 보이 조사 자체를 없는 것으로 해버린 것 아이가. 후회가 되기도 하지만 우째 생각해보면 그때 초모 군관이 은근히 그런 식으로 유도한 것 같으니 어쩔 수 없었기도 한 기라. 아무튼 지난 일은 지나간 거고 지금 억술이 자네한테 1년간 면제해 준다 카는 것은 내가 재어 볼 때 그런 눈치가 든다는 것이지. 물론 세세한 사항까지는 내가 다 알 수도 없고 또 관여할 수 있는 문제도 아니네. 우쨌기나 1년이라도 벌었으니 그거로 만족해야지 다른 수가 없는 거라. 확인 문서는 내가 내일 오후에 퇴청하면서 가지고 오겠네. 그라고 내가 공치사 할라 카는 것은 아니네만, 사실 내 평생 이렇게 살 떨려가면서 일해 본 거는 처음일세. 내 다시는 이런 짓 못할 기야. 그렇다고 해서 내가 따로 보상을 요구하는 것은 아니네. 내가 자네 사정을 다 알고 있는데다가 어차피 우리가 같이 피난 가야 될 사이가 아닌가? 이미 한 배를 탄 것이나 마찬가지야. 같이 지내다 보면 아마 서로 도울 일이 많이 생길 걸세."

1년인 것이 약간 아쉬웠지만 그래도 당장 끌려갈 처지에서 풀려나왔다는 안도감에 억술은 만족했고, 감격했다. 하마터면 눈물을 흘릴 뻔했다. 울음이 나올 것 같아 다른 치사의 말은 못하고 간단하게 "고맙습니더."라고만 겨우 내뱉었다. 우선 잡혀

가지 않기 위해서라면 포 열 필이라도 내놓았을 억술로서는 고맙기 그지없는 일이었다. 그러나 조맹칠은 그렇지 않은 모양이었다.

"아이고오, 이놈의 세상. 양반만 살판난 세상 아이가. 갖은 권리는 저그가 다 누리면서 의무는 쥐꼬리만큼도 없고, 온갖 의무 때문에 휘청거리는 백성들은 피난 생활도 이 눈치 저 눈치 살펴가며 해야 되이 우째 이런 세상이 다 있노. 아무리 그렇지만 포 여섯 필이 뭐꼬. 죽일 놈들 아이가."

말이 끝나고 나서도 포 여섯 필이 못내 아까운지 조맹칠은 "아이고 죽일 놈들."을 몇 번이나 반복했다. 억술이 그를 진정시켰다.

"그만 하시이소. 이왕 이렇게 된 것 인자 피난가야 할 일이나 생각해 보입시더."

"그래 맞아. 안 그래도 지금 상황이 심각하다 카네. 왜놈들이 곧 함안으로 쳐들어올 모양이야. 자네들도 봤겠지만 여기도 피난 가는 사람들이 벌써 많이 생겨나고 있는 기라. 우리도 빨리 출발 준비를 해야 되네."

이번에 몰려오는 왜군들이 예전과는 비교할 수 없을 정도의 엄청난 규모라는 소문 때문에 전처럼 산에 숨으러 간다는 생각은 모두들 처음부터 제외시켰다. 또한 경상도 각 지역에서 왜군들과 조선군들 사이의 접전이 치열해지고부터 산 속에 숨어 있다가 운 없이 왜군과 맞닥뜨려 몰살당한 피난민 일행들이 꽤 된다는 소문이 퍼진 터였다. 그래서 더더구나 산으로 피난 간다는 생각은 하지 않고 적당하게 피해 있을 만한 곳을 세 사람이 의논한 끝에 낙안(순천 소재)이 피난지로 결정되었다.

만약 의령에도 왜군이 들어오면 산음과 함양까지 위험에 처할 수 있다는 박 아전의 판단 아래 제일 안전한 낙안이 선택되었다. 억술에게는 생소했지만, 그쪽에 그의 지인이 있고 이순신 장군이 있는 좌수영(여수)과도 가까워 왜군이 절대로 들어올 수 없는 곳이라는 박 아전의 설명을 억술과 조맹칠이 따른 결과였다. 모두들 서둘러서 짐을 꾸려 진주를 거쳐 낙안으로 빠지기로 했다.

이날 저녁을 먹고 어두워지고 난 뒤 박아전은 억술에게서 받은 포 여섯 필을 하인에게 지워서 일을 처리하러 나갔다.

진주성으로 도망

다음날 사시(오전 9~11시)가 끝날 무렵이었다. 칠득, 재식, 영식이는 조맹칠네 애들과 노느라 마당 한쪽을 차지해 소란을 떨고 있었고, 조맹칠네 어른 식구들은 그의 지휘 하에 피난 짐 꾸리느라 분주히 움직이고들 있었다. 얼마 되지 않지만 억술도 그의 짐을 살피고 있었는데, 박아전이 급히 대문을 밀치고 들어왔다. 들어서자마자 하인 한 사람에게 귓속말로 뭔가 지시를 내려 대문 밖으로 보내고 나서 여느 때와는 달리 몸소 대문 빗장을 굳게 걸고 돌아섰다. 무척이나 긴장한 안색이었다.

박 아전은 사랑으로 들어갈 생각도 아니 하고 곧장 뒷마당으로 성큼성큼 걸어갔다. 조맹칠과 억술, 누가 먼저랄 것도 없이 곧장 뒤따라갔다. 박 아전은 뒷마당에서 하인들을 불러 세워놓고 지금 당장 억술의 방에 있는 모든 짐들을 꺼내 조맹칠의 짐과 자연스럽게 뒤섞으라고 지시했다. 누가 보더라도 눈치 채지 않게 할 것이며 만약 조금이라도 표가 나면 하인들더러 죽은 목숨으로 여기라고 압박하듯 명령하는 말투가 얼마나 서릿발 같은지 곁에서 지켜보고 있는 억술이 오금을 못 출 지경이었다. 박 아전은 이어 네 사람이 몸을 숨길 수 있게 광에서 쌀가마니를 일부 빼놓았다가 숨고 나면 다시 가릴 수 있도록 준비하라고도 명령했다. 촌각을 지체할 수 없는 급박한 상황이니 추호의 머뭇거림도 있어서는 안 될 것이라고 다그치면서.

하인들이 서둘러 가고 나자 박 아전이 그 자리에 쪼그려 앉았다. 조맹칠과 억술도 저절로 그대로 따랐다. 굉장히 긴장되고 나지막한 목소리였지만 박 아전은 또박또박 침착하면서도 아주 빠른 속도로 상황을 설명해나갔다.

"자, 시간이 없네. 내 말 잘 듣게. 까딱 잘못 하다간 나하고 억술이 자네하고 목 달아날지 모르네."

순간 억술은 온몸의 털끝이 쭈뼛해짐을 느꼈다. 너무 놀란 나머지 하마터면 그 자리서 까무라칠 뻔도 했다. 아무 말도 못하고 멍하니 박 아전의 입만 쳐다봤다.

"내가 말을 안 해서 그렇지, 어제 사실은 전혀 내키지가 않더라고. 육감이라는 게 있잖나. 자네 사정이 하도 딱해서 나서기는 했지만 결국 사달이 난 모양이야. 윗선에서 눈치 챈 것 같네. 곧 조사하러 올 거라는 말을 듣고 잠깐 핑계대고 이리로 달려온

거네."

"어이쿠. 우째 이런 일이. 큰일 났다 아이가."

조맹칠이 놀라서 그도 모르게 소리치자 박 아전이 황급히 입을 닫으라는 시늉을 했다. 그러고는 너무나 긴박한 상황인즉 조맹칠과 억술 두 사람은 듣기만 해달라는 부탁과 함께 계속 말을 이어나갔다.

"내 문제는 내가 알아서 처리할 테니까 걱정하지 말고 억술이 자네가 지금부터 내가 시키는 대로 잘 해줘야 되네. 좀 있으면 관원하고 포졸이 우리 집으로 올 끼야. 지금 빠져 나가다간 그들과 마주칠 수도 있고 짐 챙길 겨를도 없으이 일단 쌀가마니 뒤에 몸을 숨기게. 자네의 존재를 우선 확인하러 오는 것이지 꼭 잡으러 오는 것이 아니기 때문에 집안을 샅샅이 뒤지 지는 않을 기야. 미리 겁먹지 말고 침착하란 말일세. 그 사람들이 돌아갈 때까지 절대로 기척 내지 말고."

이어 박 아전은 조맹칠에게 눈을 돌려 계속했다.

"자네는 관원이 와서 물으면 오늘 아침 일찍 억술이가 식구들을 데리고 함양으로 간다면서 떠났다고 말하게. 최종 목적지는 남원이라 들었다고 말하면 되네. 하인들에게는 내가 알아서 지시하겠네. 지금 피난들을 많이 떠나고 있으이 별 의심은 안

할 기야. 이미 떠나 버렸으면 저그도 어쩔 수 없는 기라. 그 다음은 내가 또 알아서 하겠네."

박 아전은 다시 억술에게 눈길을 돌렸다.

"그리고 자네는 관원이 돌아가고 나면 바로 짐을 꾸려서 먼저 진주로 출발하게. 동구 밖에서 좌측으로 빠지는 길을 택하면 되네. 그쪽으로 몰려가는 사람들이 많기 때문에 길은 어렵지 않게 찾을 기야. 오늘 해질 때까지는 도착 못하이. 도중에 적당한 데서 하루 묵어야 할 끼야. 내일 낮에는 도착할 건데 동문 쪽으로 가게. 동문으로 들어가서 큰 길로 쭉 빠지다 보면 얼마 지나지 않아 민가가 나오고 민가에서 조금만 더 나아가면 주막거리가 나오네. 거기 아무데서나 이 친구하고 식구들이 도착할 때까지 기다리게. 중요한 것은 이 친구나 식구들이 도착하더라도 절대로 먼저 아는 체하지 말게. 여기서 신호를 줄 때까지는 무조건 모르는 체하란 말일세."

또다시 조맹칠에게 눈길을 돌렸다.

"자네는 내일 아침 일찍 자네 장남에게 자네 집 식구들하고 우리 집 식구들 데리고 진주로 출발하도록 시키게. 식구들하고 짐이 많아서 아마 내일 저녁때까지 도착할 수는 없을 기야. 아무튼 언제 도착하든지 간에 억술이를 만나더라도 자네가 도착할 때까지는 절대로 아는 척하지 말라고 장남에게 단단히 일러 놓게. 그리고 나서 자네는 내일 저녁때까지 내가 나오도록 기다 리면 되네. 내가 나오면 내가 다 알아서 할 끼고 만약 그때까지 내가 못 나오면 모레 아침 일찍 자네 혼자 진주로 떠나야 하네. 물론 그렇게 되더라도 앞으로 대처할 방편은 내가 인편으로 다 알려줄 테니 너무 염려하지 말게."

숨넘어갈 듯 빠른 속도로 말을 마친 박 아전이 자리에서 일어 났다.

"아이고, 이 사람아. 자네 신상에 해 끼치는 일이라도 생기면 우짜노. 혹시 잘못되면 자네 모오 아니 자네가 위험한 것 아이 가?"

사색이 다 된 안색의 조맹칠이 따라 일어서며 떨리는 음성으 로 물었다. '목이' 라는 말을 꺼내려다 차마 그러지 못하고 '모 오' 까지 나왔을 때 도로 삼켰음을 억술은 눈치 챘다. 박 아전은 담대하고 침착했다.

"너무 걱정 말게. 교활한 토끼는 굴 세 개를 파놓는다고 했잖 은가. 내가 이래 봐도 산전수전 안 겪어본 것이 없네. 자네들이 나 신경 쓰게."

긴박한 상황에서도 의연함을 잃지 않는 박 아전이 억술은 한

없이 존경스러웠다. 조마조마한 심정으로 억술도 따라 일어서며 박아전에게 괜찮겠는지 물으려고 입을 열려는 순간 쿵쾅 대문을 두드리는 소리가 들렸다. 세 사람의 안색이 대번에 창백해졌다.

억술과 조맹칠이 아직 새파랗게 질려 있는 가운데 "이거, 벌써 왔나. 일단 나가보세."하며 박 아전이 금방 냉정을 되찾고 대문 쪽으로 가려고 했다. "아니, 이보게. 관에서 나왔으면 우짤라고 그러나?" 겁에 질린 조맹칠이 모깃소리로 말리자 박 아전은 "지금 문 두드리고 있는 친구는 내가 망보게 해놓은 하인이니 안심하게." 했다. 그리고 대문으로 다가가서는 집안의 하인들에게 대문을 열게 했다. "지금 관에서 사람들이 이쪽으로 오고 있슴더." 바깥에 서있던 하인이 안으로 급히 들어서며 알렸다.

"되게 빨리도 왔군. 지금 내가 빠져나가면 그들을 피할 수 있겠나?"

"위험합니더."

"으음, 큰일이네. 일단 문부터 잠그라."

박 아전의 표정이 일순 심각해졌다. 그러나 냉정을 잃지는 않았다. 안절부절 못하고 있는 억술과 조맹칠에게 박 아전이 말했다.

"일단 나도 같이 숨고 봐야 되겠네."

그리고는 하인들에게 나지막하면서도 근엄하게 명령했다.

"여봐라, 빨리 광으로 가자. 잠시 후 관원들이 들이닥쳐서 여기 이 사람 억술의 행방을 물으면 아침 일찍 짐 꾸려서 나갔다고만 말해라. 나는 아직 들어오지 않았다고 말하면 된다."

순식간에 집안의 분위기는 얼음장같이 싸늘해졌다. 모두들 서둘렀다. 조맹칠은 그의 식구들을 모두 각자 방 안으로 들어가게 하면서 누가 물어도 무조건 모른다고 대답하면 된다고 일렀다. 박 아전과 억술의 네 식구들이 광 안에 몸을 숨기고 하인들이 쌀가마니로 위장하는 사이에 대문을 두드리며 문 열라고 외치는 소리가 들렸다. 위장 작업을 마친 하인들이 광 문을 닫고 나간 시점과, 관원과 포졸들이 집안으로 들어온 시점이 엇비슷했다.

어둑한 광 속에서 억술, 칠득, 재식, 영식, 네 사람은 잔뜩 웅크려 꼼짝하지 않았다. 서로 바짝 붙어 앉아서 숨소리조차 내지 못했다. 박 아전은 따로 떨어져 그 와중에도 눈과 귀를 집중시켜 바깥의 동태를 파악하느라 여념이 없었다. 웬 관원이 억술의 행방을 묻는 소리와 조맹칠이 쩔쩔매며 대답하는 소리가 광 안

으로 다 흘러들어와 억술의 귀에 또렷이 꽂혔다. 이어 포졸들이
집안 이곳저곳을 살피기 시작하는 기척이 느껴졌다.

어느 포졸인지 관원인지 모르겠지만 광 문을 여는 찰나 억술
의 심장이 딱 멎는 듯했다. 문을 연 사람이 광 속을 살피는 것
같았다. 칠득, 재식, 영식은 겁에 질려 완전히 얼어붙어 있었다.
서로 웅크려 고개를 숙이고 눈을 감았다. 억술은 천지신명께 간
절히 기도했다. 제발 들키지 말게 해달라고. 담대한 박 아전이
라 할지라도 이 순간만은 떨고 있음을 억술은 짐작할 수 있었
다. 열린 문으로 햇살이 들어왔다. 고개를 숙이고 눈을 감았지
만 햇살은 충분히 느낄 수 있었다. 햇볕이 이렇게도 끔찍스러울
줄이야! 얼마나 시간이 흘렀을까. 문을 닫는 소리가 들렸다. 광
속은 다시 안온한 어둠의 세계로 되돌림 했다. 억겁보다 더 긴
시간이 있음을 억술은 비로소 체험했다. 짧지만 무량억겁과도
같은 시간.

이윽고 관원과 포졸들의 인기척이 멀어졌다. 억술의 온몸은
맥이 풀려 제 의지로는 몸을 통제할 수 없을 것 같았다. 그냥 그
대로 벌러덩 눕고 싶었다. 광 문이 활짝 열렸다. 조맹칠이 다들
돌아갔다고 다급한 목소리로 알렸다. 하인들이 들어와서 가린
쌀가마니를 들어냈다. "이보게, 정신 차리게. 이러고 있을 시간

이 없네." 아직 멍하니 애들과 함께 쪼그려 앉아 있는 억술의 어깨를 툭툭 치면서 박 아전이 말했다.

박 아전은 억술과 조맹칠에게 호랑이에게 물려가도 정신만 차리면 산다는 속담을 인용하고 샛길로 가면 관원들보다 빠르게 관아에 도착할 수 있다면서 황급히 집을 빠져 나갔다. 억술은 서둘렀다. 짐이라고 해봐야 얼마 되지 않으니 하인들의 도움으로 금방 꾸렸다. 모레 낮 까지는 그의 가족과 박 아전의 가족이 먼저 도착할 것이고, 그 다음 날까지는 그와 박 아전이 함께 또는 그 혼자만이라도 진주에 도착할 것이니, 주막거리에서 그와 박아전의 식구들을 먼저 보더라도 일단은 모르는 체하라고 말하면서 조맹칠은 억술을 동구 밖까지 배웅해주었다.

억술은 허겁지겁 정신없이 걸었다. 등에 진 짐도 무겁지 않아 뛰다시피 했다. 혹시라도 포졸들이 잡으러 올까 쉬지도 않고 내달았다. 칠득, 재식, 영식, 모두들 저마다 짐을 지고서 할딱거리며 억술을 따랐다. 오로지 사지에서 벗어나야 한다는 일념뿐 아무도 말이 없었다. 의령에서 멀어질 때까지 억술은 뒤도 돌아보지 않았다.

또다시 부역

억술은 진주성에 압도되었다. '성이 이렇게도 크고 너를 줄이야. 사람들은 왜 이리도 넘쳐나는지.' 정신을 차리지 못할 지경이었다. 동문을 통과할 때 몰려드는 사람들이 많아 성을 지키는 병사들이 일일이 조사할 엄두도 못 내고 있었다. 각 방면 성벽 쪽으로 들어가다 보면 군데군데 천막을 쳐놓았으니 거처를 구할 수 없는 사람들은 임시로 머무를 수 있다는 외침 소리가 수시로 들려왔다. 등짐 진 남정네들. 짐 지고 아이 업은 아낙네들. 손자 손녀의 손을 꼭 잡은 할아버지, 할머니들. 수레를 끌고 미는 사람들. 가축을 모는 사람들. 모두들 꾸역꾸역 진주성으로 몰려들었다. 억술은 두리번거리며 주막거리를 찾았다. 한양에는 사람들이 많다는 소리를 들었지만 설마 이만 할까 싶었다.

주막거리는 어렵지 않게 찾아냈다. 동문 쪽의 민가를 물어서 가보니까 주막거리도 금방 알아낼 수 있었다. 거기로도 모여드는 사람들이 많았기 때문이었다. 봉놋방을 하나 구하려 했지만 사람들이 많아 허사였다. 주막마다 사람들이 넘쳐나서 도저히 발붙일 자리가 없었다. 난처해진 억술은 근처 민가에서 며칠 묵기로 결심했다. 내일 아침 일찍 부터 주막거리에 나와서 조맹칠 일행을 기다리리라 작정하고서.

사흘만 머무르면 된다고 이 집 저 집 돌며 사정했으나 방 구하기가 쉽지 않았다. 친척들이나 다른 손님들이 미리 차지해서 안 된다는 집들이 대부분이었다. 하도 방이 없다고들 해서 어느 집에서는 주인이 나오자마자 방값을 후하게 치르겠다는 말부터 먼저 꺼냈다. 그랬더니 사또가 인근에서 들어오는 사람들에게 한 집 당 방 하나를 의무적으로 내놓게 해서 방값은 없고 다만 빈 방이 없을 뿐이라는 답이 돌아왔다. 밥 먹자고 칠득이가 보채기 시작했다.

아침부터 쉬지 않고 한참을 걸어왔는지라 배가 고파질만도 하다 싶었다. 해는 중천에 떠있어 오시 한중간쯤인 것 같았다. 간단하게 점심을 지어 식구들 밥이라도 먹이려면 빨리 방을 구해야 한다는 조바심이 일어 더 조급해졌다.

한 식경 정도 해맨 끝에 다행히 적당한 방을 구했다. 수더분하게 생긴 이십 후반이나 삼십 초반의 아낙이었는데, 억술의 부탁에 잠시 머뭇거린 후 사랑으로 쓰고 있는 방을 내어주겠다고

답했다. 계속해서 억술이 두 밤 자고 사흘만 머물면 된다고 말했더니만 "지낼 만큼 지내야지 머어 우짜겠습니꺼?" 약간은 언짢다는 듯 대꾸했다.

아래채는 헛간과 뒷간이 있고 위채는 방 세 칸으로 구성되어 있는 아주 작지는 않는 농가였는데, 사랑으로 쓴다는 방이 생각보다 깔끔하고 그리 좁지도 않아 억술은 만족했다. 짐을 내려놓기가 바쁘게 억술은 화덕을 꺼내 마당에서 밥을 짓기 시작했다.

"어데서 오셨습니꺼?"

개동이 엄마라는 주인집 아낙이 밥 하고 있는 억술에게 다가와 말을 걸었다.

"의령서 왔습니더."

"의령서 와 이리로 왔습니꺼? 산음으로 해서 함양으로 피하면 될 낀데 일부러 이쪽으로 왔네에."

"그것도 생각해 봤는데 만약 의령으로 쳐들어오면 거어도 위험할 꺼 같아서 아예 낙안 쪽으로 빠질라꼬 이리로 왔습니더."

"그라면 빨리 나가시야 할 낀데에. 거기가 안전하기는 하겠지만 성문에서 안 내보내줄 수도 있을 낀데 우째 갈라 캅니꺼?"

"예에?"

"생각해보이소. 왜놈들이 쳐들어 온다꼬 지금 사또 나리께서

성 밖에 있는 사람들이나 근처에 있는 사람들을 전부 끌어 모으고 있는 판에 바깥에 나갈 끼라 카면 쉽게 내 보내 주겠습니꺼? 여간한 줄 아이고는 어려울 긴데에. 잘못하다가는 경치기 쉬울 겁니더. 낙안에 갈라 카면 더 일찍 왔어야지에."

순간 억술의 눈앞이 아찔했고, 머리가 띵했다. 만약 조맹칠 일행이 모두 도착하더라도 성 밖으로 빠져나가지 못한다면 오지 않는 것만 못하게 될 상황이었다. 기를 쓰고 사지로 들어서는 격이었다. 잠시 후 겨우 정신을 수습했다.

"그렇다 카면 여어 있는 사람들도 전부 다 못 나간다는 말 아입니꺼?"

정말 몰라서 물은 건지 그냥 확인해보려고 물은 건지 묻고 나서도 억술은 종잡을 수 없었다. 머리는 아직도 띵했다. 이어지는 아낙의 호들갑이 멍하게 있을 틈도 주지 않았다.

"못 나간다 카면 못 나가는 거지만 우리는 나갈 생각을 안 해봤으이 안 나가는 거지에. 일행이 얼마나 오는지 모르겠지만 늦게 도착하면 전부 못 빠져 나가기가 쉬울 겁니더. 참 딱하게 됐네에. 그런데 너무 걱정은 하지 마이소. 여기 있어도 별 탈은 없을 낍니더. 우리 사또가 싸움 잘 하기로 소문난 기라에. 여직 왜놈들 올 때마다 나가가지고 전부 다 무찔렀다 아입니꺼. 아마 이번에 쳐들어오는 도적놈들도 작살날 기라에."

계속해서 아낙은 억술이 대꾸할 틈도 주지 않고 이러니저러니 종잘댔다. 정신없이 입을 놀려 억술은 대충 흘려듣고 말았지만, 진주성의 현 상황은 짐작되었다. 김시민 장군이 총동원령을 내려 인근의 백성들이 성으로 모여들고 있다는 것. 성으로 모이라고 하기 전에 미리 알고 성에서 빠져나간 사람들도 꽤 된다는 것. 성인 남자들은 성곽 보수 작업 외에도 무기, 돌, 흙, 짚, 가마니, 물 나르기, 그리고 가마솥 걸기 등 성 방비를 위해 부지런히 부역하고 있다는 것. 농사꾼인 아낙의 남편도 지금 부역하고 있고 아이들(2남 1녀)은 바깥에서 놀고 있다는 것. 흘려들은 데서 억술이 건져 올린 몇 가지 것들이었다.

난감했지만 무조건 조맹칠 일행이 도착할 때까지 기다리는 길 말고는 길이 없음을 억술은 깨달았다. 박아전이 풀려나 부디 조맹칠과 함께 올 수 있기를 기원했다. 박 아전이라면 아무리 어려운 상황에 처하더라도 빠져나갈 방도를 찾아내리라고 굳게 믿었다.

늦가을의 해는 빨리 저물었고 저문 해는 제법 쌀쌀한 저녁을 일구었다. 해지기 전에 서둘러 저녁을 지어먹고 억술은 일찌감치 이불을 폈다. 칠득은 눕자마자 코고는 것 같고 재식이와 영식이는 말똥말똥 천장만 쳐다보고 있는 것 같았다. 초저녁에 낯선 객지. 기약할 수 없는 피난생활. 쉽게 잠이 오면 오히려 이상했다. 억술 역시 말똥말똥 천장만 쳐다봤다. 뒤숭숭했다. 새삼 고향이 그리웠다. 뒤척이는 기색으로 애들에게 의연함을 잃기 싫어 억술은 눈을 감고 억지로 잠을 청했다.

바깥이 소란했다. 이 집 가장이 귀가하는 모양이었다. 억술은 짐짓 모르는 체 계속 잠을 청했다. 방문을 똑똑 두드리는 소리가 들렸다. 잠깐 선잠이 들었던가? 약간 멍한 상태로 의아해 할 때 주인 아낙의 말이 이어졌다.

"주무십니꺼? 아직 안 주무시면 잠깐만 일어나 보이소."

"머 때문에 그라십니꺼?"

억술이 벌떡 몸을 일으켜 연유를 물었다.

"안 주무시면 우리 큰방으로 가입시더. 우리 애 아부지가 인사드리고 술이라도 한 잔 대접하고 싶다 카네에. 이웃에서도 몇 분 오셨고에."

억술은 기꺼이 자리에서 일어섰다. 그렇지 않아도 억지로 잠으로 때우려 한 적적한 저녁. 주인의 호의가 반갑고도 고마웠다. 등잔불을 밝혀놓은 안방에는 네 명의 사내가 술상을 둘러싸고 앉아 있었다. 억술이 들어서자 김막진이라는 주인집 사내가 일어서서 억술의 손을 잡고 그의 옆 자리로 인도해 앉게 했다. 모두들 억술에게 반가움을 표했다. 부역이 늦게 끝나서 이제 겨우 저녁을 마치고 술상을 마련했다고 했다. 탁주에 안주는 나물이었다. 김막진과 한 사내는 삼십대 초반, 나머지 둘은 억술과 비슷한 연배로 보였다. 탁주 맛이 달았다.

"의령서 오셨다면서에?"

"예에."

"의령 어뎁니꺼? 우리 먼 일가가 거어 살고 있는데."

"잘 모릅니더. 사실 저는 밀양이 고향입니더."

"어이구, 멀리서 오셨네에."

"예, 좀 멀기는 하지에."

"밀양서 우짜다가 여까지 오셨습니꺼?"

"이리저리 떠돌다 보이 그래 됐습니더."

"말 들어 보이 낙안으로 가실 계획이시라던데 맞습니꺼?."

"예에. 나머지 일행이 도착하면 그랄라 캤는데…"

"좀 늦어뿐 것 같네에. 높은 자리에 있는 사람하고 통하면 몰라도 그렇잖으면 빠져나가기가 어려울 낍니더."

"이래 될 줄은 꿈에도 몰랐습니더."

"어차피 못 나갈 것, 일행이 도착하면 우에 됐든 여서 같이 버텨 보입시더."

"일단은 제 일행이 올 때까지 기다려 볼랍니더."

"밀양서는 도대체 언제 나오신 깁니꺼?"

"오래 됐습니더. 난리 터지고 바로 나왔다 아입니꺼."

"아니, 그동안 어디서 우에 지냈습니꺼? 양식만 해도 보통 아니었을 건데에."

"주로 함안에 있었습니더. 의령서도 잠깐 지냈고에. 이리저리 도움을 주는 분들이 있어서 그동안 그럭저럭 지냈습니더."

네 명의 사내들이 번갈아가며 억술의 술잔을 채우면서 질문을 해댔고, 이에 억술은 일일이 성의껏 대답했다. 오랜만에 억술은 과음했다. 낯선 사람들이지만 한 잔 술에 금방 허물이 없어졌다. 다른 데는 몰라도 여기는 끄떡없을 테니 오히려 억술에게 잘 왔다고 호기를 부리는 사내도 있었다.

술의 힘은 대단했다. '성을 빠져나가지 못하면 어떻게 하나?' '조 노인 일행이 예까지 못 오면 어떻게 하나?' '조노인 일행이 도착하더라도 전부 빠져나가지 못하면 어떻게 하나?' '박 아전이 의령 관아에서 잘못되어 못 빠져 나오면 어떻게 하나?' '그가 혹시 곤장이라도 맞다가 내 이름을 거론했으면 어떻게 하나?' 저녁때까지만 하더라도 별의별 잡생각이 억술의 머리를 어지럽혔는데 즐겁게 마신 술이 그 모든 어지러움을 단박에 지워버렸다. '까짓것 안 되면 나 혼자 헤쳐 나가지 뭐.' '아직 밑천이 든든한데 뭘 걱정하나.' 술기운이 덮치자 억술의 정신을 지배하던 비관과 회의가 어느새 달아나고 낙관과 긍정이 그 자리를 대신했다.

이튿날 아침, 간밤의 숙취로 억술의 아침은 조금 늦었다. 배고프다는 칠득의 성화가 없었더라면 더 늦었을 뻔했다. 개동이 아버지는 벌써 부역을 나가고 없었다. 서둘러 설거지를 마치고 주막거리로 나가려 하는데 골목길에서 외치는 소리가 들렸다.

"남자들은 빨리 나오시오."

웬 소린가 싶어 알아보려 억술이 대문 밖으로 나섰을 때 골목을 돌고 있는 두 명의 군졸과 맞닥뜨렸다.

"이 집에서 사시오?"

"아입니더. 이 분은 어제 저녁에 피난 오신 기라예."

억술이 대답을 하기도 전에 정지(부엌)에 있던 개동이 엄마가 잰걸음으로 잽싸게 나와 억술의 사정을 설명했다.

"아, 그랬구나. 우쨌기나 어서 나오소."

"왜 그러십니꺼?"

억술이 떨리는 소리로 물었다.

"아직 뭘 모르는 모양이네. 왜놈들하고 싸울 준비할라꼬 지금 전부 다 거들고 있다 아인교. 시간 없소. 빨리 성벽으로 가야 되요."

"저, 그런데 저는 선적에 올라 있습니더. 군포도 냈고예."

잘못이 있어서 제 잡으러 온 것도 아니었건만 억술은 지레 질려 선적과 군포 이야기를 꺼냈다. 옆에서 잠자코 있던 다른 포졸이 대답했다.

"이 양반 답답하네. 선적이고 군포고 간에 지금 왜놈들 쳐들어온다 카는데 뭐하고 있노. 빨리 가서 막을 준비해야 될 거 아인교? 이래 할 일 없이 머뭇거리고 있다가 높은 사람들한테 걸리기라도 하면 볼기짝 날아가는 기라. 어, 그런데 저 안에 한 사람 더 있네."

막 방문을 열고 나오는 칠득이를 한 포졸이 발견하고 음조를 좀 더 올려서 소리쳤다.

"저 사람은 안 되는 기라예. 이런 말 해서 우째 생각하실지 모르겠지만 정신이 좀… 하여간 안 되는 사람입니더."

어제 하루를 겪으면서 칠득이에 대해 알게 된 개동 엄마가 포졸에게 억술 대신 변호를 했다.

"정신하고 무슨 상관 있는교? 신체 멀쩡하기만 한데."

"아이고 참. 내 말을 몬 알아듣네. 천치라 카이 끼네요."

개동 엄마가 천치라는 말을 할 때는 포졸들에게 얼굴을 가까이해서 속삭이듯 말했다. 그래도 소용없었다.

"그래도 물건 나르는 데는 끄떡없겠네. 저 친구도 데리고 빨리 갑시더. 안 그러면 강제로 끌고 갈 수밖에 없소."

결국 억술은 칠득이를 데리고 부역을 나가야 했다. 조맹칠 일행을 만나지도 못하고 끌려가게 되어 아뜩했지만 어쩔 수 없었다. 재식에게 단단하게 지시했다. 영식이를 데리고 주막거리에서 서성거리라고. 조 노인 일행을 먼저 발견하더라도 일단 아는 체는 하지 말고 어디서 머무는지 잘 파악하라고. 동생을 잘 보살피라고.

억술이 첫날 맡은 일은 돌 나르기였다. 부지런히 돌을 날랐다. 밀양서도 성곽 공사할 때 돌에 이골이 났는데, 먼 객지까지 흘러와 또 돌과 씨름해야 되니 무슨 팔자소관인가 싶었다. 돌을 지고 직접 위에까지 올라가는 것이 아니라 사람들이 늘어서서 맡은 구간을 서로 중계 해주는 방식이라 억술은 진주성 성곽 위가 어떻게 생겨 먹었는지 자세히 살펴볼 수 없었고 개동 아버지도 찾을 수 없었다. 그냥 성곽 아래 맡은 구간만 칠득과 함께 부지런히 왔다 갔다 했다. 칠득은 바깥바람을 쐬며 억술과 함께 일을 하는 것이 마냥 즐거운지 연신 싱글벙글거렸다. 주위 부역자들과 얼굴이 마주칠 때마다 "아재, 밥 묵었쪄?" 인사하는 것도 잊지 않았다.

점심 때 관에서 간단하게 참을 제공했다. 한나절이 지나고 나자 칠득은 사람들에게 금방 알려져 인기인이 되었다. 부역자들이나 감독하는 관리들이나 모두들 칠득에게 잘 대해주었다. 덕분에 칠득의 참이 보통 사람들 두세 배가 되었고, 그것을 탓하는 사람도 없었다. 여러 사람들과 어울려 일하는 것이 무척이나 즐거운 듯 칠득의 얼굴에서 벙긋벙긋 흥겨운 표정이 떠나지 않았다.

참을 먹고 있을 때 진주성 성주 김시민 장군이 억술이 일하고 있는 동문 지역 책임자인 판관 성수경을 대동하고서 부역자들 사이를 돌아다니며 위로와 부탁과 격려의 말을 했다. 억술이 보기에 마흔쯤 먹어 보이는 김시민 장군은 매서운 눈매를 가진 다부진 체격으로 빈틈없는 인상이었고, 비슷한 연배로 보이는 성수경 판관은 유한 인상의 미남이었다. 김시민 장군은 무관 출신이지만 성수경 판관은 문관 출신이라고들 쑥덕대는 소리가 들렸다.

하루 부역을 마치고 억술은 부리나케 집으로 내달렸다. 애들 걱정도 걱정이려니와 조맹칠 소식이 궁금해서 더 달렸다. 뜻밖에 재식, 영식이가 방 안에 저녁상을 차려놓고 기다리고 있었다. 나물 반찬에 된장도 끓여 놓았다. 놀라서 물어보니 개동이 엄마가 차려준 것이라 했다. 하염없는 고마움이 느껴졌다. 수저를 들면서 조맹칠 일행에 대한 소식부터 물었다. 하루 종일 주막거리와 그 주변을 쏘다녔지만 못 보았다고 재식이 대답했다. 밥을 먹다보니 개동 아버지가 돌아오는 소리가 들렸다.

다음날 아침, 억술은 재식에게 어제와 똑같은 지시를 내리고 칠득, 개동 아버지와 함께 부역하는 곳으로 출발했다. 쌀이 얼마 남지 않아 일단 남아있는 포 한 필을 개동 어머니에게 주어 바꿔 달라고 부탁했다. 이제부터 저녁 식사는 아예 개동이네 식구들과 함께 하기로 약조했다. 물론 양식 값은 부담하는 것으로 하고서.

칠득이가 많이 먹기 때문에 밥을 넉넉히 준비해줄 것과 양식 외에 반찬값과 품값도 치르겠다고 억술이 제의했지만 개동 엄마는 들어가는 양식만 내면 된다고 대답했다. 그러나 얼마간의 쌀을 더 얹어 주리라고 억술은 마음먹었다.

뜻밖의 만남

약속한 사흘이 지나도 조맹칠 일행이 당도하지 않아 억술은 초조해졌다. 9월 말이 다 되어가자 올 사람들은 다 들어왔는지 성으로 유입되는 인구도 얼마 되지 않았다. 곧 성문을 완전히 봉쇄한다는 소문마저 떠돌아 억술의 불안감은 극에 달했다. 어차피 들어와 봐야 모두 갇히는 신세가 될 터라 오히려 잘 된 일이며, 아마 그들도 이리로 오려다가 상황이 여의치 않아 포기한 것일 테니, 너무 복잡하게 생각하지 말라고 개동 아버지가 억술을 달랬다. 왜놈들이 물러가고 나서 다시 돌아가면 될 것이 아니냐는 말로도 위로했다. 애가 타도록 조맹칠과 박 아전을 기다리던 억술은 구월 그믐날이 되자 마침내 그 일을 단념했다. 왜군이 물러갈 때까지는 일단 여기서 버티다가 나중에 의령이나 함안으로 살짝 가서 사태를 파악해보리라 작정했다.

그동안 성곽 위에서도 부역을 하게 된 억술은 조선군에도 훌륭한 대포가 있고 잘 훈련된 군사들이 있는 것을 보고 깜짝 놀랐다. 왜놈들이 아무리 몰려오더라도 대포로 갈겨버리면 모두 혼비백산해서 도망칠 거라는 상상이 절로 떠올랐다. 군관민이 일치하여 열성적으로 일한 덕택에 더 이상 일거리도 없다 싶을 구월 그믐날 늦은 오후 무렵, 억술은 성곽 아래에 앉아서 휴식을 취하고 있었다. 언제 어떻게 알았는지 주위 사람들이 재미삼아 칠득에게 시간을 묻고 있었다. 칠득은 예의 동작을 취하면서 "미시여 미시."하며 사람들을 웃겼다. 억술도 옆에서 빙긋 미소를 지으며 바라만 보고 있었다. 그때였다.

"저어, 혹시 나 알겠는교?"

웬 사내가 뒤에서 억술의 등을 살짝 건드리며 조심스러운 말투로 나지막하게 말을 걸었다. 뒤돌아본 억술은 깜짝 놀랐다. 천만 뜻밖에도 천판수였다. 그의 포를 떼먹으려다 박 아전에게 혼이 난 그 장사꾼이었다.

"아니, 이게 웬일입니꺼! 여서 다 만나네에."

억술은 진정으로 반가웠다. 사고무친, 홀로 이 성에 내팽개쳐 있는 줄 알았는데 생각지도 못한 지인이 있을 줄이야. 비록 나쁜 인연으로 맺어지긴 했지만.

"사실 여기 계신 줄 벌써 알고 있었습니더."

어색한 웃음을 짓고 오른손으로 머리 뒷부분을 만지작거리며 천판수가 대답했다.

"그러면 진작에 연락하지 와 그냥 있었습니꺼? 그라고 내가 여어 있는 줄은 우째 알았는데요?"

천판수는 진주성에 사람들이 많이 모이는 것을 노려 미투리 등 생필품을 마련해 장사 하러 왔는데 예상대로 장사는 썩 잘 되었다고 운을 뗐다. 장사가 잘 되어 머뭇거리다 보니 빠져나가는 시기를 놓쳐 부역에 동원되었고, 그 결과 현재 남문 쪽에서 지내고 있다는 말이었다.

억술이 동문 쪽에 있다는 사실을 알게 된 것은 칠득이 때문이라고 했다. 남문에서도 칠득의 소문이 들려 긴가민가해 얼마 전에 살짝 다가와 억술과 칠득을 몰래 확인하고서 그냥 돌아갔었다며 설명을 마무리 지었다.

"우리 칠득이를 알고 있었습니꺼?"

"그때 내가 형씨 심부름 간다고 서로 만났을 때 저 친구도 봤소. 그리고 밀양에 갔을 때도 어무이가 저 친구 안부도 묻데요. 하여간에 남문에서도 저 친구 소문 다 들립디더. 명물이라 카이 끼네요."

"예에. 그런데 와 가마이 확인만 하고 돌아 가뿟습니까

"미안해서 그냥 돌아갔습니더. 염치가 있어야지. 오늘도 망

설이다 형씨를 부른 겁니다."

"아이고, 미안키는 뭐가 미안합니꺼. 이것도 인연인데. 우쨌
거나 정말 반갑습니다. 그건 그렇고 그때 많이 맞으셨는데 몸이
괜찮았습니꺼. 이런 말 해서 뭐 합니다만, 저는 그때 쌀을 다 드
릴라 캤는데 상황이 그래 되뿟습니다.

"괜찮습니더. 다 내 잘못입니다. 그라고 내가 장사를 오래 하
다 보이 척하면 어떤 사람인지 알아봅니다. 형씨 얼굴에는 절대
로 나쁜 짓 못한다고 쓰여 있습니다. 아마 형씨 혼자만 있었다
면 틀림없이 그 쌀을 나한테 줬을 겁니더. 어쨌거나 나는 받은
것이나 마찬가지니 신경 쓰지 마이소. 아무튼 이래라도 마음 터
놓고 보이 기분 좋네요."

"아이고, 저도 기분이 좋습니다. 민가에서 머무릅니꺼?"

"처음에는 주막에 있다가 나중에 민가로 옮겼습니다. 그런데
어떻게 해서 여어까지 왔는데요? 다른 데로 빠지지 않고."

"사연이 좀 깁니다. 조 노인하고 박 아전하고 여서 만나기로
했는데, 그기 잘못 됐습니더."

조맹칠과 박아전의 이름이 억술의 입에서 튀어나오는 순간
천판수의 얼굴이 굳어졌다.

"지금까지 계속 그들과 같이 있었습니까?"

"예. 주로 조 노인 집에서 지냈지에."

"혹시 귀중품이라도 그 집에 남겨놓은 것이 있는교?"

"아니 그런 거는 없습니더. 남겨놓은 거라고 해봐야 농기구하고 안 쓰는 장독 같은 거 뿐입니더. 갑자기 그런 말은 와 묻습니꺼?"

"아, 예. 그게…. 우리 이따가 만납시더. 거처가 어딥니까?"

개동 아버지 집의 위치를 새겨듣고 천판수는 돌아갔다. 뭔가 모를 불길한 예감이 불현듯 억술의 머리를 스쳤지만 이내 '설마 별 일이야.' 고개를 휘저으며 자위했다. 아직 해가 남아 있을 때 부역이 끝났다.

저녁 식사가 막 끝났을 무렵 천판수가 보자기 하나를 들고 찾아왔다. 술 담은 호리병임을 억술은 금방 눈치 챌 수 있었다. 수인사 통성명 후 개동 아버지가 함께 방으로 들자고 권했지만 천판수는 정중하게 사양했다. 이어 그는 다음에 정식으로 찾아오겠다고 말하고 나서 오늘은 긴한 이야기로 억술을 잠시 데리고 나가야 한다면서 개동 아버지에게 양해를 구한 뒤 억술에게 같이 나가자고 청했다.

어둑했지만 어렴풋 사물을 분간할 수 있고 쌀쌀했지만 견딜 만한 초저녁이었다. 마을 정자나무 아래 있는 평상에 두 사람은 걸터앉았다. 가끔씩 들리는 개 소리가 주위의 고요를 깨곤 했다. 천판수는 보자기를 끌러 호리병 마개를 따낸 뒤 소주라며 억술에게 한 모금 권했다. 병 허리를 잡고 억술은 흔쾌히 한 모금 들이켰다. 콕 쏘는 맛이 가슴 속 깊숙이 적셔들었다. 이어 천판수는 술과 함께 안주로 싸온 육포를 한 조각 떼어내 억술에게 내밀었다. 천판수 역시 한 모금 마시고 나서 육포를 질겅질겅 씹었다. 그리곤 다시 억술에게 권하고, 또 그도 한 모금. 서너 순배가 돌 때까지 천판수는 말이 없었다. 억술도 가만히 술만 마셨다. 독한 소주 몇 모금에 금방 속이 얼얼해져 쌀쌀함이 사라졌다. 사위는 완전히 사위어갔다.

사방이 사위였지만 다가앉아 술을 홀짝이며 대화하는 두 사람에게 어둠이 그렇게 거치적거리지는 않았다. 천판수는 어렵게 말문을 열었다.

"형씨, 내가 우째 말을 꺼내야 될지 모르겠네요. 아무튼 나로서는 어쩔 수 없었소. 으음. 가령 내같은 경우는 박 아전의 눈에 벗어나면 장사 해묵기도 힘든 거라요."

"무슨 말이신지?"

"먼저 앞으로 어떤 일이 있어도 조 노인이나 박 아전한테 오늘 내하고 따로 만났다 카는 말을 하면 안 돼요. 그것부터 약속 해주소. 나도 묵고 살아가야 하니까."

"약속하겠습니다."

다짐을 받고 나자 천판수는 한 모금 들이키고 나서 사실을 밝혔다.

"좋소. 그라면 내가 형씨 믿고 사실대로 말하겠소. 나도 확실하게는 뭔지 모르겠지만 틀림없이 조 노인하고 박 아전하고 둘이 짜가지고 형씨에게 사기를 쳤소. 틀림없소."

억술의 정신이 번쩍 들었다. 사기라니! 꿈에도 생각해보지 못한 일이었다.

"아니, 그 어른들이 머 때문에 나한테 사기를 친단 말입니까? 지금까지 가족처럼 지냈는데…"

"내 말 잘 들어보이소. 첨에 형씨 어무이한테 연통 넣어로 갈 때만 해도 내가 눈치를 못 챈 거라요. 조 노인이 따로 불러서 내한테 말합디다. 밀양이 아직 왜군 치하에 있는데 형씨가 자꾸 밀양으로 돌아갈 생각을 하고 있으이 밀양 어무이한테 편지를 쓸 때 왜군이 물러갈 때 까지는 절대로 움직이면 안 된다는 말을 넣어 달라고 부탁하라 카데요. 형씨가 세상물정이 어두워 가지고 돌아가다가 왜군들한테 잡힐 수 있을 뿐 아이라 조선 사람들한테도 당하기가 딱 알맞다 카면서요. 관군들한테도 잡혀갈 수 있고 재수 없으면 화적들한테도 걸릴 수 있으이 나도 그럴 수 있다고 생각했소. 그래서 내가 어무이한테 말한 거 아입니 까. 아드님이 아직 위험한데 돌아올라 캐쌓이 어무이께서 안전 한 데 있으라는 말을 넣어달라고 말입니다. 어무이는 어무이대 로 형씨가 걱정되이 꼼짝 말고 있으라고 쓴 거고요. 만약 그 뒤 에 내 말고 다른 사람을 어무이에게 보낸 적이 있었다면 아마 마찬가지였을 끼요."

잠시 멈추고 천판수는 억술에게 한 모금 권했다. 억술은 꿀꺽 꿀꺽 마치 물 마시듯 삼켰다. 편지에서 어머니가 돌아올 생각을 하지 말고 안전한 곳에 있어라 하고 쓴 것이 알고 보니 조 노인 이 그렇게 유도했다는 것이 아닌가! 폐부까지 스며든 뜨거운 액 체가 온몸으로 퍼져나갔다. 억술의 온 몸에서 열기가 피어오르 는 것 같았다. 천판수 역시 한 모금 마시고 말을 이어갔다.

"그라고 나서 어무이한테 쌀 한 말 얻고 형씨한테 갖다 줄 포 세 필 가지고 돌아온 겁니다. 그런데 사실은 내가 하루 전날 저 녁 때 도착했거든요. 마을 입구에서 멀리 떨어진 곳까지 박 아 전 하인이 나와서 나를 기다리고 있데요. 사정이 생겨서 그런다 며 일단 여기서 기다리다가 날이 완전히 어두워지고 나면 우리 집에 들어가서 박 아전이 연락할 때까지 잠 자지 말고 기다리고 있어라 캅디다. 그래서 시키는 대로 했습니다. 그라이끼네 뭐냐 하면 도착한 날 밤늦게 내가 박 아전 사랑에 불려간 거 아입니까. 형씨는 벌써 잠들어 있었고요."

천판수는 또 잠시 뜸을 들였다가 계속 이어나갔다.

"사랑에 들어가이 박 아전하고 조 노인하고 같이 앉아 있데요. 나도 자리에 앉으이끼네 박 아전이 대뜸 형씨 어무이한테 받은 편지부터 보자고 합디다. 내가 그 이유를 물었더니만 형씨를 위해서 그런다고 하길래 일단 보여줬소. 사실 내가 안 보여줄 수 있는 힘도 없었고요. 두 사람이 번갈아가며 한참 읽고 나서 내보고는 잠시 기다리라 카디만은 함께 바깥에 나갔다가 좀 있다가 들어오데요. 그라고 나서 박 아전이 내한테 하는 말이 연극을 해줘야 한다는 거 아입니까. 조 노인은 옆에서 거들었고요."

대강의 전말이 머릿속에 그려지자 형언할 수 없는 분노가 억술의 가슴속에 끓어오르기 시작했다. 천판수로부터 술병을 빼앗다시피 해서 다시 몇 모금 들이켰다. 억술의 온몸은 열기에 휩싸여 한꺼번에 녹아버릴 듯했다.

"연극은 뭐 때문에 해야 된다 캅디까?"

억지로 내뱉듯 억술이 입을 뗐다.

"그거야 뭐, 어데 그 사람들이 자세하게 말해줍니꺼. 쌀 네 말 줄 테니 무조건 시키는 대로 해라, 좀 얻어맞더라도 참아라, 그저 형씨를 위해서 하는 일이라고만 알아라, 그래 말하고는 더 이상 묻지도 알려고도 하지 마라 카데요. 내가 세 살 먹은 알라도 아인데 돌아가는 형편을 눈치 못 챘겠습니까? 틀림없이 형씨한테 뭔가 우라묵을라 카는 거를 대번에 알아챘지요. 그래도 우짭니까? 쌀도 쌀이지만 좀 전에도 말했다시피 박 아전의 눈밖에 나면 나는 장사 해먹기 힘든 거라요. 말을 안 들어줄 수가 없었습니다. 그라고 나는 처음부터 편지 아래에 어무이가 포 세 필을 세모로 표시해놓은 거 다 알고 있었습니다. 내가 장사를 몇 년 한 사람인데 그 정도 통밥도 업겠습니까? 절대로 형씨 포 떼먹을 생각이 없었습니다. 편지 후반부에 포 보냈다는 부분을 지운 것은 조 노인입니다. 그 새끼도 세모는 금방 알아챘으이 그런 식으로 연극을 꾸민 거지에. 그라고 박 아전 그 새끼는 몇 대 때리고 말 끼라 카더만은 우째 그래 못된 놈이 다 있습니까. 내가 그 때문에 고생한 거 생각하면 지금도 이가 갈린다니까요. 어이구, 죽일 놈들."

술기운으로 머리가 얼얼한 가운데 갑자기 온 몸의 기가 빠지는 것 같아 억술은 그 자리에서 뒤로 벌러덩 누워버렸다. 깜깜한 밤하늘이었다. 드문드문 뜨기 시작한 별들이 처량한 빛을 내뿜고 있었다. 눈을 감았다. 분노를 넘어 무어라고 형용할 수 없는 허무감이 밀려들었다. 일어서고 싶은 힘도 의욕도 생기지 않았다. '아무 생각 없이 그냥 이대로 영원히 누워 있었으면…' 하는 생각이 들었다. 가만 누워 있으려니 천판수가 들볶았다.

"이보시오, 형씨. 일어나 보시오. 내 말은 대충 한 것 같으이 형씨 이야기 좀 들어봅시다. 그 작자들한테 뜯긴 기 뭔지 잘 생각해보소. 가마이 누워 있는다고 될 일이 아이라 카이."

억술은 억지로 몸을 일으켰다. 잠깐 뭘 뜯겼는지 더듬어봤다. 양 팔꿈치를 각각의 무릎 위에 걸치고 양손을 가볍게 맞잡은 채 고개를 숙여 땅을 바라보며 억술은 맥없이 대답했다.

"첨에 내 군에 가는 거 무마시키는데 포 세 필, 내 이름을 선적에 올리는 데 다섯 필, 마지막에 내가 군에 가는 거 또 빼는 데 여섯 필, 모두 열네 필을 박 아전에게 건네줬소."

"아니, 재산이 남아돌아서 그란 겁니까? 아니면 참말로 세상 돌아가는 물정을 몰라서 그란 겁니까? 뼈 빠지게 모아서 내는 군포도 1년에 한 필이면 되는데 14년치 군포를 그렇게 내줘 뿌리는 사람이 도대체 어데 있습니까? 그라고 왜놈들한테 빌붙어

묵은 사람들이나 선적에 드는 것이지 형씨가 무슨 잘못을 저질렀다고 선적에 든다는 말입니까?"

천판수가 흥분해서 억술을 몰아붙였다.

"그때는 그기 최선인 줄 알았소. 그렇게 하지 않으면 당장 큰일 날 줄 알았지요. 내가 그 작자들을 워낙 믿기도 했었지만 그들이 하는 말과 행동이 너무나 조리가 있었소. 형씨가 내 처지였더라도 당했을지 모르요."

여전히 고개 숙인 채 억술이 대답했다.

"그라이끼네 사기꾼들 아입니까. 내가 형씨하고 같은 줄 아요? 나는 절대로 안 당합니다. 그라고 얼마나 부자길래 그래 많이 뜯겨도 눈치를 못 챘습니까? 그래 당하고도 버틸 수 있는 물자가 남습디까? 밀양서 도대체 얼마나 들고 나왔길래… 차암, 형씨도 대단하요."

순간 섬광처럼 억술의 뇌리를 스치는 것이 있었다. 벌떡 제자리서 일어서며 찢어지는 목소리로 단발마를 지르듯 내뱉었다.

"내 어음!"

〈상권 끝〉

부 록

* 서예원 외에 하권에서 본격적으로 등장할 이종인, 김천일, 최경회, 황진 등의 당파에 대해 잠깐 알아보고자 한다.

* 선조 집권 때부터 시작된 동서 붕당에 대해서 우선 이야기해야 한다.

* 동인의 뿌리는 퇴계 이황이고 서인의 뿌리는 율곡 이이가 된다.

* 사실 뿌리를 더 캐고 들어가면 선조 집권 초기에 인사권을 쥘 수 있는 전랑직을 두고 심의겸과 김효원이 갈등을 일으킨 것부터 시작된다. 이 두 사람을 두고 당시의 벼슬아치와 선비들이 두 편으로 갈라선 것이 붕당으로 발전하게 되었다.

* 이들 파벌을 동인과 서인으로 구분해서 불렀는데, 심의겸의 집이 도성 서쪽인 정동에 있었고 김효원의 집이 도성 동쪽인

건천동에 있었기 때문이다.

* 동쪽에 모인 사람들은 주로 이황과 조식 문하의 영남학파 선
  비들이었고, 서쪽에 모인 사람들은 주로 이이와 성혼 문하의
  기호학파 선비들이었다. 그래서 동인과 서인으로 나누어지게
  되었다. 참고로 '기호'라 함은 경기도와 충청남북도 황해도
  남부 등 한반도 중앙 지역을 말한다.

* 참, 묘하다. 우연히 집을 기준으로 동쪽과 서쪽으로 구분되었
  을 뿐인데, 충청도와 전라도 등 서쪽 지역에 있는 사람들은
  거의 서인에 속하게 되었고 경북과 경남 등 동쪽 지역에 있는
  사람들은 거의 동인에 속하게 되었으니.

* 한 때 동인의 세력이 강해지자 선조가 동인의 세력을 꺾기위
  해 일으킨 옥사가 기축옥사라고 볼 수 있다. 이것은 보는 사
  람마다 견해가 다를 수 있기 때문에 '볼 수 있다'라고 표현
  했다.

* 전주 출신으로 한 때 서인이었다가 동인으로 옮긴 정여립의

모반 사건을 이용해 동인을 때려잡은 사건이 기축옥사이다.

* 정여립의 언행과 행동이 그 당시 유교적 관점에서 전혀 불손
하지 않았다고 말할 수는 없다. 그가 속으로는 혁명을 꿈꾸었
을지도 모른다. 하지만 사람의 속마음을 가지고 치죄하려 들
면 이 세상에 걸려들지 않을 사람이 어디 있겠는가?
사실 그가 모반을 도모했다고 입증할 수 있는 결정적인 증거
는 없었다.

* 서인인 정철이 왕명으로 이 사건을 치죄했는데 이 때 죽인 사
람이 무려 천 명에 가깝다. 그 이전에 있었던 조선의 4대 사
화로 죽은 사람들의 수보다 오히려 더 많았다고 한다. 어떤
이는 선조가 이때 똑똑한 신하들을 죽이지만 않았더라도 임
진왜란을 미연에 방지할 수 있었을 것이라고도 말했다. 그만
큼 똑똑한 사람들이 많이 죽어갔다는 뜻이다.

* 그러나 선조의 입장에서는 크게 답답할 것이 없었을지도 모
른다. 방계라는 열등감을 가진 그였다. 그의 권위를 위협하
는 자들이 그의 심기를 가장 건드렸을 것임은 어렵지 않게

추측할 수 있다. 그래서 세력이 커지는 신하들이 생기면 가차 없이 제거함으로써 그의 입지를 보다 공고히 다지는 수법을 썼는지 모른다. 죽이고 나서 또 다른 똑똑한 신하들을 모으면 되는 것이니까. 그 당시 조선 팔도에는 인재도 많았다고 한다.

* 결국 노련한 선조가 조정의 세력균형을 위해 정여립 사건을 확대시켰을 가능성이 다분하다.

* 임금을 등에 업은 정철의 무자비한 공격에 오금을 못 추던 동인들이 쓰러져 가면서 내뻗은 카운터펀치에 정철이 걸려들어 동인은 기사회생하게 된다. 소위 말하는 건저(세자 책봉) 사건이다. 선조가 인빈 김씨의 아들 신성군을 총애하는 것을 안 동인의 영수 이산해는 정철을 제거하기 위해 미끼를 던진다. '나라에 세자가 없으면 불안하니 주상께 세자 옹립을 같이 권하자. 여러 세자 중 가장 똑똑한 광해군을 권하자.' 이런 식으로 정철을 함정으로 몰아갔다.

* 선조는 그가 직계가 아니라서 그의 왕위만은 직계에게 물려

주고 싶었고, 후궁들로부터는 여러 아들을 보았으나, 아직 중
전으로부터 아들을 못 보아, 세자 책봉 문제를 차일피일 미루
고 있던 터였다.

* 순진하다고 해야 하나, 자기 주관이 뚜렷하다고 해야 하나,
  아무튼 정철은 이산해와 약속대로 선조에게 건저를 건의하고
  또한 광해군을 추천하게 된다. 물론 이산해와 유성룡은 이때
  모르는 척 슬쩍 비켜서버리는 것이고.

* 그 이전에 이미 이산해는 후궁 인빈 김씨의 오빠인 김공량과
  결탁해 계략을 꾸며 놓았다. 김공량을 통해 인빈 김씨에게 정
  철이 광해군을 왕세자로 올리고 그들 모자를 죽이려고 한다
  고 선조에게 무고하게 해놓은 것이다. 인빈 김씨로부터 이 말
  을 들은 선조는 매우 진노하고 있었다.

* 정철이 건저를 건의하자 분노한 선조는 당장 그를 파직해 귀
  양 보내 버린다. 꾀 많은 이산해의 작전이 성공한 것이다. 선
  조로서는 그동안 세력이 커지는 동인을 때려잡는데 정철을
  부려먹을 만큼 부려 먹었으니 미련이 없었을 것이다. 과격한

정철인지라 같이 데리고 있기에는 거북했을 터, 오히려 속이
후련했을지도 모른다.

* 정철이 실각하자 동인은 서인에 대한 대대적인 숙청 작업을
감행한다. 말하자면 정여립 사건에 대해 보복을 할 기회를 맞
은 셈이었다. 그런데 다시 주도권을 잡은 동인들 사이에 내분
이 생긴다. 정철의 치죄 과정에서 강경파와 온건파로 갈린 것
이다.

* 강경파가 북인(정인홍, 이이첨, 이산해 등)이 되고 온건파가
남인(유성룡, 김성일 등)이 된다. 북인은 광해군 때 정권을 잡
지만 인조반정으로 몰락하고 남인은 숙종 장희빈의 전성기 때
잠시 번창하지만 역시 별 볼일 없게 되는 것은 마찬가지이다.

* 서인은 인조반정으로 광해군을 몰아내고 정권을 잡게 된다.
이때 반정공신 중에 김류와 신경진이 끼여 있는데, 이들은 공
교롭게도 임진왜란 초반 조선이 배수의 진을 친 탄금대 전투
의 주역으로 마지막까지 싸우다가 죽어간 신립과 김여물의
아들들이다.

* 서인은 분화해서 노론과 소론으로 갈리게 되지만, 결국에는 노론이 모든 정권을 장악하게 된다. 어찌 보면 소론은 노론이 혼자 다 해먹기가 낯뜨거우니까 슬쩍 끼워준 관제 야당이나 비슷한 처지 밖에 안 되었다. 그만큼 노론이 세었다는 이야기이다. 노론은 김장생을 거쳐 실질적 정치, 사상의 지주가 되는 송시열이라는 걸물을 배출하게 된다. 이후 조선은 노론의 나라라고 할 만큼 조선 후기는 노론의 세상이 된다.

* 진주성 2차 전투 때 성주인 서예원은 동인 계열 중에서 남인인 반면, 구원군으로 진주성에 들어간 김천일, 최경회, 황진은 모두 서인이다. 성수경은 김성일에 의해 발탁되었으니 당연히 동인 계열이 될 것이다.

* 나중에 서인인 이항복이 조선왕조실록에 이 전투를 기록할 때 이들 서인 위주로 꾸미게 됨은 인지상정이지만 정도가 지나치게 된다. 그 과정에 서예원은 완전히 바보 같은 사람으로 만들어 놓았고 성수경은 철저하게 외면해 버렸다.

* 이종인의 경우가 애매하다. 그가 김성일의 부관으로 있었기

때문에 동인 계열로 봐야 할 것 같은데, 전라도 나주시의 홈페이지 중 역사 속의 인물을 클릭해보면 그가 김천일과 함께 올라와 있다. 그가 김해 지방을 지켰고 진주성에서 도망치려는 서예원을 칼로 위협했다는 이야기도 실려 있다. 물론 왜곡된 이야기다.

* 이종인의 부친이 나주 사람이고 이종인도 나주에서 태어났고 또한 김천일과 같은 고향인물로서 그려지고 있다. 그렇다면 서인 계열로 봐야 한다. 아무튼 이항복은 이종인도 서인과 같이 주도적인 인물로 다루어 놓았다.

* 여기서 미리 말해 둘 것은 김천일, 최경회, 황진, 이종인 등은 나라를 위해 목숨을 바친 충신들이었다. 다만 그들을 돋보이게 하느라 서예원을 비하하고 성수경은 아예 무시하는 등의 행위가 잘못되었다는 뜻이다.

진주성 비가(上)

초판1쇄 인쇄일 2012년 4월 18일
초판1쇄 발행일 2012년 4월 20일
2쇄 발행일 2012년 5월 1 1일

지은이 조열태
펴낸이 조열태
제자 박영현
인쇄 구암종합인쇄
펴낸곳 이북이십사(ebook24)
경기도 광주시 태재로 130
전화: 070-4068-8150
홈페이지: www.ebook24.co.kr
등록: 2012년 3월 14일 제 2012-5호

ISBN 978-89-968657-0-4 03800

정가/11,000원